Knaur.

Im Knaur Taschenbuch Verlag sind bereits folgende Bücher des Autors erschienen:
Teufelswerk
Mönchsgesang

Über den Autor:
Günter Krieger, Jahrgang 1965, ist gelernter Krankenpfleger und freier Buchautor und lebt in Langerwehe bei Düren. Neben seiner Merode-Trilogie hat er bereits andere erfolgreiche Historien-Krimis veröffentlicht.

GÜNTER KRIEGER

Löwentod

Roman

Knaur Taschenbuch Verlag

Die deutsche Originalausgabe erschien 2001
unter dem Titel »Löwentod« bei Pandion Verlag, Simmern.

Besuchen Sie uns im Internet:
www.knaur.de

Vollständige überarbeitete Taschenbuchausgabe
Februar 2007 Knaur Taschenbuch.
Ein Unternehmen der Droemerschen Verlagsanstalt
Th. Knaur Nachf. GmbH & Co. KG, München

Umschlaggestaltung: ZERO Werbeagentur, München
Umschlagabbildung: Bridgeman Art Library
Satz: Adobe InDesign im Verlag
Druck und Bindung: GGP Media, Pößneck
Printed in Germany
ISBN 978-3-426-62846-1

2 4 5 3 1

»Enses Granenses senserunt Juliacenses!«
Schlachtruf der Aachener, welche die Jülicher ihr
Schwert spüren lassen möchten, Anno 1278

Im April des Jahres 1294 beschließen die Herren von Merode eine folgenschwere Erbteilung. Zwei Linien der Familie, die der »Scheiffarts« und die der »Werners«, residieren fortan gemeinsam auf der Burg, teilen sich Besitz und Herrschaft ihrer Ländereien für über sechs Jahrzehnte. Was nicht immer dem Frieden und der Eintracht zwischen den blaublütigen Vettern förderlich ist. Und auch den verunsicherten Bauern und Bürgern der »Herrschaft« macht dieser Zustand mitunter schwer zu schaffen …

Prolog

Aachen, der Abend des 16. März 1278

Auf den Wehrgängen der Stadtmauer blakten Fackeln. Die Schützen richteten ihre Bögen auf die Reiter, die aus dem Dunkel der Gassen auftauchten und sich dem Ponttor näherten. Ein kalter Regen nieselte vom dunklen, sternenlosen Himmel.

Winrich von Stolberg hob eine Hand, und die etwa zwanzig Reiter hinter ihm verharrten.

Pferde schnaubten nervös.

»Öffnet das Tor!«, rief Winrich den Männern auf den Wehrgängen zu.

Niemand rührte sich.

Winrich spannte seinen Oberkörper. Seine Augen blitzten zornig.

»Öffnet das Tor!«, rief er noch einmal. »Sonst werdet ihr es bitter bereuen, Aachener!«

Vor dem Ponttor baute sich eine dunkle Gestalt auf.

Winrichs Hand krampfte sich um seinen Schwertknauf. »Wer seid Ihr?«

»Der Kommandant der städtischen Garde«, kam es scharf zurück. »Lasst die Waffen fallen und ergebt Euch!«

Ein paar Wimpernschläge lang war es totenstill. Winrich nagte an seiner Unterlippe. Dann lachte er rau. Seine Reiter taten es ihm gleich.

»Offenbar seid Ihr Euch Eurer Lage nicht bewusst, Kommandant. In den Mauern dieser Stadt befinden sich zweihundert schwer bewaffnete Reiter. Und vor den Toren lagern weitere dreihundert Soldaten.«

»Zu wenige, um diese Stadt zu erobern.«

»Was redet Ihr da? Niemand will diese Stadt erobern. Der Grund für unser Hiersein wurde den Bürgern und dem Magistrat der Stadt hinreichend erläutert. Der Graf wirbt um Truppen für den bevorstehenden Feldzug gegen Ottokar von Böhmen, und ...«

»Und braucht vor allen Dingen Geld. Geld, das er der Stadt abzupressen gedenkt.«

»Ihr redet wirres Zeug. Gebt endlich das Tor frei!«

»Damit die Mörder sich in die Nacht hinausschleichen können, wie?«

»Mäßigt Euch, Kommandant.«

»Mäßigen? Wir werden sehen, wer sich mäßigen muss, Jülicher. Eure Leute haben in den Gassen unserer Stadt ein schreckliches Blutbad angerichtet. Man wird die Verantwortlichen dafür zur Rechenschaft ziehen.«

Winrich von Stolberg lachte abermals, doch es klang alles andere als erheitert. »Es waren Bürger dieser Stadt, die unsere Männer aus dem Hinterhalt angriffen. Und da sprecht Ihr von Rechenschaft? Wisst Ihr eigentlich, dass der Sohn des Grafen unter den Toten ist? Ja, Ihr habt Recht: Ein fürchterliches Strafgericht steht noch aus. Und jetzt lasst das Tor öffnen!«

»Da es offenbar auch in Eurem Interesse liegt, die Dinge zu klären, sollte das Tor vorerst verschlossen bleiben. Eure Fußtruppen da draußen könnten die Sache nur noch erschweren.«

Winrich mahlte mit den Kiefern. Unentschlossen fingerte

er am Lederriemen seines Helmes. Von hinten näherte sich ein weiteres Pferd im Galopp.

Man machte dem jungen Reiter eine Gasse frei. Das Wappen auf seinem Schild wies ihn als Mann von vornehmer Herkunft aus. Neben dem Stolberger brachte er sein Pferd zum Stehen.

»Das Tor ist verschlossen?«, fragte er atemlos.

»Unübersehbar«, brummte Winrich.

»Dann sind wir gefangen«, flüsterte der andere, »wie Ratten in einem Käfig. Denn auch die anderen Tore der Stadt sind besetzt.« Er schluckte mühsam. »Überall wird inzwischen gekämpft, Herr.«

»Was ist mit dem Grafen?«

»Kämpft mit den Merodern vor dem Weißfrauenkloster gegen eine Horde Verrückter, die zum Kreuzzug gegen den Exkommunizierten aufgerufen haben. Und es werden immer mehr. Die ganze Stadt scheint inzwischen unter Waffen zu stehen. Man schickte mich, einen Fluchtweg zu suchen. Das Ponttor war meine letzte Hoffnung.«

Winrich fluchte leise. Wieder blitzten seine Augen wütend. Er ließ seinen Gaul ein paar Schritte nach vorne tänzeln, so dass er unmittelbar vor dem Kommandanten zum Stehen kam.

»Zum letzten Mal, Kommandant: Lasst das Tor öffnen, wenn Euch Euer Leben lieb ist.«

Die Mundwinkel des anderen verzogen sich zu einem amüsierten Lächeln. »Ein Wink von mir, Jülicher, und Ihr alle sterbt unter einem Hagel von Pfeilen.«

»Ein Wink von mir, Aachener«, – mit einer nahezu

ansatzlosen Bewegung riss Winrich sein Schwert aus der Scheide – »und der Teufel holt Euch …«

Zwei Pfeile schwirrten heran und bohrten sich in den Hals des Stolbergers. Ein ungläubiges, kurzes Röcheln. Mit gebrochenen Augen sank er aus dem Sattel.

Entsetzt starrten die Reiter auf ihren am Boden liegenden toten Führer. Endlose Augenblicke verstrichen. Die Bogenschützen auf den Wehrgängen warteten angespannt auf Befehle des Kommandanten. Der wandte sich an die nun führerlosen Reiter.

»Steigt ab und gebt uns eure Waffen«, befahl er mit einer nahezu milden Stimme.

Unschlüssig sahen die Männer sich an.

»Seid vernünftig«, fügte der Kommandant hinzu. »Keiner von euch wird diese Stadt lebend verlassen, wenn ihr Widerstand leistet.«

»Hört nicht auf ihn!«, schrie der junge Botenreiter. »Sterben werden wir nur, wenn wir uns ihnen ergeben. Unsere Vernichtung wurde längst beschlossen.«

Er schwang sich vom Pferd und zog sein Schwert. Abermals schwirrten Pfeile heran. Blitzschnell hob der Wagemutige seinen Schild. Die Pfeile trafen den Jülicher Löwen, der darauf prangte.

»Erstürmt die Wehrgänge! Es geht um unser aller Leben, Männer!«

Die meisten gehorchten und stiegen – einen Kampfschrei auf den Lippen, mit dem sie sich Mut machten – von den Pferden. Ein regelrechter Pfeilhagel von den Mauern brachte vielen von ihnen Verwundung und Tod. Die wenigen Unversehrten folgten ihrem neuen Führer, der mutig voranpreschte und so etwas wie »Schlacht um das Ponttor« in die Nacht hinaus brüllte.

Pfeilhagel auf Pfeilhagel.

Die Schlacht um das Ponttor war keine echte Schlacht, vielmehr ein grausiges Gemetzel. Nach wenigen Minuten schon war es vorüber …

I

August 1350

Der Sternenhimmel über der Stadt war hell und klar. Ein halber Mond erleuchtete das Firmament. Am frühen Abend hatte es einen Gewitterregen gegeben, doch längst war es wieder schwül und drückend. Die Wasserpfützen, die noch vor Stunden die Gassen überschwemmt hatten, waren verdunstet. Im verkrusteten Unrat wühlten Ratten.

Der Mann, der aus der Wirtsstube ins Freie trat, spürte nichts von der Hitze jener Nacht. Er war ein kräftig gebauter Mann mittleren Alters, mit Oberarmen so dick wie Schenkel. Es war offensichtlich, dass er zu viel getrunken hatte; mühsam nur hielt er sein Gleichgewicht. Leise vor sich hin brummend tastete er sich an den Fassaden entlang und blieb dann stehen, um sich zu orientieren. Vor ihm lag das Kloster der Weißen Frauen. Ginge er nach links, Richtung Marktplatz, würde er zum Haus der Schmiede gelangen, deren Zunft er angehörte. Doch da hatte er zu dieser nächtlichen Stunde nichts verloren. Sein Heimweg führte ihn am Kloster vorbei zum Radermarkt*. Allerdings verspürte er wenig Lust, sich zu Hause einzufinden. Sein Weib würde ihn wieder gebührend empfangen, womöglich mit einem Knüttel, so wie in der vergangenen Woche. Sie würde Zeter und Mordio schreien, ihm

* der heutige Münsterplatz

Schimpftiraden entgegenschmettern, so dass sein ohnehin dröhnender Kopf bersten würde.
Manchmal wünschte sich der Schmied im Stillen, die Pest hätte sein Weib geholt. Doch die Seuche war vor einigen Monaten abgeklungen, war so schnell verschwunden, wie sie gekommen war. Sie hatte eine breite Schneise durch Aachen geschlagen, fast die Hälfte der Stadtbewohner war ihr erlegen. Und er, der Schmied Gumpert, hatte zu den Auserwählten gehört, die durch Gottes Gnade den Totentanz überlebt hatten. Naja, und sein Weib ebenfalls. Schnell war der Alltag in die Herzen der Menschen zurückgekehrt. Der Tod war etwas Alltägliches, dazu bedurfte es keiner Seuchen, keines Schwarzen Todes. Wer konnte es sich leisten, lange um seine verstorbenen Angehörigen zu trauern? Das Leben war hart, in den Städten kaum weniger als auf dem Land. Schon morgen konnte man durch eine Krankheit oder ein Gebrechen um seinen Broterwerb gebracht werden, konnte eine Feuersbrunst oder ein Krieg Hab und Gut eines jeden zerstören. Deshalb, so fand Gumpert, war es angebracht, sich so oft wie möglich den Freuden des Lebens hinzugeben. Für ihn war ein guter Wein die Krönung dieser Freuden, und war der Wein mal weniger gut, machte das auch nichts. Wenigstens das tägliche Einerlei ließ sich im Gasthaus »Zum wehrhaften Schmied« für ein paar Stunden vergessen: der Alltag und das wutverzerrte Gesicht seines zu Hause harrenden Weibes.
Doch nun war es vorbei, nun musste er heim. Gänzlich wegsaufen ließ sich der graue Alltag schließlich auch nicht. Ein arbeitsreicher Tag stand ihm morgen bevor.

Hoffentlich würde er nicht mit allzu starken Kopfschmerzen erwachen. Falls ihn sein wütendes Weib überhaupt noch schlafen ließ.
Gumpert blieb stehen und holte tief Luft in der Hoffnung, sich auf diese Weise ein wenig auszunüchtern. Doch die Welt um ihn herum schien sich zu drehen und in einen nebligen Dunst zu versinken. Schwankende Fachwerkhäuser drohten in sich zusammenzustürzen und ihn unter ihren Trümmern zu begraben. Mühsam versuchte er, den Weg auszumachen. Weiter vorn erkannte er einen Schatten. Er war also nicht der einzige Zecher, der sich auf dem Nachhauseweg befand. Um seiner Müdigkeit nicht stattzugeben, begann er ein Liedchen zu summen:

»Der Graf in seiner finst'ren Burg
hat sich Übles ausgedacht.
Die Rechnung aber hat er ohne
die Aachener gemacht.«

Es war eines der meistgesungenen Lieder im »Wehrhaften Schmied« und handelte vom Überfall des Jülicher Grafen auf die Stadt. Mehr als siebzig Jahre lag das nun zurück, ein ganzes Menschenalter. Die Aachener aber waren damals nicht untätig gewesen:

»Gewappnet sind die Bürger,
angeführt vom Schmied.
Erschlagen wird der Graf schon bald,
den man wohl falsch beriet –
hicks!«

Das Lied hatte fünf Strophen, doch Gumpert beschränkte sich auf die erste und die letzte. Eigentlich war er des Liedes überdrüssig, so oft wie er es heute Abend schon gehört hatte. Dennoch war es hervorragend geeignet, um sich wach zu halten.

Ach verdammt, am liebsten hätte er auf dem Absatz kehrtgemacht und wäre in die Schenke zurückgegangen. Hätte sich dort einen weiteren Humpen an den Hals gesetzt, um sich anschließend friedlich auf der hölzernen Bank dem Schlaf des Gerechten hinzugeben. Stattdessen …

Der Gedanke an seine Xanthippe verschlimmerte seine Übelkeit.

Er hatte den Radermarkt erreicht. Zwei fauchende Katzen stoben vor ihm davon. Das Licht der hellen Nacht warf monströse Schatten auf die Gemäuer des Domes.

Der Schmied blieb erneut stehen, um zu verschnaufen. Er ließ seinen trüben Blick schweifen. Vor etwa einer Woche war zu nächtlicher Stunde an dieser Stelle ein Ratsherr der Stadt ermordet worden. Er hatte sich ebenfalls auf dem Nachhauseweg befunden, denn auch Ratsherren plagt mitunter der Durst. Doch der Schlaftrunk, den er im Gasthaus »Zum Schwan« zu sich genommen hatte, war sein letzter gewesen. Ein Verrückter hatte ihm hier aufgelauert und ihn im wahrsten Sinne des Wortes um einen Kopf kürzer gemacht. Ja, mit einem einzigen Schwerthieb hatte er dem Ratsherrn das Haupt sauber vom Rumpf getrennt. Der Nachtwächter hatte die Leiche später in einer gewaltigen Blutlache gefunden. Der Kopf indessen hatte sich vor dem Westportal des Domes gefunden. Er war so platziert, dass seine todesstarren Augen dem entsetzten

Finder ins Gesicht blicken mussten. Bis heute wusste niemand, wer diesen grausigen Mord begangen haben mochte. Rätselhaft blieb auch, weshalb der Täter sich die Mühe gemacht hatte, den Kopf der Leiche vom Ort der Bluttat zu entfernen.

Trotz der schwülen Nachtluft begann Gumpert zu frösteln. Noch immer kreisten die Häuser um ihn. Wieder sah er in der Ferne diesen Schatten.

»Hicks!«

Er kniff seine Augen zusammen. Der Schatten näherte sich.

»He, du …«, lallte er. »Würdest du … – *hicks!* – würdest du vielleicht so nett sein, mich nach Hause zu bringen? Ich … – *hicks!* – kann kaum noch gehen …«

Vor ihm baute sich eine große Gestalt auf. Ihr Gesicht lag im Schatten einer dunklen Kapuze verborgen. Sie hob drohend einen Finger.

»Still! Oder willst du die ganze Stadt aufwecken?«

»Ach, guter Mann, du ahnst ja nicht, was mir bevorsteht. Meine Alte – *hicks!* –, die bringt mich um …«

»Es ist nicht gut, wenn man zu sehr an seinem erbärmlichen Leben hängt.«

»Hicks! – Wie?«

Der andere öffnete seinen Umhang. Im Licht der Nacht blitzte ein Zweihänder.

Es dauerte einen Augenblick, bis Gumpert die gewaltige Waffe erkannte. »Was … willst du denn damit?«, fragte er belustigt. Das Grinsen in seinem Gesicht gefror, als er sah, wie der Mann den Knauf des Schwertes mit beiden Händen umfasste.

»He! Was – *hicks!* – soll denn das werden?«
Der andere hob die Waffe mit quälender Langsamkeit. Gumpert hörte wie aus weiter Ferne die Worte, die über die Lippen des Fremden kamen:

»Der Löwe ward geschlagen,
Frevlers tumber Mord.
Nie wieder wird man's wagen,
verflucht sei dieser Ort.«

Dann sauste die Klinge heran.
Ein Zischen. Eine rote Fontäne, die in die Höhe spritzte. Mit einem dumpfen Geräusch landete Gumperts Kopf auf dem Boden.
Die vermummte Gestalt stand ein paar Augenblicke reglos da, als spreche er ein stilles Gebet. Dann ließ er den Zweihänder wieder unter seinem Gewand verschwinden und schaute gelassen um sich. Nachdem er sich davon überzeugt hatte, dass niemand Zeuge seiner Tat geworden war, bückte er sich nach dem Kopf des Toten, packte ihn beim Schopf und verließ mit beinahe andachtsvollen Schritten den Radermarkt.

2

Die Schönheit des sommerlichen Waldes entging Mathäus Dreyling. Der Dorfherr von Merode kauerte gedankenverloren auf seinem Gaul Julius und brütete schweigend vor sich hin. Er hatte nicht die geringste Ahnung, warum der Markgraf ihn hatte rufen lassen. In Anbetracht der Dringlichkeit, von der der gräfliche Bote gesprochen hatte, konnte es sich kaum um einen einfachen Rapport handeln. Wilhelm von Jülich war nicht der Mann, der aus Belanglosigkeiten eine Eilsache machte. Überdies vertraute er seinem Meroder Dorfherrn. Zumindest hatte er dies immer wieder betont. Er hielt Mathäus für den rechten Mann, die Meinungsverschiedenheiten der beiden rivalisierenden Burgherren – und die damit verbundenen Komplikationen innerhalb der »Herrschaft« – im Interesse Jülichs zu regeln. Rechenschaft über seine Verordnungen und Maßnahmen hatte Mathäus nie ablegen müssen. Und dann gestern dieser Botenreiter: »Der Graf will Euch sprechen! Dringend!«

Nun, in etwa einer Stunde würde er mehr wissen. Dann würde er die Nideggener Burg des Markgrafen erreicht haben.

»Herr?«

»Hmmh?« Erst jetzt wurde Mathäus wieder bewusst, dass er nicht alleine ritt. Zu seinem Wegbegleiter hatte er Dietrich bestimmt, Diener auf Burg Merode, den schnellsten

Reiter der »Herrschaft«. Der junge rot gelockte Mann war dem Dorfherrn inzwischen so ans Herz gewachsen, dass er nur noch selten auf seine Dienste verzichten wollte. Beinahe hätte man ihn seinen Leibdiener nennen können.

»Darf ich Euch etwas fragen, Herr?«

»Habe ich dir jemals verboten, mich etwas zu fragen, Didi?«

»Nein, aber ...«

»Aber?«

Es handelt sich um eine, äh ..., um eine persönliche Frage, Herr.«

»Lass sie hören.«

Dietrich fingerte verlegen an seinen Zügeln. »Ihr und Eure, äh ..., Geliebte ...«

»Jutta!«

»Also Ihr und Jutta: Wie lange kennt Ihr Euch bereits?«

»Seit fast vier Jahren. Wir lernten uns beim Erntefest auf dem Hahndorn kennen.«

»Und habt Ihr ... Ich meine ...«

»Was?«

»Liebt Ihr sie?«

Das war eine ungeheuerliche Frage. Doch Mathäus mochte den Diener zu sehr, um ihn dafür zu maßregeln. Zu vertraut waren die Männer sich inzwischen geworden.

»Ich liebe sie mehr als mein Leben, Didi.«

»Dann gestattet mir eine weitere Frage.«

»Wenn's dich glücklich macht.«

»Warum heiratet Ihr sie nicht?«

Mathäus seufzte leise. »Was erzählt man sich denn so im Dorf?«, wollte er wissen.

»Dass Eure Jutta einen Eid abgelegt hat. Dass sie in ein Kloster eintreten will.« Als Mathäus keine Reaktion auf diese Behauptungen zeigte, fragte er mutig: »Stimmt das?«
»Es ist nur ein Teil der Wahrheit«, erwiderte der Dorfherr ernst. »Niemals hat sie einen Eid geschworen. Doch es ist wahr: Seit frühester Kindheit fühlt sie sich zur Dienerin Gottes berufen.«
»Und dann lernte sie Euch kennen.«
Mathäus nickte knapp. »So ist es.«
»Und was jetzt?«
»Jetzt? Lebt sie in einem Zwiespalt der Gefühle.«
»Habt Ihr nie versucht, die Nonne in ihr auszutreiben?«
Mathäus bedachte den Diener mit einem ungnädigen Blick. »Was redest du da für unfrommes Zeug?«
Dietrich ließ seine Mundwinkel hängen. »Verzeiht mir, Herr.«
»Niemals würde ich sie bedrängen. Eines Tages wird sie eine Entscheidung fällen. Gott wird ihr dabei helfen.«
»Sicher, Herr.«
Stumm ritten sie weiter. Vögel zwitscherten. Im Unterholz raschelte kleines Getier. Nach einer Weile war es der Dorfherr, der das Schweigen brach.
»Dietrich?«
»Herr?«
»Du hast mich das alles nicht ohne Grund gefragt, nicht wahr?«
»Wie?«
»Du befindest dich auf der fieberhaften Suche nach Erkenntnissen, die dir helfen können, das seltsame Wesen des Weibes verstehen zu lernen.«

Dietrich blies die Wangen auf und rang nach Worten.
»Hast du dich wieder mal verliebt?«
»Ich ... Ja, Herr.«
»Glückwunsch. Wer ist die Auserkorene? Eine vom Gesinde?«
»Ja, Herr. Ihr Name ist Regina. Sie ist einfach zauberhaft.«
»In der Vergangenheit hattest du nicht viel Glück mit den Frauen. Ich hoffe für dich, dass es diesmal anders wird.«
»Darauf könnt Ihr wetten, Herr. Regina und ich – wir würden füreinander durchs Feuer gehen.«
»Fein. Und wann wird geheiratet?«
»Wie?« Dietrich sah den Dorfherrn an wie eine Erscheinung.
»Wann ihr heiraten wollt, möchte ich wissen. Nichts anderes hast du mich doch eben auch gefragt.«
»Von mir aus noch heute. Aber was kann ich ihr denn schon bieten? Ich bin nur ein einfacher Burgdiener.«
»Nun ja, der Hochadel wird dir wohl verwehrt bleiben. Aber du bist ein wohlgestalteter Mann. Deine Regina wird wohl schwerlich einen besseren finden.«
»Und wenn ihr eines Tages jemand begegnet, der ihr etwas bieten kann? Wenn ihr ein reicher Pfeffersack den Hof macht? Was dann?«
Mathäus brachte seinen Gaul zum Stehen und sah Dietrich tadelnd an. »Mein guter Dietrich, du stehst dir wohl selbst im Wege.«
»Wie?«
»Du bist Dietrich, ein feiner Kerl. Du bist kein reicher Patrizier, kein Kaufmann und kein König. Aber du bist

Dietrich. Eine Frau, die dich verschmäht, nur weil du ein Burgdiener bist, hat dich wahrlich nicht verdient.«
Er ließ Julius weitertraben. Dietrich verharrte ein paar Augenblicke auf seinem Pferd, bevor er aufschloss.
»Danke, Herr.«
»Es gibt nichts, wofür du dich bei mir bedanken müsstest.«
»Doch. Ihr macht mir Mut.«
»Der Mut ist in dir, Junge.«
»Mag sein.«
Der Ton in Dietrichs Stimme ließ Mathäus aufhorchen.
»Du führst etwas im Schilde, nicht wahr?«
»Kann man denn nichts vor Euch verbergen?«
»Heraus damit.«
Dietrich druckste herum. »Es geht um den Wettbewerb«, erklärte er schließlich.
»Um welchen Wettbewerb?«
»Das Bogenschießen während des anstehenden Erntefestes. Herr Paulus hat demjenigen zwanzig Silbergulden versprochen, der ihn im Wettkampf besiegt.«
»Herrjeh! Paulus ist der beste Bogenschütze unter Gottes weitem Himmel. Er könnte dem Sieger ebenso gut tausend Silbergulden versprechen.«
»Aber wenn ich fleißig übe …«
»Du könntest dem Burgvogt vorschlagen, ein Wettreiten zu veranstalten. Dann wärest du der sichere Sieger. Aber so dumm wird Paulus nicht sein, sich darauf einzulassen.«
»Herr! Zwanzig Silbergulden! Ich würde meine Regina mit goldenem Schmuck behängen …«
»Dietrich! Offenbar hast du mir eben nicht zugehört …«

»Pssst.« Der Diener bedeutete ihm still zu sein und starrte in eine der Baumkronen. Sie zügelten ihre Pferde.
»Was ist?«, flüsterte Mathäus und folgte blinzelnd Dietrichs Blick.
»Da oben. Auf dem Ast. Ein Eichhörnchen.«
»Na und?«
Dietrich griff nach seinem Bogen, der am Sattelknauf baumelte. Bedächtig fischte er einen Pfeil aus seinem Köcher und spannte ihn auf die Sehne. Mit angehaltenem Atem verfolgte Mathäus jede Bewegung seines Dieners, der sein Ziel anvisierte.
Dietrich ließ sich Zeit. Das Eichhörnchen knabberte munter an einer Haselnuss. Dann schwirrte der Pfeil durch die Luft.
Im Wipfel des Baumes knackten Zweige. Blätter flatterten durch die Luft.
Dietrich blickte blinzelnd nach oben. »Wo ist es? Habe ich es getroffen?«
»Das ging ziemlich weit daneben«, seufzte der Dorfherr. Im nächsten Moment fiel etwas aus dem Geäst und landete vor den Hufen ihrer Pferde, die nervös zurücktänzelten.
»Aber … das ist ja ein Uhu«, stammelte Dietrich und wedelte ein paar Federn zur Seite, die vor seiner Nase schwebten.
Mathäus seufzte abermals. »Und du willst den Burgvogt beim Bogenschießen besiegen, wie?«

Nachlässig lehnte Wilhelm der Fünfte, Graf von Jülich, am Gatter und beobachtete die Pferde auf der Wiese. Der einfache, braune Umhang, den er trug, ließ ihn eher wie

einen Reiterführer erscheinen. Obschon er beinahe fünfzig Jahre alt sein musste, war ihm eine fast jugendliche Vitalität geblieben.
Mathäus nickte dem gräflichen Diener, der ihn hierher geführt hatte, dankend zu. Der verbeugte und entfernte sich.
Der Markgraf hörte die sich nähernden Schritte, doch sein Blick blieb weiter auf die Pferde gerichtet.
»Sind das nicht herrliche Tiere, Mathäus?«, fragte er schwärmerisch.
»Ja, Durchlaucht.«
»Siehst du den schwarzen Araber dort hinten? Ein Geschenk meines Bruders, des Erzbischofs. Mit einem solchen Pferd kann man durch die Hölle reiten.«
»Ich für meinen Teil bevorzuge irdische Gefilde, Durchlaucht.«
Endlich wandte sich der Graf dem Dorfherrn zu. Sein Gesicht war bartlos, kantig und von unergründlicher Reglosigkeit, obwohl seine Mundwinkel sich zu einem kaum wahrnehmbaren Lächeln verzogen.
»Offenbar gehören wir zu den Auserwählten, die das schreckliche Strafgericht Gottes, den Schwarzen Tod, lebend überstehen durften. Mit irdischen Gefilden müssen wir uns also weiterhin zufrieden geben, ob wir es wollen oder nicht.«
»So ist es wohl, Durchlaucht.«
»Lass das *Durchlaucht*, mein Freund. Auch wenn ich in den Reichsfürstenstand erhoben wurde, bleibe ich nur dein Graf, wie früher. Sei willkommen.«
Mathäus verneigte sich ergeben. Der Graf musterte ihn

gründlich. »Du hast dich nur wenig verändert, Dorfherr von Merode. Wo sind deine Begleiter?«
»Mein Diener ist bei den Stallungen und kümmert sich um die Pferde.«
»Was? Du hast nur einen Diener bei dir?«
Mathäus hob seine Schultern. »Ja, mein Graf.«
»Auch wenn du einst ein fähiger Soldat meiner Garde warst, ist es äußerst leichtsinnig, ohne einen bewaffneten Trupp durch die hiesigen Wälder zu reiten.«
»Leider sind die Meroder nicht in der Lage, mir einen Trupp zur Verfügung zu stellen. Doch seid unbesorgt, mein Graf. Mein Diener ist ein begnadeter Bogenschütze.«
»Also gut. Komm, Mathäus, lass uns ein wenig spazieren gehen.« Er schritt langsam voran und bedeutete Mathäus mit einer Geste, neben ihm zu gehen. Ihre Blicke schweiften über die sommerlichen Wälder im Tal.
»Wie geht es Heinrich, deinem Freund?«, brach der Graf nach einer Weile das Schweigen. »Hast du ihn jemals wieder gesehen?«
»Zuletzt hat er das Weihnachtsfest bei mir verbracht.«
»Führt er immer noch dieses seltsame Vagabundenleben?«
»Ja, das tut er.« Mathäus unterdrückte einen Klagelaut.
Der Graf schüttelte den Kopf. »Das verstehe ich nicht. Er ist ein so verdienter Mann! Er hat dem König von England das Leben gerettet und mir und dem Haus Jülich somit manche Peinlichkeit erspart. Und dennoch lebt er in Unfrieden mit sich selbst.«
»Der Tod des Kindes ist ihm sehr nahe gegangen.«

»Herrgott, es war doch nicht seine Schuld. Alles ging so schnell …«

»Heinrich ist Heinrich, mein Graf. Wir haben nicht das Recht, die Qualen seiner Seele zu bewerten.«

»Trotzdem sollte er sich nicht wie ein Einsiedler von der Welt zurückziehen. Ich hätte hier in Nideggen gewiss Verwendung für ihn.«

»Ich fürchte, er würde Euch eine Absage erteilen.«

Wilhelm machte einen tiefen Atemzug. »Also schön. Lassen wir Heinrich Heinrich sein. Es gibt auch noch andere, die ich hier gebrauchen könnte.« Er blieb stehen und blickte den Dorfherrn offen an. »Wie ist es mit dir, Mathäus? Bist du mir noch gram?«

»Warum sollte ich Euch gram sein?«

»Weil ich dich in dieses Bauerndorf versetzen ließ.«

»Niemals war ich Euch deswegen gram, mein Graf.«

»Tatsächlich?« Wilhelm hob eine Augenbraue. »Mir blieb damals keine andere Wahl, weißt du? Gewisse Mitglieder meiner Familie hätten mich das Fürchten gelehrt, hätte ich dich damals nicht bestraft. Ach Mathäus, welcher Teufel ritt dich bloß, als du meine Cousine eine ›dumme Eule‹ nanntest?«

Mathäus grinste schief. »Ich hatte wohl zu laut gedacht«, erklärte er. »Und was die Versetzung betrifft: Ich habe sie nie als Bestrafung empfunden.«

»Und das ist dein Ernst?«

»Voll und ganz.«

»Ich weiß schon: Das Mädchen, das dein Herz erobert hat …«

»Würde ich Euch widersprechen, wär's eine Lüge. Doch

es gibt auch noch andere Gründe, warum ich mich in Merode wohl fühle.«

»Erspar sie mir. Komm zurück nach Nideggen!«

Mathäus blickte ihn ungläubig an.

»Wie?«

»Die Sache mit der ›dummen Eule‹ ist längst vergessen. Komm zurück. Ich brauche hier noch einen guten Beamten.«

»Ich soll …? Aber ich …«

»Jaja. Und deine Angebetete bringst du mit. Daran soll es wahrlich nicht scheitern.«

»Ist das ein Befehl?«, fragte der Dorfherr verstört.

»Es ist ein Angebot. Selbstverständlich kannst du frei entscheiden, Mathäus.«

»Ich … ich muss darüber nachdenken, mein Graf.«

»Sicher. Einen ganzen Monat Bedenkzeit gebe ich dir. Komm, lass uns den Sommertag noch ein wenig genießen.«

Er fasste ihn sanft am Arm und führte ihn mit sich. Am Himmel kreiste ein Bussard auf der Suche nach Beute.

»Mein Graf?«

»Mathäus?«

»Das ist doch nicht der Grund, weshalb Ihr mich rufen ließet.«

Wieder blieben sie stehen und sahen sich in die Augen.

»Zumindest nicht der einzige«, gab der Graf zu. »Und mit Befriedigung stelle ich fest, dass dein Scharfsinn seinem legendären Ruf gerecht wird.«

»Seinem legendären Ruf?« Mathäus lachte laut auf, wie es sich in der Gegenwart eines Grafen eigentlich nicht

geziemt hätte. »Ihr habt Recht: Er ist Legende und nicht die Wahrheit.«
»Scharfsinn und Bescheidenheit. Ach, Mathäus. Du musst mir helfen!«
»Sicher. Ich habe immer ein offenes Ohr für Euch.«
Wilhelm von Jülich nagte an seiner Unterlippe. »Wie du weißt«, begann er zögerlich, »besitzt Jülich in Aachen mancherlei Pfandrechte und Vogteien. Meine Interessen in der Stadt vertritt ein Mann, dem ich voll und ganz vertraue.«
»Hartmann von Birgel. Ich kenne ihn. Ein fähiger Beamter.«
»Eben der. Nun, die Nachrichten, die er mir kürzlich überbrachte, sind Besorgnis erregend.«
»Ist es etwa der Ritter Gerhard Chorus, der Euch einmal mehr Probleme bereitet?«
Die Erwähnung seines großen Aachener Gegenspielers rang Wilhelm ein gequältes Lächeln ab. »Nein. Der Ritter ist es diesmal nicht. Vielmehr ist die Bedrohung namenlos.«
Der Graf zupfte nervös an den Falten seines Umhangs. »In der Stadt«, fuhr er nach einer Weile fort, »wütet ein Mörder, der nächtens seinen Opfern auflauert und ihnen den Kopf vom Rumpf trennt. Zuerst war es ein Ratsherr, der dran glauben musste. Eine Woche später traf es einen Schmied. Beide hatten zuvor in Gasthäusern gezecht, und beide fand man auf dem Radermarkt. Es besteht wohl kein Zweifel, dass sie Opfer desselben Meuchlers wurden.«
Mathäus schauderte. »Wahrlich kein schönes Ende«, sagte

er und schluckte. »Dennoch begreife ich nicht, warum diese Morde Euch so viel Unbehagen bereiten.«
»Vielleicht begreifst du es, wenn du erfährst, wo man die Köpfe der beiden Enthaupteten fand.«
»Ich will es versuchen, mein Graf.«
»Nun, sie lagen vor dem südlichen Hauptportal des Domes und grinsten ihre Finder hämisch an.«
»Hm! Vor dem südlichen Hauptportal.« Mathäus stützte sein Kinn in die Hand und richtete seinen Blick sinnend ins Tal. »Das Hauptportal des Domes besteht aus Bronze. Zwei Löwenköpfe prangen darauf.« Er überlegte. »Auch Jülich trägt einen Löwen in seinem Wappen«, sagte er schließlich. »Ist es möglicherweise so, dass gewisse Leute in Aachen dies als eine Botschaft des Täters verstehen und das Haus Jülich für diese Untaten verantwortlich machen?«
»Ich wusste, du würdest mich nicht enttäuschen, Mathäus. Jülich und Aachen waren sich in der Vergangenheit oft spinnefeind.«
»Höhepunkt dieser Feindschaft war die Gertrudisnacht, Anno 1278. Euer Großvater und seine Gefolgsleute wurden in schweren Straßenkämpfen erschlagen.«
»Und dieser Hass gärt bis heute. Hartmann überreichte mir ein Schreiben von den Bürgermeistern der Stadt, in dem sie mich mit heuchlerisch höflichen, aber eindeutigen Worten aufforderten, Jülichs Unschuld in dieser Angelegenheit offen zu legen. Eine maßlose Frechheit, ohne Zweifel. Doch an Zwist mit dem Magistrat der Stadt kann mir weiß Gott nicht gelegen sein. Ich benötige meine Kräfte für andere, wichtigere Dinge.«

»Was ich verstehen kann, mein Graf. Doch nun gestattet mir die Frage, was die Aachener Morde eigentlich mit mir zu tun haben.«

»Du kannst es dir nicht denken, mein Freund?«

»Nun, äh … Um ehrlich zu sein: Nein.«

»Wo ist er jetzt geblieben, dein Scharfsinn? Ich will, dass du nach Aachen reist und den Mörder für mich findest!«

Mathäus blickte den Grafen fassungslos an. Das konnte er doch nicht ernst meinen!

»Ich … soll nach Aachen, Herr?«

»Das sagte ich.«

»Aber … Ich bin kein Konstabler.«

»Du bist mein Beamter, Mathäus.«

»Es ist also ein Befehl?«

Der Graf stieß einen Seufzer aus. »Mathäus«, sagte er beschwörend, »du bist der richtige Mann für eine solch heikle Aufgabe. Ich will dir alle Vollmachten geben, die du brauchst.«

»Was macht Euch so sicher, dass gerade ich in der Lage sein sollte, diesen Wahnsinnigen zu finden?«

»Spiel nicht wieder den Bescheidenen. Jedermann weiß, auf welch geniale Art du die Mädchenmörder im vergangenen Sommer entlarven konntest. Und dann dieser Vorfall in Kloster Schwarzenbroich …«

»Mein Verdienst an der Aufklärung dieser Verbrechen war eher gering. Es war der gute Heinrich, von dem wir eben noch sprachen, der mir die entscheidenden Hinweise gab.«

Der Graf machte eine unwirsche Handbewegung. »Heinrich ist der Welt entrückt. Ich brauche dich, Mathäus.

Bitte, hilf mir! Es ist mir gleichgültig, wie du es anstellst. Nur: Bring mir diesen Mörder, bevor er mit seinem blutigen Tun fortfährt.«
Mathäus atmete tief. »Also gut. Wenn Ihr es wünscht …«
Erleichtert klopfte ihm der Graf auf die Schulter.
»Doch gebt mir noch drei Tage Zeit, bevor ich aufbreche, mein Graf. Es gibt da in Merode noch einige Dinge zu regeln, die keinen Aufschub dulden.«
»Zwar wäre mir dein sofortiger Aufbruch lieber, doch ich will deine Nachsichtigkeit nicht zu sehr strapazieren.«
»Danke, mein Graf.«
»Und jetzt lass uns etwas essen. Ich habe eine kleine Tafel für uns vorbereiten lassen. Auch mein Vertrauter, Hartmann von Birgel, wird beim Mahl anwesend sein. Du wirst also Gelegenheit haben, mit ihm zu sprechen.«

Die kleine Tafel, von der Wilhelm gesprochen hatte, war in Wirklichkeit ein opulentes Bankett. Die vier Männer – auch Dietrich durfte zu seiner großen Freude an dem Mahl teilnehmen – wirkten im großen Rittersaal der Burg verloren. Diener trugen nacheinander die Gänge auf: Eine kräftig gewürzte Suppe mit jungen Erbsen machte den Anfang. Den im Anschluss aufgetischten Kapaunenpasteten folgte ein deftiger Fasanenbraten, dazu gab es geröstete Weißbrotwürfel in einer dicken Soße. Als besondere Spezialität seiner Köche kündigte Wilhelm die gefüllte Kalbsbrust an – zubereitet mit seltenen Gewürzen wie Thymian und Majoran –, ihr folgte eine Torte mit Mandeln und Honigglasur.
Hartmann von Birgel aß schweigend und überließ das

Tischgepräch zunächst den anderen. Er war ein sehniger Mann von hohem Wuchs. Seine Mundwinkel schienen von einem ständigen, zynisch anmutenden Lächeln umspielt, doch dieses war wohl eher eine unfreiwillige Eigenart seiner Mimik. Herzlich hatte Hartmann den Dorfherrn von Merode – die beiden Männer mochten etwa im gleichen Alter sein – begrüßt. Sie kannten sich noch aus gemeinsamen Nideggener Zeiten, und Mathäus hatte die ruhige, besonnene Art des anderen stets geschätzt.

Als die Diener den letzten Gang auftrugen – kandierte Äpfel und gedörrte Feigen –, schüttelte Mathäus den Kopf. »Mein Graf, mit Verlaub, es ist genug. Wollt Ihr, dass ich platze?«

Wilhelm lächelte. »Deinem Begleiter scheint's aber immer noch zu schmecken.« Mit dem Kinn deutete er auf Dietrich, der soeben versuchte, sich einen ganzen Apfel in den Mund zu stopfen.

Mathäus bedachte den Diener mit einem vorwurfsvollen Blick. Dietrichs schwer arbeitende Kiefer hielten inne. Er brummte etwas in sich hinein und rülpste vernehmlich.

»Unser Freund, der Dorfherr, achtet immer noch die christliche Tugend der Mäßigung«, lachte Hartmann. »Doch ich muss ihm beipflichten, mein Graf. Wenn Ihr wollt, dass wir in Aachen die schwierige Aufgabe lösen, die Ihr uns aufgetragen habt, müsst Ihr nun aufhören, uns zu mästen.«

»Womit wir zum eigentlichen Anlass unseres Hierseins kommen.« Wilhelm lächelte viel sagend und nippte an seinem Weinbecher. »Hartmann, du wirst erfreut sein zu hören, dass der gute Mathäus sich bereit erklärt hat, uns behilflich zu sein. Er wird in Aachen nach dem Mörder suchen.«

Mathäus seufzte ungewollt.

»Dann«, sagte Hartmann, »wehe dem Schurken.«

»Allerdings hat unser Freund noch gewisse Dinge in seinem Dorf zu regeln und kann erst in drei Tagen mit Euch aufbrechen.«

Hartmann und der Graf sahen Mathäus schweigend an, als erwarteten sie eine Begründung für die Verzögerung.

Mathäus hob die Hände. »Naja, äh ... Manchmal bedarf es eines Schlichters, damit die Ober- und Unterdörfler sich nicht gegenseitig massakrieren. Diesmal geht es um die Örtlichkeit für das anstehende Erntefest. Bis jetzt fand es immer auf dem Hahndorn statt, doch die Unterdörfler sind der Meinung, dass es diesmal ...«

»Schon gut, Mathäus.« Hartmann nickte ihm verständnisvoll zu und wandte sich an den Grafen. »Der Dorfherr nimmt seine Pflichten sehr ernst, und das ist gut so. Ihr könnt stolz auf ihn sein.«

»Das bin ich«, sagte Wilhelm mit Nachdruck. »Erledige, was es zu erledigen gibt, Mathäus. In drei Tagen holt Hartmann dich ab. Gemeinsam werdet ihr dann nach Aachen reiten.«

»Wie Ihr es wünscht.«

Hartmann beugte seinen Oberkörper nach vorne. »Es wird nicht einfach werden, Mathäus. Die Aachener hassen uns Markgräfliche mehr als die Pest, die noch vor wenigen Monaten in ihren Mauern wütete. Man wird uns unsere Aufgabe kaum erleichtern. Viele im Magistrat sind

davon überzeugt, dass ein Jülicher hinter diesen grausigen Mordtaten steckt. Womöglich wird man uns gar der Mitwisserschaft bezichtigen.«
»Mit Gottes Hilfe werden wir dem Recht Genüge tun«, erwiderte Mathäus und hoffte inständig, dass die Aufmerksamkeit der Männer sich nicht auf seinen Diener richtete. Dietrich ließ nämlich heimlich ein kandiertes Stück Obst nach dem andern in seinem Wams verschwinden.

3

»Jakobus liebt die Schweine
mehr als seine Beine.«

Die drei Bengel, ein jeder kaum älter als eine Dekade, umtanzten den Verspotteten, der wütend seine Fäuste ballte. »Wenn ich euch kriege«, knurrte er, »dann dreh' ich euch den Hals rum.«

»Du kriegst uns aber nicht, Humpelbein!«

Jakob machte einen plötzlichen Schritt nach vorne, doch die Bengel lachten nur über diesen hoffnungslosen Versuch, sie einzuschüchtern.

Niemals wäre der Schweinehirt in der Lage gewesen, die Jungen zu fangen und ihnen die fällige Abreibung zu verpassen. Eine uralte Verletzung seines rechten Beins, einst verursacht durch einen wild gewordenen Eber, hinderte ihn daran.

Im Gehölz knackten Zweige, raschelte Laub: Jakobs Schweine waren auf der wenig Erfolg versprechenden Suche nach etwas Fressbarem im sommerdürren Wald. Sie grunzten laut; es klang beinahe missmutig.

»Geh zu deinen Schweinen, Humpelbein. Sie rufen dich!«

»Ich dreh' euch den Hals rum!« Jakobs blatternarbiges Gesicht verzog sich zu einer zornigen Grimasse.

Die drei setzten ihm noch eine Weile mit ihren Schmähreden zu. Als Jakob müde wurde, ihnen zu drohen, verloren sie das Interesse.

»Lassen wir ihn bei seinen Säuen«, bestimmte der Größte der Knaben. Er hatte rote Wangen, ein rundes Gesicht und überragte die beiden anderen fast um einen Kopf.
Sie huschten davon, verschwanden im Unterholz. Als sie die Quelle des heiligen Born erreichten, labten sie sich am kühlen Nass.
»Ich muss jetzt heim. Den Eltern bei der Arbeit helfen.«
»Ich auch.«
Der Rotwangige tippte an seine Stirn. »Unsinn. Arbeiten könnt ihr später noch genug.«
»Aber es setzt Prügel, wenn ich nicht nach Hause komme.«
»Ob dir die Knochen von der Arbeit wehtun oder von den Prügeln, das ist doch einerlei.«
»Musst denn *du* den Eltern nicht helfen?«
»Wozu gibt es Mägde und Knechte?«
»Aber ...«
»Seid keine Spielverderber. Das Versteckspiel. Los, nur eine Runde.«
»Ich weiß nicht ...«
»Diesmal werde ich euch suchen, einverstanden? Und wenn ihr es schafft, dass ich euch nicht finde, bekommt ihr einen Preis.«
»Einen Preis? Was denn für einen Preis?«
»Hm! Was wollt ihr? Ein Schaukelpferd? Einen Ball? Eine Ritterrüstung?«
»Du hast eine Ritterrüstung?«
Der Rotwangige nickte stolz. »Kettenhemd, Helm und Schild. Mit einem Löwen drauf.«
»Und auch ein Schwert?«

»Sicher. Aus Holz zwar nur, aber immerhin. Also, macht ihr mit?«
Die beiden zögerten nicht länger. »Na schön. Aber nur eine Runde. Und wehe, du hältst nicht Wort.«
»Natürlich halte ich Wort. Aber es wird nicht nötig sein. Ich finde euch sowieso.«
»Das werden wir sehen.«
»Ich drehe mich jetzt um und zähle dreimal bis zehn.«
»Aber wehe, du guckst.«
»Verschwindet schon!« Er lehnte sich an den Stamm einer Buche und schloss seine Augen. »Eins! Zwei …!«
Hinter ihm suchten seine Spielgefährten eilig das Weite. Verstohlen blinzelte er aus seinen Augenwinkeln. Sie stoben in verschiedene Richtungen davon. Es war wichtig, dass er sie fand, denn er verspürte wenig Lust, sich von seiner Ritterrüstung zu trennen. Deshalb beschloss er, schneller zu zählen.
Er war bereits zum dritten Mal bei sieben angelangt, als er eine Gestalt bemerkte, die sich ihm näherte. Er war verwirrt. Welcher Teufel ritt wohl einen der Spielkameraden, sich selbst um den Siegespreis zu bringen?
Der rotwangige Knabe zählte weiter, musste er doch um seiner Glaubhaftigkeit willen so tun, als habe er den anderen nicht bemerkt. »Acht! Neun! Zehn!«
Ein Grinsen unterdrückend, schnellte er herum – und erschrak. Nein, das war keiner seiner beiden Spielgefährten, der dort vor ihm stand, sondern ein erwachsener Mann. Bedrohlich sah dieser auf ihn herab.
Dem Knaben stockte der Atem …

»Vielleicht kann man sich ja darauf einigen, dass …«
»Einigen?« Das rote Gesicht der Bäuerin Kunigunde wurde noch röter. »Was heißt denn hier einigen? Ist es Euch eigentlich klar, werter Dorfherr, dass das Erntefest seit Menschengedenken alljährlich auf dem Hahndorn stattgefunden hat? Und niemals woanders?«
»Nun, äh …«
»Das«, blaffte Kunigundes Kontrahentin Frieda, »muss ja noch lange nicht heißen, dass dies auch so bleiben wird bis in alle Ewigkeit!«
Kunigundes Augen schienen aus ihren Höhlen zu treten. »Schon mal was von Tradition gehört, Frieda? Manche Dinge müssen eben so sein, wie sie sind.«
»So? Dann frage ich mich, warum ihr Oberdörfler es mit dem Waschtag nicht immer so genau nehmt.«
»Was soll das denn heißen?«
»Vorgestern waren wir an der Reihe, wie du doch sicherlich weißt. Trotzdem floss eine dunkle Brühe den Bach herab.«
»Na und? Ist das vielleicht meine Schuld? Ich habe vorgestern nichts im Bach gewaschen.«
»Da hat mir die gute Mechthild aber was ganz anderes erzählt.«
»Die gute Mechthild ist blind wie ein Maulwurf. Sie muss sich verguckt haben.«
»Meine Damen! Ich bitte euch!« Hilfe suchend sah Mathäus die beiden Gatten der Bäuerinnen an. Die aber starrten stumm auf das Holz des Tisches. Mathäus bereute es schon im Stillen, die Delegationen in sein Häuschen geladen zu haben. Mit dem Frieden in seinen vier Wänden war es nun vorbei.

»Meine Damen! So behaltet doch die Ruhe. Wir werden sicher eine Lösung für das Problem finden.«
»Natürlich gibt es eine Lösung«, brummte Kunigunde. »Das Fest findet auf dem Hahndorn statt! So wie eh und je.«
Frieda lachte schrill. »Pah! Und warum? Nur weil du es so willst?« Sie stieß ihren Gatten unsanft in die Seite. »He! Sag doch auch mal was dazu.«
Der Bauer stotterte. »Ich … äh …«
»Und wo«, rief Kunigunde frohlockend, »wo wollt ihr Unterdörfler ein Fest abhalten? Kannst du mir das vielleicht mal verraten, Frieda?«
»Am Strangsweg gibt es Wiesen genug.«
»Ja. Und Sumpf. Und Mücken.«
»Jedenfalls gibt es dort keine Schweinescheiße. So wie auf dem Hahndorn.«
Nun fühlte sich auch Kunigunde veranlasst, ihren schweigenden Gatten mit in die Diskussion einzubeziehen. »Hörst du das? Schweinescheiße auf dem Hahndorn. Was sagst du dazu?«
»Pfffh …«
»Herrschaften!« Mathäus versuchte es ein letztes Mal. »Bleiben wir doch bei der Sache. Ein Fest gilt es abzuhalten, und …«
»Wir verlangen«, unterbrach ihn Frieda mit donnernder Stimme, »dass das Fest in den nächsten fünf Jahren im Unterdorf abgehalten wird. Wir sind es leid, von den Oberdörflern als gnädig geduldete Gäste betrachtet zu werden. Das Fest findet schließlich für alle Bewohner der »Herrschaft« statt, nicht nur für die Oberdörfler.«

»Hört, hört«, rief Kunigunde. »Jetzt macht sie sich womöglich noch zur Fürsprecherin der Schlicher und Echtzer. Ach, wie edel …«
»Jetzt reicht's!« Mathäus' Faust krachte auf den Tisch. Die beiden Männer zuckten zusammen, während ihren Frauen die Kinnladen nach unten fielen. »Offenbar ist es nicht möglich, durch Vernunft zu einer Lösung zu gelangen. Deshalb werde ich die Sache entscheiden.«
Frieda blieb nicht lange sprachlos. »Und was entscheidet Ihr?«
»Das Fest wird gemäß der Tradition auch in diesem Jahr wieder auf dem Hahndorn stattfinden.«
Kunigundes Augen glitzerten triumphierend.
»Und … im kommenden Jahr?« Frieda ließ keineswegs locker.
»Im kommenden Jahr wird die Entscheidung davon abhängen, wer sich die wenigsten Regelverstöße zu Schulden kommen lässt.«
Kunigunde und Frieda blickten sich an. »Wie?«, entfuhr es ihnen gleichzeitig.
»Das Zusammenleben zwischen Unter- und Oberdörflern unterliegt zahlreichen Regeln. Ihr alle kennt sie, denn Ihr habt sie gemeinsam aufgestellt. Ob es um die Waschtage geht, um die Benutzung des Backhauses oder um andere wechselnde Privilegien: Ein jeder hat sich daran zu halten.« Wie ein Zuchtmeister blickte Mathäus von einer zur anderen. »Freilich wäre es übertrieben zu behaupten, dass dies jedem gelingt. Zu häufig werden mir Regelverstöße gemeldet. Im nächsten Jahr werden also diejenigen das Fest ausrichten dürfen, die über die Monate hinweg

die Regeln am gewissenhaftesten beachtet haben. Allerdings«, fügte er hinzu, als habe er die Gedanken der Bauernmatronen erraten, »reicht eine bloße Behauptung nicht aus. Die Regelverstöße müssen beweisbar sein.«
»Aber …«
»Das war's. Ihr dürft jetzt gehen.« Mathäus' entschlossenes Gesicht duldete keinen Widerspruch. Unvermittelt stand er auf. Die zweifellos erleichterten Gatten der Bäuerinnen taten es ihm gleich. Endlich erhoben auch die vor sich hin brabbelnden Frauen ihre fülligen Hintern. Mathäus geleitete die beiden Paare zur Tür und ließ sie hinaus. Draußen flimmerte die Hitze.
»Auf Wiedersehen, meine Herrschaften. Es war mir eine Ehre, bei der Lösung eurer Probleme behilflich zu sein.«
Die Paare trennten sich. Das eine stapfte dorfaufwärts davon, das andere dorfabwärts. Mathäus sah ihnen noch einige Zeit hinterher und konnte sich eines Lächelns nicht erwehren. Seine Aufmerksamkeit richtete sich aber schon bald auf eine sich nähernde Staubwolke.
Dietrich stoppte sein Pferd im vollen Galopp und sprang behände aus dem Sattel. Sein Gesicht war totenbleich.
»Didi, um Himmels willen. Was ist los?«
»Ihr müsst kommen, Herr«, keuchte der Diener. »Ein Mord!«

Kein Zweifel, der Knabe war erwürgt worden. Die Male an seinem Hals waren unübersehbar. Die Augen des jungen Toten blickten starr in eine andere Welt.
Mathäus kniete neben ihm und schüttelte entsetzt den Kopf. Schwerlich hätte er in diesem Augenblick stehen

können, waren doch seine Beine weich wie Wachs geworden. Er hatte das merkwürdige Gefühl, alles schon einmal erlebt zu haben.
Die toten Mädchen – erst ein Jahr war es her. Vielleicht lag ein Fluch über diesem Wald.
Dietrich stand neben dem Dorfherrn und kaute auf seinen Lippen herum. Ein wenig abseits von ihnen saßen zwei weitere Knaben auf einem Baumstumpf und heulten sich die Seele aus dem Leib. Einer von Paulus' Knappen hatte sich wie ein Wächter hinter den beiden postiert.
»Wer ist der Junge?«, fragte Mathäus den Burgdiener mit matter Stimme.
»Ein Sohn des Bauern Ruprecht aus dem Oberdorf.«
Mathäus nickte knapp. Ruprecht gehörte zu den eher betuchteren Bauern der »Herrschaft«. Mit Glück und Verstand hatte er es zu bescheidenem Wohlstand gebracht.
»Spuren?«
»Keine, Herr. Der Boden ist zu trocken.«
»Was ist mit den beiden Knaben dort?«
»Wohl seine Spielgefährten.«
»Haben sie was gesehen?«
»Keine Ahnung, Herr. Sie weinen nur. Haben das halbe Dorf zusammengebrüllt und uns hierhergeführt.«
Pferde näherten sich der unheilvollen Stätte. Mathäus erkannte den Burgvogt Paulus von Mausbach und zwei seiner Männer. Der Dorfherr löste sich aus seiner Erstarrung und erhob sich.
Paulus – weiß Gott nicht mehr der Jüngste – schwang sich mit nahezu jugendlicher Leichtigkeit aus dem Sattel. Sei-

nen Begleitern befahl er mit einer flüchtigen Geste, auf ihren Gäulen sitzen zu bleiben. Mit soldatischen Schritten näherte er sich dem Dorfherrn.
»Was zum Teufel ist denn hier schon wieder geschehen?«, bellte er.
Mathäus musterte seinen Intimfeind mit abschätzigen Blicken. »Ein toter Knabe. Er wurde erwürgt.«
»So?« Der Mausbacher betrachtete den leblosen Körper des Ermordeten. »Erwürgt, tatsächlich. Wer ist der Kleine?«
Mathäus sagte es ihm.
Der Burgvogt deutete mit dem Daumen auf die flennenden Knaben. »Und was ist mit denen?«
»Seine Spielgefährten. Leider ist ihr Schreck noch zu groß, als dass ich sie schon befragen könnte.«
»Blödsinn«, brummte Paulus und schritt auf die beiden zu. »He, ihr da!«
Sie blickten tränenüberströmt zu ihm empor.
»Haltet den Mund!«, brüllte der Burgvogt. »Reißt euch gefälligst zusammen, Burschen.«
Abrupt verstummte das Geheul der Knaben, doch aus ihren schreckensstarren Augen kullerten weitere Tränen.
Paulus nickte zufrieden. »Na also.«
Mathäus war neben ihn getreten. »Schon gut, Herr Paulus«, knurrte er. »Ihr habt Euch auf wahrlich eindrucksvolle Weise Gehör verschafft. Dennoch halte ich es für besser, wenn *ich* den verängstigten Knaben die Fragen stelle, die uns allen auf den Nägeln brennen.«
»Aber natürlich, werter Dorfherr. Bitte, fragt nur. Es liegt mir fern, mich in Eure Aufgaben einzumischen.« Er trat

ein paar Schritte zurück und grinste schmallippig. Mathäus warf ihm einen vernichtenden Blick zu, bevor er seine Aufmerksamkeit den beiden Knaben widmete.
»Seid ihr in der Lage, mir ein paar Fragen zu beantworten, Kinder?«
Sie nickten zögerlich.
»Wie heißt ihr?«
»Lothar«, schniefte der eine.
»Und du?«
»Ich heiße Martin.«
»Also, Lothar und Martin: Ihr habt hier im Wald gespielt?«
Sie nickten.
»Was habt ihr gespielt?«
»Verstecken, Herr.«
Paulus scharrte ungeduldig mit einem Stiefel. »Fragt sie noch, was sie zu Mittag gegessen haben, Mathäus. Es könnte von großer Wichtigkeit sein.«
Die Augen des Dorfherrn sprühten Funken in Richtung des Burgvogtes.
»Haltet Euch still, Paulus.«
»Oh, bitte verzeiht mir, Herr Hüter der herrschaftlichen Ordnung.«
Mathäus holte tief Luft und hockte sich nieder, um den Knaben in die rotgeheulten Augen sehen zu können.
»Ihr habt euch also versteckt. Was ist dann geschehen?«
»Der Heiner sollte uns finden. Er hatte uns seine Ritterrüstung versprochen, wenn er uns nicht finden würde.«
»Ich kletterte auf diese Eiche dort hinten. Ihre Krone ist so dicht, dass man schon selbst hoch muss, um darin

jemanden zu finden. Der Heiner kletterte nicht gern. Ich dagegen bin ein guter Kletterer, wisst Ihr?«

»Das bist du gewiss, Martin. Und wo hast du dich versteckt, Lothar?«

»In den Büschen dort hinten. Eigentlich wollte ich auch auf die Eiche, aber da saß ja schon der Martin drauf. Auch ich kann sehr gut klettern.«

»Bestimmt. Was geschah dann?«

»Ich habe von oben alles gesehen«, erklärte Martin. Seine Stimme zitterte wieder.

»Was hast du gesehen?«

»Der Mann – er hat den Heiner umgebracht.«

»Hast du den Mann erkennen können, Martin?«

Ein paar Herzschläge lang zögerte der Knabe, dann nickte er entschlossen. »Ja. Ich habe ihn erkannt.«

»Wer war es?«

»Jakob. Der Schweinehirt.«

»Jakob? Bist du dir da sicher?«

»Es war der Schweinehirt«, beteuerte der Junge.

Paulus klatschte laut in die Hände und gab einen johlenden Laut von sich. »Genial, wie Ihr diesen Fall gelöst habt, Mathäus.« Er schwang sich wieder auf sein Pferd und gab seinen Männern einen Wink. »Ihr habt's gehört. Sucht diesen Kerl, und werft ihn einstweilen ins Burgverlies.«

Zurück blieben Mathäus, Dietrich und die beiden Knaben.

»Didi, bring unsere beiden Freunde heim zu ihren Eltern, und lass den Heiner von hier abholen.«

»Und Ihr, Herr?«

Mathäus seufzte aus tiefster Brust. »Ich werde Ruprecht

und seine Frau aufsuchen müssen. Ihnen diese schreckliche Nachricht überbringen.«

»Kann ich sonst noch etwas für Euch tun, Herr?«

»Ja. Wenn du das erledigt hast, reite nach Schlich und hol mir meine Jutta. Sag ihr, dass ich sie sehen muss. Dass ich sie brauche. So sehr wie noch nie.«

4

Apathisch lag Mathäus auf seinem Lager und starrte zur Decke, wartete auf die Ankunft seiner Liebsten. Endlich vernahm er Hufgetrappel, hörte Juttas Stimme, die sich bei dem Burgdiener bedankte, bevor dieser wieder davonritt. Leise betrat Jutta die Stube.
Der Dorfherr hievte sich auf die Kante des Bettes. Jutta trat auf ihn zu, drückte ihn sanft zurück in die Waagerechte und legte sich zu ihm.
»Ich habe gehört, was geschehen ist«, flüsterte sie. Ihre Finger glitten langsam durch sein kastanienbraunes Haar, bevor sie ihren Kopf auf seine Brust legte.
»Wo ist Maria?«, fragte Mathäus nach einer Weile.
»Bei meinen Eltern. Ich will nicht, dass sie von unserer Traurigkeit mitgerissen wird.«
»Vielleicht hast du Recht: Das Leben wird ihr noch Traurigkeit genug bereiten. Ich war bei den Eltern des kleinen Heiner. Es war so schrecklich …«
Sie tastete nach seiner Hand und drückte sie.
»Es war Jakob, der Schweinehirt«, sagte Mathäus. In seiner Stimme lag kein Zorn, nur ungläubiges Schaudern. »Er hat den Kleinen umgebracht. Erwürgt, so wie man einem Huhn den Hals umdreht. Was geht wohl in einem Menschen vor, der es fertigbringt, ein wehrloses Kind zu töten?«
»Quäl dich nicht mit Fragen, die nur Gott allein beantworten kann, Liebster.«

»Gott?« Sein Freund Heinrich kam ihm in den Sinn, der den Glauben an einen gütigen, gerechten Gott längst verloren hatte. Einen Augenblick lang war er versucht, Verständnis für die Seelenverwirrung des Freundes aufzubringen.

»Gottes Wege mögen unergründlich sein. Aber warum bloß?«

»Weil wir zu klein sind, sie zu verstehen.«

Er genoss Juttas zarte Berührungen und schloss die Augen. »Ich werde für einige Tage nach Aachen reisen müssen«, sagte er nach einer Weile.

»Nach Aachen? Weshalb?«

»Nichts Bedeutsames. Ich habe etwas für den Grafen zu erledigen.«

Er wollte nicht, dass sie sich um ihn sorgte.

»Bist du zum Erntefest wieder zurück?«

»Ich – äh – weiß es noch nicht.«

»Aber ... Wollte nicht Heinrich pünktlich zum Fest hier erscheinen?«

»Zumindest hat er mir das hoch und heilig versprochen. Ich wünschte, er käme schon morgen. Er könnte mir in Aachen behilflich sein.«

Sie setzte sich auf. »Mathäus! Was machst du wirklich in Aachen?«

»Ich sagte doch ...«

»Die Wahrheit, Liebster. Muss ich mir Sorgen machen um dich?«

Er schüttelte lächelnd den Kopf. Seine Hand verharrte sanft an ihrer Wange. »Nein. Es gibt nichts, worum du dich sorgen müsstest«, erwiderte er.

Den Traum hatte Heinrich jede Nacht, doch noch nie war er so plastisch, so real gewesen.
Nideggen. Die schaulustige Menschenmenge. Leute, die ihre Hälse recken.
Der König von England kommt mitsamt seinem Gefolge.
Die markgräflichen Soldaten halten die Menge im Zaum. Was nicht einfach ist. Die Männer bilden eine Kette, drängen die Menschen zurück, um die enge Gasse offen zu lassen.
»Sie kommen!«, brüllt jemand.
Geharnischte Ritter. Yeomen in grüner Weidmannstracht. Die Sänfte des Königs.
Jubelrufe.
Dann Kriegsgeheul: Aus der Menge schält sich urplötzlich dieser Irre, stürmt auf die Sänfte zu. In seiner Hand funkelt ein Dolch.
Lähmendes Entsetzen. Heinrich aber reagiert blitzschnell, zieht sein Schwert. Im nächsten Augenblick steht er neben dem Attentäter, der bereits den Vorhang der Sänfte zerrissen hat.
Ein Schwerthieb. Blut spritzt aus dem Arm des Irren. Er flucht, weicht weiteren Hieben mit diabolischer Behändigkeit aus, landet in einem Pulk kreischender Menschen.
Heinrich setzt ihm nach. Das weitere Geschehen dauert nur wenige Herzschläge. Dennoch hat sich jede Einzelheit davon unauslöschlich in sein Gedächtnis eingebrannt.
Ein kleines Mädchen. Der Irre hat es an sich gerissen. Ein

lebender Schutzschild. Heinrich aber – beseelt von einem bösen Rausch – ist nicht mehr in der Lage, seinen Angriff abzubrechen …

»He, du! Mach, dass du hier wegkommst!«
Die brechenden Augen des Kindes …
»He, wach auf, sage ich. Und verschwinde von hier!«
Das Knurren eines Hundes – Chlodwig.
Heinrich öffnete die Augen. Die Morgensonne blendete ihn.
»Verschwinde!«, wiederholte der Bauer barsch. In seinen Händen hielt er einen Mistgabel, die er Heinrich drohend entgegenstreckte.
Chlodwigs Knurren wurde grimmiger. Die Dogge fletschte die Zähne, verharrte jedoch wie eine Sphinx neben ihrem erwachten Herrn. Thusnelda, Heinrichs Rappe, schnaubte unruhig.
Heinrich richtete sich stöhnend auf und rieb sich den Schlaf aus den Augen, als wolle er die Bilder seines unseligen Traumes vertreiben.
»Du hast in meinen Feldern nichts zu suchen, Kerl.« Das Stoppelkinn des Bauern bebte vor Wut.
»Dieses Feld ist bereits abgeerntet«, erwiderte Heinrich matt. »Ich wusste nicht, dass es ein Verbrechen ist, darauf zu nächtigen.«
»Wir dulden hier kein Lumpengesindel. Verschwinde und halt diesen verfluchten Köter zurück.«
Heinrich streckte seine Glieder. »Lass ihn in Frieden, Chlodwig«, gähnte er. »Wir wollen doch nicht, dass er von seiner Mistgabel Gebrauch macht, oder?«

Die Dogge legte ihren Kopf schief und knurrte ein letztes Mal. Dann stand sie auf und schüttelte sich, so dass der Bauer angstvoll zurückwich. Der Hund ließ von dem Bauern ab und folgte seinem Herrn. Heinrich führte Thusnelda am Zügel und blickte in die morgendliche Landschaft. Dort hinten, im Licht des jungen Tages, schimmerten die Dächer des Städtchens Zülpich.
»Nein, Chlodwig, das ist nicht unser Ziel.« Heinrichs Stirn legte sich nachdenklich in Falten. Der Traum. Seit mehr als zehn Jahren durchlebte er ihn nachts. Es war ein schmerzvoller Traum. Doch noch nie hatte er ihn so intensiv erlebt, so wahrhaftig. Er lastete wie ein schweres Gewicht auf seiner Brust.
»Unser Ziel«, sagte Heinrich, als verlange sein Hund eine Erklärung von ihm, »liegt südlich von hier. Wir ziehen schon heute nach Merode. Wir haben es unserem Freund Mätthes versprochen.« Er hievte sich auf den Rücken seines Pferdes. »Ich glaube, dass der Kreis sich bald schließen wird …«
In seiner Stimme schwang Bitterkeit.

Mathäus betrat die finstere Zelle des Verlieses. Hinter ihm fiel dröhnend die Tür ins Schloss zurück. Das Licht der Fackel in der Hand des Dorfherrn warf tanzende Schatten.
Jakob, der Schweinehirt, kauerte auf einem Haufen dreckigen Strohs. Sein rechter Fuß steckte in einer eisernen Klammer: Man hatte den Hirten an einen schweren, steinernen Klotz gekettet.
Der Dorfherr suchte den Blick des Gefangenen, doch der

starrte abwesend auf die feuchten Mauern seines trostlosen Quartiers.
»Jakob?«
Der Schweinehirt reagierte nicht. Erst als Mathäus ihn ein zweites Mal ansprach, schien er ihn wahrzunehmen. Dennoch blieb sein Blick seltsam verklärt. In seinem blatternarbigen Gesicht regte sich kein Muskel.
»Du weißt, warum man dich festgenommen hat, Jakob?«
Jakob deutete ein Nicken an. Mathäus musterte ihn streng.
»Ein Kind hast du erwürgt. Im Wald, an der Quelle des heiligen Born.«
Jakob starrte wieder die Wände an.
»Jakob! Sieh mich gefälligst an.«
Der Schweinehirt gehorchte, wenn auch zögerlich.
»In drei Teufels Namen, hast du mir denn nichts zu sagen?« Die Stimme des Dorfherrn hallte bedrohlich von den steinernen Wänden wider. »Hast du es getan?«
Jakob schluckte mehrmals, bevor er antwortete. »Nein, Herr.«
»So? Leider bist du aber bei deiner ruchlosen Mordtat beobachtet worden.«
»Ich war's nicht«, beharrte Jakob mit tonloser Stimme.
Mathäus seufzte niedergeschlagen. »Vor etwa einem Jahr, Jakob, saß dort an deiner Stelle ein Mann, der mit flammender Rede seine Unschuld beteuerte. Ich war geneigt, seinen Worten Glauben zu schenken. Ein Fehler, denn der Mann war ein Mörder.«
»Ich aber bin kein Mörder, Herr.«
»Was machtest du im Wald?«

»Schweine hüten.«
»Du treibst die Schweine in den Wald? Im Sommer? Die Eichelmast beginnt meines Wissens erst im Herbst.«
»Schweine hüten«, wiederholte der Gefangene mit wirrem Blick.
»Mir scheint, du bist dir deiner Lage nicht bewusst, Jakob. Auf dich wartet der Henker.«
»Aber ich hab's nicht getan.« Er kreuzte die Hände vor seiner Brust und schüttelte müde den Kopf. »Ich hab's nicht getan, Herr.«
Mathäus betrachtete das Häuflein Elend zu seinen Füßen. Da durchfuhr es ihn siedend heiß. Er ließ das Licht der Fackel über den Körper des Schweinehirten gleiten, um Gewissheit zu erlangen. »Es ist wahr«, stammelte er dann fassungslos. »Du hast es nicht getan, Jakob.«

5

»Martin! Ich möchte, dass du ganz genau überlegst. Bist du sicher, dass es der Schweinehirt war, der deinen Freund Heiner um sein Leben brachte?«
Der Junge starrte auf die scharrenden Hühner und schwieg. Mathäus und Dietrich wechselten einen viel sagenden Blick.
»Martin!«, setzte der Dorfherr erneut an. »Bitte beantworte meine Frage.«
»Ich habe gesehen«, erwiderte der Kleine gehorsam, aber mechanisch, »wie der Jakob den Heiner erwürgt hat. Ich saß auf der Eiche und konnte alles beobachten.«
»Woran hast du den Schweinehirten erkannt?«
»An seinem braunen Rock, Herr.«
»Und sein Gesicht?«
»Sein Gesicht?«
»Ja. Hast du auch sein Gesicht sehen können?«
Der Junge bückte sich nach einem Steinchen und zielte auf ein Huhn, das gackernd das Weite suchte. »An seinem Rock habe ich ihn erkannt. Wir waren ihm schon vorher im Wald begegnet ...«
»... und habt ihn verspottet, ich weiß. Doch das war nicht meine Frage, Martin. Ich wollte von dir wissen, ob du das Gesicht des Schweinehirten sehen konntest.«
»Ich ... nein, Herr«, gab der Junge schließlich zu. »Aber er war's. Jakob trug einen braunen Leibrock.«

Beinahe trotzig schaute er zu dem Dorfherrn empor.
Mathäus lächelte ihm zu. »Danke, Martin. Du kannst jetzt gehen.« Er sah dem Jungen nachdenklich hinterher.
»Worauf wollt Ihr eigentlich hinaus, Herr?«, holte Dietrich ihn ins Jetzt zurück. »Glaubt Ihr, dass Jakob unschuldig ist?«
Statt einer Antwort erhielt der Burgdiener einen barschen Befehl.
»Didi! Reite voran zur Burg. Die hohen Herrschaften sollen sich zu einer Lagebesprechung einfinden. Ich werde gleich da sein.«
Dietrich deutete verwirrt ein Nicken an. »Und wo soll diese Lagebesprechung stattfinden, Herr? Im Ost- oder Westflügel der Burg?«
»Das«, erwiderte Mathäus fahrig abwinkend, »ist mir ebenso egal, als wenn in Rom ein Sack Hafer umfällt.«

Die Herrschaften hatten sich auf den Saal der Scheiffarts im westlichen Flügel der Burg geeinigt. Als der Dorfherr ihn betrat, richteten sich drei fragende Augenpaare auf ihn.
Konrad, der Herr der westlichen Burghälfte, verbarg seine Neugier unter einer Maske demonstrativer Langeweile, wie es seine Art war. Sein Blick fixierte mal den steinbesetzten Ring an seinem Finger, mal den Dorfherrn von Merode, der sich vor den dreien verbeugte und vor ihnen Platz nahm.
Rikalt, der junge Herr der östlichen Burghälfte, schenkte Mathäus ein offenes Lächeln. Jedermann wusste, dass die beiden sich mochten. Mathäus schätzte den wachen Geist

des Elfjährigen, der den Dorfherrn manchmal, wenn niemand sonst es hören konnte, seinen Oheim nannte.
Paulus von Mausbach dagegen war bekanntermaßen ein erklärter Gegner des Dorfherrn, dessen bürgerliche Abstammung er verachtete. Viel lieber hätte er seinen Sohn in der Position des Dorfherrn gesehen, doch zähneknirschend musste er sich den Wünschen des Grafen beugen.
Der Burgvogt, Rikalts nomineller Vormund, bedachte den Eingetretenen mit dem gewohnt finsteren Blick. »Gewiss habt Ihr wieder eine ungemein wichtige Mitteilung zu machen«, brummte er spöttisch. »Eine Mitteilung, die es rechtfertigt, dass wir alles stehen und liegen lassen müssen, um Euren klugen Worten zu lauschen.«
»Ihr dürft ganz Ohr sein«, erwiderte Mathäus in Anspielung auf das verkrüppelte rechte Hörorgan des Mausbachers. »Wie Ihr vielleicht schon vermutet habt, geht es um den Mord an dem Jungen des Bauern Ruprecht.«
»Nein, das haben wir keinesfalls vermutet, Dorfherr.« Paulus wippte ungeduldig auf seinem Stuhl. »Denn die Sachlage ist völlig klar, und es besteht keinerlei Grund für dieses eilig anberaumte Treffen: Der Mörder konnte identifiziert und von meinen Männern gefasst werden. Es steht völlig außer Zweifel, was mit ihm geschehen wird. Er wird der Gerichtsbarkeit überantwortet und mit dem Tode bestraft.«
»Womöglich wieder eine Hinrichtung im Rahmen des Erntefestes, nicht wahr, Herr Paulus? Ihr seid doch ein Meister feierlicher Inszenierungen.«
»Worauf wollt Ihr hinaus, zum Teufel?«, bellte der Burgvogt.

»Ich will es Euch sagen, werte Herren: Der Schweinehirt kann den Mord nicht begangen haben.«
Paulus lachte hämisch auf und schlug die Hände über dem Kopf zusammen. »Geht das schon wieder los«, rief er. »Schon im vergangenen Sommer habt Ihr viel Wirbel um diesen Kaufmann gemacht, der da unten in unserem Verlies saß. Jedermann wusste, dass er das Mädchen umgebracht hatte, weil alle Beweise gegen ihn sprachen. Nur Ihr hieltet ihn für unschuldig.«
Konrad ließ von seinem Ring ab und richtete sein Augenmerk mit einem breiten Grinsen auf den Dorfherrn. »Unser lieber Freund Paulus hat nicht ganz Unrecht, findet Ihr nicht, Herr Mathäus? Eure Zauderei war nicht eben ein Ruhmesblatt für Euch.«
Der junge Rikalt holte tief Luft. Es war offensichtlich, dass er sich mühevoll zu beherrschen suchte. »Mein lieber Vetter, wie immer, wenn Ihr etwas sagt, kommt dabei nur die halbe Wahrheit zutage. Der Dorfherr wollte damals nur jegliche Zweifel ausräumen. Wie wir noch alle sehr gut wissen, komplizierte sich der Fall durch einen weiteren Mord. Und kein Mensch der »Herrschaft« wäre imstande gewesen, ihn auf solch geniale Weise zu lösen, wie der Dorfherr es schließlich tat …«
Mathäus machte eine abwehrende Handbewegung. »Schon gut, Herr Rikalt, ich danke Euch. Aber ich bin nicht gekommen, um mich für irgendetwas zu rechtfertigen.«
»Wie auch immer«, sagte Konrad und unterdrückte nur mühsam ein Gähnen. »Für meinen Geschmack geschehen hier in letzter Zeit ein paar Morde zu viel. An einer ver-

ängstigten Bevölkerung kann uns nicht gelegen sein. Ich bin sehr gespannt, was Eure Ermittlungen in Sachen Knabenmord ergeben haben, Herr Mathäus.« Nun schielte er wieder nach seinem Ring. Das Grinsen in seinem Gesicht war gefroren.

Der Dorfherr wandte sich an den Burgvogt. »Herr Paulus, ich möchte Euch um etwas bitten.«

»Wie?«

»Seid doch so gut und stellt Euch vor mich hin. Ihr seid etwa so groß wie der inhaftierte Schweinehirt, und wenn ich sitze, habe ich ungefähr die Körpergröße des ermordeten Knaben.«

»Was soll dieser Unsinn?«, blaffte der Burgvogt.

Rikalt stieß ihn unsanft an. »Warum tut Ihr nicht, worum er Euch bittet? Ihr wollt doch sicherlich wissen, was er uns mitteilen will.«

Paulus erhob sich brummelnd und tat wie ihm geheißen. Er postierte sich vor dem sitzenden Dorfherrn und sah verächtlich zu ihm herab.

»Und jetzt, Herr Paulus, demonstriert es an meiner Wenigkeit, wie der Schweinehirt den Knaben Eurer Meinung nach umgebracht hat.«

Paulus' Zähne blitzen unter seinem schwarzen Bart. Seine Hände zuckten hoch und legten sich um den Hals des Dorfherrn.

Die beiden Männer maßen sich mit einem endlosen Blick.

»Ihr dürft sogar ein wenig zudrücken«, munterte Mathäus seinen Erzfeind auf. »Bitte zeigt uns, wie man einem Menschen das Leben nimmt.«

Paulus gehorchte. Der Dorfherr saß still und starr. Rikalts Finger trommelten ungeduldig auf die Tischplatte.

»Das reicht jetzt!«, erklärte Konrad nach einer Weile gelangweilt. »Wir alle können uns ungefähr vorstellen, wie der Schweinehirt es gemacht hat.«

Paulus gab einen verächtlichen Laut von sich und ging auf seinen Platz zurück.

Konrad spreizte die Finger. »Vielleicht seid Ihr so freundlich, uns mitzuteilen, was Ihr uns hiermit eigentlich sagen wolltet, werter Dorfherr.«

»Selbstverständlich, Herr Konrad. Unser Burgvogt hat soeben eindrucksvoll demonstriert, wie ein Würgemörder es verhindert, dass die zum Leben notwendige Luft in die Lungen seines Opfers strömen kann.«

»Das wussten wir auch vorher«, sagte Paulus eisig.

»Dann werdet Ihr mir sicher sagen können, welche Finger bei dieser Art von Meuchelmord von größter Wichtigkeit sind.«

»Die Daumen«, antwortete Rikalt. »Durch die Kraft beider Daumen wird die Luftröhre des Opfers eingedrückt.«

»Ach, wie klug das Kerlchen doch ist«, jauchzte Konrad.

»Sehr richtig, Herr Rikalt.« Mathäus zwinkerte ihm gönnerhaft zu. »Und nun, werte Herren, werdet Ihr erstaunt sein zu hören, dass dem Schweinehirten Jakob beide Daumen sowie der Zeige- und Mittelfinger der linken Hand fehlen.«

Seine Zuhörer schienen sprachlos.

»Jakob hatte einst eine schmerzvolle Begegnung mit einem wildgewordenen Eber«, fuhr der Dorfherr fort.

»Hierbei brach der Schweinehirt sich nicht nur ein Bein. Das Tier biss ihm auch mehrmals in die Hände. Die genannten Finger mussten ihm später entfernt werden.«
Der Burgvogt gewann als erster seine Fassung zurück und begann dröhnend zu lachen.
»Was soll das?«, fragte ihn Rikalt verärgert.
»Unser Dorfherr erzählt wieder mal ulkige Dinge. Und da soll man nicht lachen dürfen?«
»Der Dorfherr hat soeben deutlich gemacht, dass der Schweinehirt den Heiner nicht umgebracht haben kann.«
»Unsinn. Jakob hat noch genügend verbliebene Finger, um eine solche Tat begehen zu können.«
»Hm!« Konrad betrachtete seine Hände. »Zugegeben, ohne Daumen dürfte es schwierig sein, einem Menschen die Luftröhre einzudrücken.«
Paulus' Augen funkelten ihn zornig an. »Herr, um einen wehrlosen Knaben zu töten, bedarf es keiner Daumen, mit Verlaub.«
»Wehrloser Knabe?« Rikalt schüttelte den Kopf. »Soweit ich weiß, war dieser Heiner recht kräftig und einen ganzen Kopf größer, als ich es bin.«
Konrad gab seinem jüngeren Cousin ausnahmsweise Recht. »Ein Krüppel hätte seine liebe Mühe haben dürfen, den Jungen umzubringen.«
»Aber verdammt, er ist doch bei seiner Tat beobachtet worden«, brüllte der Burgvogt. »Dieser Bengel auf der Eiche – er hat alles mit angesehen.«
»Eben nicht«, entgegnete Mathäus ruhig.
»Nicht? Beim Arsch des Teufels, ich war doch selbst zugegen, als er von seinen Beobachtungen berichtete.«

»Der kleine Martin glaubte zunächst tatsächlich, den Schweinehirten bei seiner Mordtat beobachtet zu haben. Bei einer neuerlichen Befragung aber stellte sich heraus, dass der Knabe das Gesicht des Mörders von oben überhaupt nicht hatte erkennen können.«

»Aber …« Paulus' Kinnlade klappte nach unten.

»Der Mörder des Knaben läuft also immer noch frei herum«, stellte Konrad fest und schüttelte unwillig den Kopf.

»Werdet Ihr unter diesen Umständen nach Aachen reisen?«, fragte Rikalt sorgenvoll.

»Natürlich wird er das«, zischte Paulus. »Schließlich hat der Markgraf es ihm befohlen.«

Mathäus faltete die Hände zeltdachförmig unter seiner Nase. »In der »Herrschaft« läuft ein Kindermörder ungestraft umher«, sinnierte er. »Jederzeit kann er wieder zuschlagen. Unter diesen Umständen wird der Graf wohl Verständnis dafür haben, wenn ich bleibe, bis der Täter gefasst ist.«

»Ihr wollt Euch seinem Befehl widersetzen?« Paulus sah Konrad zustimmungsheischend an.

»Er weckt die Unbill des Grafen. Wilhelm wird seinen Zorn an uns auslassen.«

»Die Verantwortung für diesen Entschluss trage ich alleine«, erklärte Mathäus ungehalten. »Darüber braucht Ihr Euch nicht den Kopf zu zerbrechen, Paulus.«

»Ihr haltet Euch wohl für unersetzbar, wie?«

»Niemand ist unersetzbar, ich ebenso wenig wie Ihr. Doch als Dorfherr von Merode habe ich zunächst hier meinen Pflichten nachzukommen.«

»Warum reitet Ihr nicht nach Aachen? Eure Pflichten kann ohne Weiteres jemand anders erfüllen.«
»So? Und wer? Ihr vielleicht? Oder Euer Sohn?«
»Warum nicht? Was Ihr könnt, das kann ein Mausbacher schon lange.«
»Zum Beispiel einen daumenlosen Schweinehirten als Würgemörder entlarven, he?«
Paulus war bleich geworden. Seine Stimme bebte vor Zorn. »Im Grunde seid Ihr ein Versager, Mathäus. Ein vorlauter Beamter, den man in ein stinkendes Bauerndorf versetzt hat, weil er sonst zu nichts nütze ist.«
Konrad kicherte amüsiert, während Rikalt den Vertreter seines Vormundes mit stummem Entsetzen anstarrte.
»Ein Flegel, der Bauernmädchen den Kopf verdreht«, fuhr der Burgvogt fort. »Jungfrauen, die eigentlich dem Herrgott versprochen waren.«
Auch Mathäus war nun blass geworden. »Ihr redet Unsinn, Burgvogt«, sagte er heiser. »Und ich gebe Euch den guten Rat, Euch für Eure Worte bei mir zu entschuldigen.«
»So? Und wenn nicht? Wollt Ihr mich dann vielleicht zum Zweikampf herausfordern?«
»Das würde ich tun, wenn es mir mein Amt als Dorfherr nicht verbieten würde.«
»Hört, er kneift!« Paulus lachte triumphierend. »Aber es ist wohl besser für Euch, Mathäus. Ein Zweikampf wäre Eurer Gesundheit recht abträglich. Wie ich schon sagte, was Ihr könnt, das kann ein Mausbacher schon lange.«
»Dennoch fordere ich Euch heraus.«
Paulus hob verwundert eine Augenbraue. »Wie meinen?«

»Der Wettbewerb beim Erntefest«, antwortete er. »Beim Bogenschießen werde ich Euch besiegen.« Mathäus hätte sich am liebsten sogleich selbst geohrfeigt für seine Worte. Doch sie waren ihm unwillkürlich entschlüpft. Sein grenzenloser Zorn hatte seinen Verstand einen unseligen Augenblick lang blockiert. Jeder Mensch unter Gottes weitem Himmel war gegen die Schießkünste des Burgvogtes chancenlos. Doch die Worte waren nun gesprochen und konnten nicht mehr zurückgenommen werden, ohne dass er sein Gesicht verlor.
Paulus deutete eine spöttische Verbeugung an. »Eure Herausforderung ist mir eine Ehre.«
»Das wird ein Spaß«, kicherte Konrad vor sich hin.

6

Der junge Mann trug einen leichten Waffenrock und führte sein Pferd am Zügel den Waldweg entlang. Wegen der tiefhängenden Äste war ihm das Reiten nur schwer möglich, doch der Mann legte auch keine sonderliche Eile an den Tag. Manchmal nahm er sich sogar die Zeit zu verharren und seinen Blick in die Umgebung schweifen zu lassen. Niemand folgte ihm. Er nahm es zufrieden zur Kenntnis.

Die Schatten des Waldes spendeten ihm angenehme Kühle. Sein Atem war ruhig und gleichmäßig, im Gegensatz zu dem seines Pferdes, das mitunter laut schnaubte. Mit seiner Hand übte er einen leichten Druck auf die Nüstern des Pferdes aus und beruhigte es.

Lichtes Gestrüpp zu seiner Linken offenbarte dem Mann einen Blick hangabwärts. Er hatte den Waldrand erreicht. In der Ferne waren Menschen bei der Feldarbeit. Zeit der Ernte. Unter der glühenden Sommersonne verrichteten die Bauern ihr schweißtreibendes Werk.

Der Mann knotete die Zügel seines Pferdes um den Stamm einer Buche und näherte sich dem lichten Gestrüpp. Er hatte sich entschlossen, den Menschen auf den Feldern eine Weile zuzusehen. Aus dem Verborgenen. Denn sehen durfte ihn niemand.

Sie banden die Getreidegarben und luden sie auf hölzerne Karren. Der Mann verschränkte seine Arme und verspürte

ein Gefühl der Genugtuung in sich aufkeimen. Auch seine Eltern waren Bauern gewesen, doch dieses mühselige Los war ihm selbst zum Glück erspart geblieben.
Eines Tages war er von zu Hause geflohen, um dem trostlosen Bauernleben zu entgehen. Er hatte es geschafft. Der Herr, dem er diente, entlohnte ihn fürstlich für seine Dienste.
Das Kind erweckte seine Aufmerksamkeit. Er musste seine Augen anstrengen, um im gleißenden Sonnenlicht erkennen zu können, dass es sich um ein Mädchen handelte, kaum älter als sieben oder acht Lenze. Abseits von den arbeitenden Erwachsenen hockte es im Schatten eines Karrens und spielte mit einem Gegenstand, den man aus der Ferne für eine Puppe halten konnte.
Der Atem des Mannes wurde nun unruhig, und sein Herz begann zu pochen. Er sah hinab zu seinen Händen, mit denen er dem Knaben das Leben genommen hatte. Sie zitterten.
»Was denn, bist du ein Weichling, Wolf?«, fluchte er leise. »Du hast nur ausgeführt, was zu geschehen hatte!«
Inzwischen war eine junge Frau neben das Kind getreten. Sie trug keine Haube, so wie die meisten anderen Bäuerinnen. Langes, schwarzes Haar fiel über ihre Schultern. Selbst von weitem konnte er ihre Schönheit erahnen.

Jutta beugte sich zu ihrer kleinen Ziehtochter hinab. »Wie geht's Euch beiden?«
»Mir geht es gut«, erklärte Maria. Sie wiegte die Holzpuppe in ihren Armen. »Aber Hein ist wieder mal krank«, fügte sie ernst hinzu.

»Oh!« Jutta nickte verständnisvoll. »Was hat der Ärmste denn?«
»Er war zu lange in der Sonne.«
»Verstehe. Und nun braucht er Schatten.«
Sie nickte.
Jutta versuchte vergeblich, weiterhin ernst dreinzuschauen. Herzhaft begann sie zu lachen.
»Was hast du, Mama?«
»Nichts, Liebes. Ich hoffe, du wirst deinen großen Freund in den nächsten Tagen wiedersehen.«
»Onkel Heinrich? Er kommt?«
»Er hat es Mathäus versprochen.«
Die Augen der jungen Zigeunerin glitzerten. »Wird er mit mir spielen?«, fragte sie hoffnungsvoll.
»Bestimmt wird er das tun.« Jutta küsste die Stirn der Kleinen und hob sie hoch. »Geh nicht weg von hier«, sagte sie mahnend, bevor sie sich wieder zu den Arbeitenden auf dem Feld gesellte.
»Aber es ist so langweilig«, erwiderte Maria leise. »Nicht wahr, Hein? Es ist doch so langweilig hier.«
Die knopfrunden Augen der Holzpuppe starrten sie an.
»Ich weiß, wo es einen Fuchsbau gibt. Oben, im Wald. Hast du schon mal einen Fuchs gesehen?«
Ihre Händchen drehten den Kopf der Puppe hin und her.
»Nicht? Dann komm mit mir, Hein. Ich zeig dir welche.«

Friedrich, der Kastellan, hockte mit verschränkten Armen auf einem Schemel vor der Tür zur Wachstube und döste in der Sonne. In seinem Mundwinkel baumelte ein Gras-

halm, den er ab und zu mit schmatzenden Bewegungen seiner Kiefer von einer Seite zur anderen wandern ließ. Schnarchgeräuche, die aus dem Torhaus nebenan drangen, rissen den Kastellan aus seinen Tagträumen.
»He! Wer zum Teufel wagt es, am helllichten Tag ein Schläfchen abzuhalten?«, schrie er. Seine Stimme hallte über den Burghof, der wie ausgestorben in der gleißenden Mittagssonne lag.
Das Schnarchen verstummte. An einer Luke über dem Torbogen zeigte sich der zerzauste Schopf eines Knappen.
»Verzeiht mir, Herr Kastellan, aber ...«
»Was aber? Auf deinen Posten, Dummkopf. Und sei froh, dass es nicht der Burgvogt war, der dich aus deinen Träumen holte. Sonst könntest du im Kerker weiterschlafen.«
Friedrich richtete seine Aufmerksamkeit auf das Portal des Westflügels, aus dem soeben der Dorfherr von Merode trat. Er erhob sich schwerfällig und ging auf Mathäus zu.
»Wie stehen die Zeichen, Herr Mathäus?«, fragte er mit gewohnter Neugier.
»Gewitterluft«, erwiderte Mathäus knapp.
»Was ist denn geschehen, um Himmels willen? Ihr seid so blass wie ein Gespenst.«
Der Dorfherr sah ihn offen an. »Wusstet Ihr eigentlich, dass der Schweinehirt Jakob keinen einzigen Daumen mehr besitzt?«
»Wusste ich nicht.« Der Kastellan zuckte mit den Schultern. »Na und?«
Mathäus antwortete nicht, sah ihn nur an. Friedrich begann es zu dämmern. Der Grashalm fiel ihm aus dem

Mund. »Wie hat er dann den Jungen erwürgen können?«, stieß er hervor.
»Euer Scharfsinn übersteigt den des Burgvogtes bei Weitem«, sagte Mathäus, und es klang nicht einmal spöttisch. »Eine gute Frage: Wie hat der Schweinehirt den Jungen erwürgen können? Die Antwort: Er hat es nicht getan.«
»Beim Sack des Leibhaftigen! Kommt mit in die Wachstube. Darauf müssen wir einen Becher trinken.« Er fasste den Dorfherrn an der Schulter und zog ihn mit sich. Mathäus ließ es geschehen.
Drinnen hieß der Kastellan den Dorfherrn Platz zu nehmen und zauberte einen Weinschlauch aus einer Truhe hervor.
»Friedrich, ich bitte Euch. Wollt Ihr mich bei dieser Hitze betrunken machen? Gebt mir einen Becher Wasser.«
»Wasser? Wo's die Enten drin treiben? Einen Becher Wein in Ehren kann Euch nach diesem Schreck niemand verwehren.«
»Eigentlich habt Ihr Recht«, seufzte Mathäus. »Zumal sich noch weitere schreckliche Dinge ereignet haben.« Er nippte an seinem Becher und befeuchtete seinen ausgetrockneten Mund. Dann setzte er abermals an und leerte den Becher in einem Zug. Sogleich füllte Friedrich ihn nach.
»Weitere schreckliche Dinge? Was genau?« Auch Friedrich nahm nun einen kräftigen Schluck.
»Ich habe Paulus herausgefordert. Das Bogenschießen!«
Friedrich prustete seinen Wein über den Tisch. »Ihr habt was?«
»Ein Trottel bin ich, jawohl.«

»Mit Verlaub, welcher Teufel hat Euch denn da geritten?«
»Der Kerl hat mich beleidigt. Ach, wie konnte ich mich bloß von diesem groben Klotz derart hinreißen lassen?«
»Ihr seid ohne jede Chance gegen ihn.«
»Das weiß ich auch selbst.«
»Dann zieht Eure Herausforderung doch zurück.«
»Was noch demütigender als eine Niederlage beim Wettbewerb wäre.«
»Aber Ihr macht Euch öffentlich zum Affen.«
»Danke für Eure tröstenden Worte, Kastellan.« Mathäus stürzte den nächsten Becher die Kehle hinab.
»Nun, Ihr werdet es überleben. Aber eines versichere ich Euch: Der Burgvogt wird seinen Sieg gegen Euch groß ausschlachten und dafür sorgen, dass Ihr zum Gespött der Leute werdet.«
»Es reicht, Friedrich.«
»Wollt Ihr noch einen Becher?«
»Ja.« Friedrich schenkte ein. Der Dorfherr trank.
»Das sind keine guten Neuigkeiten, Herr Mathäus. Paulus plustert sich weiß Gott schon genug auf. Und der wahre Mörder des Knaben läuft noch immer frei herum. Man wird ein Auge auf unsere Kinder haben müssen.«
Unsere Kinder. Die Worte des Kastellans läuteten in Mathäus' Kopf. Maria!
Er erhob sich so abrupt, dass sein Schemel dabei umkippte. »Ich muss gehen«, erklärte er mit schwerer Zunge. Erst jetzt machte sich die Wirkung des Weines bemerkbar. Die Stube, in der er sich befand, schien sich um ihn zu drehen.
»Geht es Euch gut?«, fragte der Kastellan besorgt.

»Natürlich geht es mir gut. Lasst mir mein Pferd bringen.«

Maria spähte den Hang hinab. Jutta und die anderen waren zu beschäftigt, um die Ausflüglerin wahrzunehmen. Und das war gut so. Sie hatte sich genug gelangweilt. Vor ihr erhob sich das Grün des Waldes. Ein paar lose Büsche boten ihr nun Schutz vor Entdeckung. Sie richtete den Kopf der Holzpuppe nach vorne. »Siehst du, Hein: Dort hinten wohnen die Füchse.«
Mit Hein auf ihrem Arm stapfte sie voran.

Die Hitze des Tages hatte die berauschende Wirkung des Weines verstärkt. Mathäus schalt sich im Stillen, dass er der Einladung des Kastellans gefolgt war. Doch seine Frustration war zu groß gewesen, um der Verlockung zu widerstehen. Nun saß er auf Julius, seinem treuen Gaul, und fühlte, wie die Flüssigkeit in seinem Bauch bei jedem Tritt des Tieres schwappte.
Die Welt lag verschwommen im Nebel. Einen Augenblick lang überlegte Mathäus, ob es empfehlenswert war, in diesem Zustand Jutta und Maria aufzusuchen. Doch die Sehnsucht nach den beiden war zu groß. Er wollte sie einfach sehen. Auf den Feldern hinter Schlich würde er sie finden. Der Ritt dorthin würde ihn sicherlich ein wenig ausnüchtern.
Er hatte das Anwesen der Burg verlassen und ritt die Dorfstraße hinab. Am Rand des Dorfbaches, der durch die Hitze der letzten Tagen nur noch wenig Wasser führte, balgten sich fette Ratten. Plötzlich tauchte eine feiste

Gestalt vor dem Dorfherrn auf. Er zügelte seinen Gaul. Julius schnaubte verärgert.

»Frau Frieda? Seid Ihr's?« Mathäus blinzelte angestrengt.

»Soll ich Euch mal was erzählen?«, erwiderte die Bäuerin anstatt einer Antwort.

»Nun, äh …«

»Wisst Ihr schon das Neueste? Von Kunigunde, dieser dummen Ziege? Sie hat eines ihrer Bälger angestiftet, ein Frettchen auf meine Hühner loszulassen.«

Mathäus holte tief Luft und versuchte, seine Übelkeit zu bekämpfen. »Das ist natürlich recht ärgerlich, aber im Augenblick kann ich mich wirklich nicht um solcherlei Dinge kümmern, Frau Frieda.«

»Wie? Soll das vielleicht heißen, dass jeder, der gerade Lust dazu hat, meinen Hühnern den Garaus machen darf?«

»Der Tod wütet nicht nur unter Euren Hühnern. Wenn Ihr eine Beschwerde vorzubringen habt, sucht mich in meinem Haus auf. Aber nicht in den kommenden Tagen, habt Ihr verstanden?«

»Das ist doch …« Frieda stemmte ihre fleischigen Arme in die Hüften.

»Ich will Euch mal was sagen, Dorfherr …«

Weiter kam sie nicht. Julius machte einen abrupten Schritt nach vorne, so dass die Bäuerin erschrocken zurückwich. Das Pferd grub seine gewaltigen Zähne in Friedas Hinterteil.

Frieda schrie wie am Spieß. Mathäus riss an den Zügeln seines Gauls und zog ihn zurück.

Friedas Augen sprühten Funken. Mit kreisenden Bewegungen massierte sie die schmerzende Stelle.

Mathäus zupfte verlegen an seiner Nasenspitze. »Eine dumme Angewohnheit von ihm. Es ist ihm einfach nicht auszutreiben.« Er brummte ein paar tadelnde Worte bevor er das Pferd weitertraben ließ. Zurück blieb die Bäuerin Frieda, der es offenbar die Sprache verschlagen hatte.

Das Zittern seiner Hände hatte sich verstärkt. Der Mann traute seinen Augen nicht. Das kleine Mädchen kämpfte sich den Hang hinauf, steuerte direkt auf ihn zu. In seinen Händen hielt es eine Holzpuppe, zu der es sprach.
Der Mann zwang sich zur Ruhe. Es war nun zu spät, um noch das Weite zu suchen. Die Kleine würde ihn sehen. Das aber durfte sie nicht. Der Mann war nicht bereit, auch nur das geringste Risiko einzugehen. Kalte Entschlossenheit legte sich auf sein Antlitz, das wie aus einem Fels gemeißelt zu sein schien. Seine Hände zitterten nun nicht mehr.

Jutta sah den Geliebten von Weitem kommen und winkte ihm zu. Auch ihre Eltern, Johann und Heilwig, hielten in ihrer Arbeit inne, um den Herannahenden begrüßen zu können. Jutta schmunzelte. Noch vor einiger Zeit wäre es undenkbar gewesen, dass ihr Vater dem Dorfherrn von Merode mehr Aufmerksamkeit schenkte, als es die Höflichkeit erforderte. Doch die Lage hatte sich längst entspannt. Inzwischen würde Johann einer Heirat zustimmen, wenn Mathäus bei ihm um die Hand seiner Tochter anhielte. Früher hatte Johann stets verächtlich über die Beamten des Markgrafen gesprochen. Und nun war es gar möglich, dass einer von ihnen sein Schwiegersohn wurde.

Vorausgesetzt, seine Tochter würde sich endlich schlüssig, was ihr weiteres Leben anging.
Heilwig und Johann riefen Mathäus ein paar freundliche Worte zu, bevor sie mit ihrer Arbeit fortfuhren. Jutta schritt ihm lachend entgegen. Wie immer, wenn er sie sah, hüpfte Mathäus' Herz vor Freude. Mühsam kletterte er aus dem Sattel und schloss sie in seine Arme.
»Was ist mit deinen Augen, Liebster?«
»Wie? Was soll denn mit ihnen sein?«
»Du guckst so seltsam daher. Geht es dir gut?«
Mathäus seufzte leise. Vor Jutta konnte man nichts verbergen.
»Du riechst nach Wein«, stellte sie schnuppernd fest.
»Die Schuld des Kastellans. Wo ist Maria?«
»Dort vorne, hinter dem Fuhrkarren.«
»Gott sei Dank. Dann bin ich beruhigt.«
»Beruhigt? Was ist geschehen?«
Mit knappen Worten erzählte Mathäus ihr von der Unschuld des Schweinehirten. Er hatte Mühe, sich beim Sprechen nicht zu verhaspeln.
Jutta runzelte die Stirn. »Der Mörder des Knaben läuft also noch frei umher«, sagte sie nachdenklich. Plötzlich hielt sie inne.
»Maria?!«
Hinter dem Fuhrkarren blieb es still.
»Maria! Sieh, wer gekommen ist!«
Als die Kleine immer noch nicht antwortete, näherte sie sich mit schnellen Schritten dem Karren. Mathäus folgte ihr.
»Sie ist weg«, stammelte Jutta fassungslos. Sie bückte sich, doch auch unter dem Karren war niemand zu sehen.

Mathäus spähte in alle Richtungen. »Wo kann sie bloß sein?«
»Sucht ihr etwas Bestimmtes?«, wollte Heilwig wissen, die plötzlich neben ihnen stand.
Mathäus war totenblass. Doch wenigstens fühlte er sich wieder nüchtern. »Maria. Sie ist weg.«
»Ja, so sind sie, die Kinder. Hecken immer was aus.« Die Bäuerin lächelte beseelt. »Wahrscheinlich sucht sie nach den Füchsen, von denen ich ihr erzählt habe.«
»Füchse?«
»Oben, im Wald. Kinder lieben diese Tiermärchen.« Sie wurde stutzig. »Naja, allerdings sollte man die Kinder nicht alleine in den Wald gehen lassen.«
Ohne ein weiteres Wort rannte Mathäus zu seinem Gaul, schwang sich in den Sattel und verschwand in einer wirbelnden Staubwolke.

Maria wurde es unbehaglich, als die grüne Front des Waldes vor ihr aufragte.
»Keine Angst, Hein. Ich bin bei dir.« Sie presste die Puppe fest an sich. »Die Füchse erwarten uns sicher schon.«
Mutig stapfte sie voran, nicht ahnend, dass ein Paar eiskalter Augen jeden ihrer Schritte beobachtete.
Gleich würde das Kind ihn entdecken. Der Mann schüttelte den Kopf. Die Kleine glich einer Mücke, die in das Licht einer Flamme flog, um dort den Tod zu finden. Warum zum Henker war sie nicht auf den Feldern geblieben, bei ihrer Mutter? Nun musste das Unvermeidbare geschehen.
Er hob die Hände und presste die Fingerspitzen gegen-

einander. Plötzlich erstarrte er: Von den Feldern her näherte sich in wildem Galopp ein Reiter.

Mathäus sah die Kleine von Weitem, und ein ganzes Gebirge der Erleichterung fiel von seinem Herzen. Maria!« Sie wandte sich um und blickte dem Dorfherrn überrascht entgegen. Mathäus schwang sich aus dem Sattel, taumelte, schaffte es aber mit Mühe, sein Gleichgewicht zu bewahren. Endlich war er bei ihr. Er kniete sich zu ihr und umarmte sie fest. »Wo wolltest du hin, in Himmels Namen?« Die Kleine blinzelte verwirrt. »Ich wollte Hein die Füchse zeigen.«
»Maria!« Er sah ihr ernst in die Augen. »Versprich mir, dass du nie wieder alleine in den Wald gehst.«
»Du riechst nach Wein.«
»Ich weiß. Versprichst du es mir?«
Maria blies ihre Bäckchen auf, als bedürfe die Beantwortung dieser Frage einer reiflichen Überlegung. Dann lächelte sie verschmitzt. »Also gut. Ich verspreche es.«
»Nie wieder, hörst du?«
»Nie wieder, verstanden.«
Er gab ihr einen Kuss auf die Stirn, packte sie und hievte sie in den Sattel.
Einen Augenblick lang glaubte Mathäus, das Schnauben eines Pferdes aus dem nahen Wald vernommen zu haben. Argwöhnisch spähte er ins Dickicht. Da er nichts entdecken konnte, stieg auch er wieder auf seinen Gaul. Dann ritten sie den Hügel hinab.
Der junge Mann, der sich selbst Wolf nannte, atmete auf und lockerte seine angespannten Muskeln.

7

In der Meroder Dorfschenke »Carolus Magnus« waren an diesem Abend lediglich zwei Tische besetzt: An dem einem hockten die Unterdörfler Rudolf, Lupold und Walter, den anderen hatten die Oberdörfler Wiprecht, Ortwin und Karl in Beschlag genommen. Die drei Tische zwischen ihnen waren leer. Eisige Blicke kreuzten sich.

Leo, der kleinwüchsige, doch wohlbeleibte Wirt, servierte Bier in großen Kannen, eilte von hier nach da und machte Witzchen. Aber seine emsigen Bemühungen, die angespannte Atmosphäre in der Schankstube zu lockern, waren umsonst. Niemand schenkte ihm sonderliche Beachtung.

Die Bauern musterten sich stumm. Rudolf war der Erste, der das Schweigen nicht länger ertrug.

»Sag's uns schon, Ortwin!«, rief er. »Wie viel musstet ihr berappen, du und deine Kunigunde?«

»Berappen? Ich weiß nicht, wovon du sprichst.«

»Wirklich nicht?« Der Unterdörfler lachte hämisch. »Der Dorfherr! Wie viel habt ihr ihm gegeben für seine Entscheidung?«

»Gib acht, was du sagst, Rudolf. Ich lass mich nicht von dir beleidigen.«

Nun meldete sich Walter zu Wort. »Dein Weib hat so lange auf den Dorfherrn eingeredet, bis er es leid war. Um endlich seine Ruhe zu haben, entschied er, dass das Fest weiterhin auf dem Hahndorn stattfinden soll.«

»Dummes Zeug! Dein Weib war doch ebenfalls dabei. Und es hat nicht weniger geschnattert als meins.«
Angespannt verfolgte der Wirt die Auseinandersetzung.
»Aber Männer, lasst das doch. Wir wollen doch hier nicht …«
»Mein Weib schnattert nicht! Merk dir das!«
»Natürlich schnattert es. Alle Gänse schnattern.«
»So? Dann muss man das Gezeter deiner Kunigunde wohl als Grunzen bezeichnen.«
Ortwin erhob sich drohend von seinem Schemel. Wiprecht packte ihn beim Ärmel.
»Lass ihn doch reden. Das Fest findet bei uns auf dem Hahndorn statt, ob's ihm passt oder nicht.«
»Pah«, schnaubte Walter, der in Abwesenheit seiner Gattin eine erstaunliche Redseligkeit an den Tag legte. »Das Fest interessiert mich nicht länger. Ich jedenfalls werde nicht dort erscheinen.«
»Ich auch nicht«, nickte Rudolf. »Sollen die doch alleine feiern auf ihrem beschissenen Hahndorn. Ich muss das nicht haben.«
Karl breitete beide Arme aus und schaute dankend zur Decke. »O Herr, dass wir das noch erleben dürfen …« Dann suchte er wieder den Blick der Unterdörfler. »Wir nehmen euch beim Wort: Ihr bleibt zu Hause, ja? Und erspart uns den Anblick eurer dummen Visagen an diesem wunderschönen Tag …«
»Kriegst gleich eine Faust in deine dumme Visage, Karl.«
»Deine Faust, Walter? Oder muss das vielleicht auch Frieda für dich erledigen?«
Walter schnellte hoch. Polternd fiel sein Schemel zu

Boden. »Keine Sorge, das schaffe ich alleine. Damit bin ich sehr schnell fertig.«

»Männer!« Leo rieb sich hilflos die Hände und lächelte gequält. »Beruhigt euch doch. Ich gebe euch eine Runde aus, he?«

»Das kannst du gerne tun, wenn ich diesen Trottel an die frische Luft gesetzt habe«, schnaubte Karl. Auch er und seine beiden Kumpane hatten sich erhoben. Lupold und Rudolf hielt es ebenfalls nicht mehr auf ihren Sitzen.

Lauernd standen die beiden Parteien sich gegenüber. Der verzweifelte Leo machte einen letzten Versuch, den Streit mit aufgesetzter Fröhlichkeit zu schlichten, doch Lupold stieß ihn unsanft zur Seite. Wie ein benommener Zwerg taumelte der Wirt nach hinten und stieß gegen den Schanktisch. Vor seinem geistigen Auge lag das Gasthaus bereits in Trümmern.

»Ich warte«, höhnte Karl. »Wolltest du nicht schnell mit mir fertig werden, Walter?«

»Sicher!« Der Verspottete stürmte nach vorn. Lupold und Rudolf stürzten mit Gebrüll hinterher.

Im nächsten Augenblick war eine wilde Rauferei im Gange. Tische krachten gegen die Wand, Holz zerbarst und Fäuste wirbelten. Blindwütig drosch man aufeinander ein.

Leo schickte ein Stoßgebet zum Himmel. Prompt erschien im Rahmen der Eingangstür Mathäus, der Dorfherr von Merode. Ein umherfliegender Bierbecher traf ihn an der Schläfe. Benommen wischte er sich das Bier aus den Augen. Hinter ihm stand sein alter Freund Heinrich, der sich eines Grinsens kaum erwehren konnte.

»Aufhören!«, schrie Mathäus. In seiner Stimme schwang etwas Unheilvolles mit. Die Männer kamen seinem Befehl augenblicklich nach.
Im »Carolus Magnus« war es totenstill.
»Was ist hier los?«, brüllte Mathäus.
Die Bauern starrten auf den Boden.
»Was hier los ist, habe ich gefragt!«
Als immer noch niemand zu antworten wagte, ergriff der Wirt das Wort. »Nur eine kleine Meinungsverschiedenheit, Herr. Nichts von Bedeutung.«
»Kleine Meinungsverschiedenheit, he? Und wer hat die Prügelei begonnen?«
Lupold und Ortwin zeigten mit dem Finger aufeinander und antworteten im Chor.
»Die da!«
Mathäus schüttelte entnervt den Kopf. »Schämen muss man sich für euch. Mein Freund Heinrich kommt wirklich selten genug, um unser Dorf mit seiner Gegenwart zu beehren. Und dann bietet ihr ihm ein solch entwürdigendes Schauspiel.«
»Lass es gut sein, Mätthes«, flüsterte Heinrich. »Es ist ja nicht so, als ob ich selbst noch nie an einer wüsten Wirtshausschlägerei beteiligt gewesen wäre …«
Erstmals erschien der Anflug eines Schmunzelns im Antlitz des Dorfherrn. »Das brauchen die nicht zu wissen«, raunte er. »Für die bist du wie ein mythisches Wesen.«
Der Bauer Ortwin wagte, seine Stimme zu erheben. »Vielleicht interessiert es Euch ja, Herr.« Sein abgespreizter Daumen zeigte auf Rudolf. »Der da hat behauptet, Ihr wäret bestochen worden.«

»Was?«
»Hat behauptet, ich und mein Weib hätten Euch Geld geben müssen, damit das Dorffest weiter auf dem Hahndorn stattfinden kann.«
»So?« Mathäus trat mit energischen Schritten näher und packte den Beschuldigten am Kinn. »Ist das vielleicht wahr, Rudolf?«
Der Bauer versuchte verzweifelt seinen Kopf zu senken, doch der Griff des Dorfherrn war zu stark.
»Nun: Ich höre, Rudolf.«
»Ich, äh … Also, das war doch nicht so …, ich meine …«
»Sapperlot, habt ihr eigentlich keine anderen Sorgen?« Er ließ den Bauern los und stapfte mit fuchtelnden Armen vor den Männern auf und ab. »Ein Kind wurde umgebracht, und der Mörder läuft noch frei umher. Und ihr prügelt euch wegen dieses vermaledeiten Festes!«
Schuldbewusstes Räuspern.
»Ich will euch heute nicht mehr sehen«, verkündete der Dorfherr schließlich. Seufzend sah er sich um. »Räumt gefälligst dieses Schlachtfeld auf. Und dann verschwindet!«
»Aber wir …«
»Mund halten! Aufräumen und verschwinden! Es ist ohnehin schon spät genug.«
Schweigend gehorchten die Bauern.

»Ich verstehe!« Heinrich nickte ernst und starrte in seinen leeren Becher. »Du willst der Bitte des Markgrafen nicht nachkommen, bevor der Kindermord aufgeklärt wurde.«
»So ist es, mein Freund. Ich wäre ein schlechter Dorfherr, wenn ich mich nun aus dem Staub machte.«

»Allerdings bist du auch schlau genug, um Wilhelm nicht zu verprellen, nicht wahr?«
Mathäus grinste. »Du kommst der Sache allmählich näher.«
»Also schön. Du willst mich mit dieser heiklen Aufgabe betrauen. Du weißt, dass ich es dir nicht abschlagen kann. Aber was wird Wilhelm dazu sagen?«
»Der Graf sagte wörtlich zu mir: *Es ist mir gleichgültig, wie du es anstellst. Nur: Bring mir diesen Mörder, bevor er mit seinem blutigen Tun fortfährt!* – Wenn ich also einen Mann meines Vertrauens nach Aachen entsende, muss er sich damit begnügen. Apropos Vertrauen: Wilhelm hat nach dir gefragt. Er hätte sicherlich Verwendung für dich, Hein.«
Heinrich lächelte matt. »Fang nicht schon wieder damit an, Mätthes. Nideggen gehört der Vergangenheit an.«
Leo, der Wirt, tischte neues Bier auf.
In der Schankstube herrschte nun Ruhe. Heinrich und Mathäus waren nach seinem Zornesausbruch die einzigen verbliebenen Gäste. Leo schien sichtlich erleichtert.
»Leos Bier, gönn es dir!«, krähte er vergnügt. »Ihr kommt viel herum, Herr Heinrich. Sagt, habt Ihr jemals irgendwo besseren Gerstensaft probiert als meinen?« Erwartungsfroh sah er den Gast an.
Gefällig gab Heinrich die Antwort, auf die der Wirt erpischt war. »Euer Bier, werter Leo, ist das beste weit und breit. Selbst in Köln hörte ich, wie weit gereiste Kaufleute es in den höchsten Tönen priesen.«
Leo strahlte. »Wirklich?«
»So wahr ich hier sitze.«

»Es ist der würzige Geschmack, der es so einzigartig macht, findet Ihr nicht?«
»Gewiss.«
»Nur ich kenne die Rezeptur.«
»Kann ich mir vorstellen.«
»Es ist eine große Verpflichtung, das beste Bier weit und breit zu brauen.«
»Sicher.«
»Selbst der Graf hat schon …«
»Leo! Es reicht!« Mathäus wedelte entnervt mit einer Hand.
»Wie?«
»Wir wissen es, wir wissen es: Ihr braut das beste Bier der ›Herrschaft‹. Was rede ich da: der Grafschaft, natürlich. Mindestens. Allerdings ist das auch Euer Glück, denn Euren Wein kann man wahrlich keinem Esel ins Ohr schütten.«
Leo machte ein beleidigtes Gesicht. »Sagt das meinem Lieferanten«, erwiderte er.
»Und jetzt, Herr Wirt, haben mein Freund Heinrich und ich noch etwas Wichtiges zu besprechen.«
Der Wirt trollte sich hinter seinen Schanktisch.
Mathäus seufzte leise und sah seinen grinsenden Freund offen an. »In Aachen könnte es für dich gefährlich werden, Hein.«
»Ein Grund mehr, dir diesen Gefallen zu tun.«
»Noch immer dieses unselige Trauma?«
»Es wird niemals enden, Mätthes.« Heinrichs Stimmung änderte sich schlagartig. Trübsinnig erwiderte er den Blick des Freundes.

Hilflos zupfte der Dorfherr an den Ärmeln seines Gewandes. »Wohlan denn. Gleich morgen Früh erwarte ich die Ankunft des Hartmann von Birgel, dem Vertrauten des Grafen. Du kennst ihn doch noch? Gemeinsam werdet Ihr nach Aachen reiten.«
»Hartmann von Birgel? Ich erinnere mich. Ein kluger Kopf.«
»Und keineswegs unsympathisch.«
»Nur eines stört mich an der ganzen Sache.«
»Ich höre.«
»Schon morgen Früh soll's losgehen?«
»So war es abgemacht. Für Wilhelm ist die Angelegenheit äußerst dringlich.«
»Aber dann werde ich ja deine bezaubernde Jutta und meine kleine Maria gar nicht sehen …«
»Doch, das wirst du. Wenn du zurückkehrst.«
»Dazu muss ich erstmal den Mörder finden …«
Mathäus grinste. »Wo ist da das Problem für dich, du Meister des Scharfsinns? Wenn einer fähig ist, den Kopf des Jülicher Löwen aus der Schlinge zu ziehen, dann bist du das.«
Endlich hoben sich Heinrichs Mundwinkel. »Der Jülicher Löwe? Der bedeutet mir nichts mehr. Was ich tue, das tue ich für dich, Mätthes.«
Sie griffen nach ihren Bechern und stießen an.
»Was ist mit dem Kindermörder?«, fragte Heinrich nach einem kräftigen Schluck. »Gibt es neben dem offenbar unschuldigen Schweinehirten weitere Verdächtige?«
»Verdammt, nein. Und nicht die geringsten Spuren. Aber ich werde den Dreckskerl finden. Ich habe es mir ge-

schworen. Und dann werde ich dir im Galopp nach Aachen folgen.«
»Und das Erntefest?«
»Hör bloß auf mit dem Erntefest. Willst du wissen, welche Suppe ich mir eingebrockt habe?«
»Ich bin gespannt wie ein Bogen.«
Der Dorfherr seufzte tief. »Wie ein Bogen, du sagst es. Womit wir schon beim Thema wären …«

8

Auf der Heerstraße Richtung Aachen waren unter der sengenden Mittagssonne vier Reiter unterwegs, denen mit hechelnder Zunge eine riesige Dogge folgte. Mehrmals musste Heinrich, von Mathäus in eine vornehme Tunika gesteckt, seinen Rappen Thusnelda zügeln, damit der Hund sie einholen konnte.

Hartmann von Birgel grinste. »Nicht mehr der Jüngste, Euer Hund.«

»Langsam kommt er in die Jahre«, nickte Heinrich.

»Ihr hättet ihn besser in Merode lassen sollen.«

»Chlodwig bei Mathäus lassen? Das hätte Mord und Totschlag gegeben. Der Dorfherr liebt meinen Hund ebenso sehr wie Magenkrämpfe.«

Sie ließen Chlodwig eine Weile verschnaufen und ritten dann weiter. Zwei Soldaten der markgräflichen Garde begleiteten den Birgeler, folgten ihm und Heinrich in gebührendem Abstand. Ihre Bewaffnung war alles andere als leicht; neben Armbrust, Schwert und Schild führten sie auch Lanzen mit sich, als zögen sie in eine Schlacht. Offenbar machte Wilhelm sich ernsthafte Sorgen um das Wohl seiner Gesandten. Heinrich fragte sich, ob es nicht klüger wäre, weniger waffenstarrend vor den Toren Aachens zu erscheinen, doch er behielt seine Bedenken für sich. Hartmann kannte die Aachener und deren Stadt besser als jeder andere; er musste wissen, was er tat.

Am Morgen war Hartmann mit seinen bewaffneten Begleitern in Merode vor dem Haus des Dorfherrn erschienen. Der Birgeler war sichtlich verwundert – um nicht zu sagen: verwirrt – gewesen, als Mathäus ihm seine geänderten Pläne offenbarte: Ein ungesühnter Kindermord machte seine Abwesenheit in der »Herrschaft« unmöglich. Mit einem triumphierenden Lachen hatte der Dorfherr dem Birgeler seinen selbst ernannten Stellvertreter präsentiert: Heinrich!

Zunächst hatte Hartmann gegen diese Eigenmächtigkeit protestieren wollen, doch die kompromisslose Entschlossenheit, die Mathäus mit jedem seiner Worte versprühte, hatte keinen Zweifel daran gelassen, dass seine Entscheidung unabänderlich war.

Nun also ritten die beiden Männer, die sich aus früheren Zeiten kannten, nebeneinander her. Die Hitze des Mittags trieb ihnen Schweißperlen ins Gesicht. Der Birgeler gab sich wortkarg. Heinrich beschloss, das Eis zu brechen.

»Ihr habt Euch nur wenig verändert in all den Jahren, Hartmann.«

»Ich wünschte, ich könnte das auch von Euch behaupten, Heinrich.« Hartmann lächelte, doch es wirkte keineswegs hämisch.

Heinrich atmete auf. Offenbar lag dem Vertrauten des Grafen doch nichts an eisigem Schweigen. »Ich weiß. Die Zeit ist nicht spurlos an mir vorübergegangen.«

»Früher wart Ihr der Held aller Frauen. Beim Turnier schielten sie immer nur nach Euch.«

»Tatsächlich? Ist mir niemals aufgefallen.«

»Ich erinnere mich an eine Jungfer im Gefolge des Grafen,

der Ihr es angetan hattet. Sie biss sich ständig in die Fingerspitzen aus Angst um Euch. Am Ende hat die Ärmste geblutet und geweint, als hätte sie sich zum ersten Mal im Zwiebelschneiden versucht.«

»Und? Habe ich das Turnier gewonnen?«

»Was fragt Ihr? Habt Ihr nicht immer gewonnen?«

»Nun übertreibt mal nicht. Ich erinnere mich deutlich, das eine oder andere Mal im hohen Bogen aus dem Sattel geflogen zu sein.«

»So oft kann es nicht gewesen sein. Noch heute sind Eure Kampfkünste in aller Munde. Fragt mal Bodo und Anno.« Mit dem Daumen deutete Hartmann nach hinten, wo die beiden Gardisten ihnen in gemächlichem Trab folgten.

»Sie täten wohl besser daran, sich andere Vorbilder zu suchen.«

»Heinrich!« Die Stimme des Birgelers war mit einem Male sehr ernst. »Stimmt es, was man sich über Euch erzählt?«

»Ich weiß nicht, worauf Ihr hinauswollt.«

»Damals – der englische König! Eure Ruhmestat! Der unglückliche Tod des Kindes! Ist es wahr, dass Ihr aus den Diensten des Jülichers getreten seid, weil Ihr Euch schuldig fühltet?«

Heinrich antwortete nicht, starrte finster vor sich hin.

»Es war weiß Gott nicht Eure Schuld«, sagte Hartmann beschwörend.

»Glaubt Ihr, dass ich diesen Spruch nicht schon tausendmal hören musste seit jenem Tag? Ich möchte nicht darüber sprechen, Hartmann.«

Hartmann senkte den Kopf. »Verzeiht mir. Ich wollte Euch nicht …«

»Schon gut. Lasst uns lieber über unsere Aufgabe sprechen, die uns in Aachen erwartet.«

Es war zwecklos. Und wenn er den Waldboden einen ganzen Monat lang nach Spuren absuchte – er würde keine finden. Zu trocken und ausgedörrt war der Boden. Der Mörder des Knaben hatte keinen Fehler begangen. Zumindest keinen, der zu seiner Entlarvung führen konnte. Zwar war er bei seinem Tun beobachtet worden, doch der kleine Martin hatte ihn fälschlich für den Schweinehirten Jakob gehalten. Mathäus fluchte leise. Dieser Fall würde ihm alles abverlangen. Er verwünschte den unseligen Kerl, der in Aachen sein mörderisches Unwesen trieb, war dieser doch schuld daran, dass Heinrich ihm nun nicht mit Rat und Tat zur Seite stehen konnte. Heinrichs Spürsinn hätte ihm gewiss weitergeholfen. Andererseits: War es nicht gut denkbar, dass den Knaben – aus welchen widernatürlichen Gründen auch immer – ein durchreisender Fremder umgebracht hatte, der längst über alle Berge war?
Eines war Mathäus jedenfalls klar: Lethargie half ihm hier nicht weiter.
»Dietrich! Wo bist du?«
Der Diener kämpfte sich durch das Dickicht. »Ihr habt mich gerufen, Herr?«
»Lass es gut sein mit der Spurensuche. Es hat wohl keinen Zweck.«
Dietrich nickte ernst. »Das fürchte ich auch, Herr. Inzwischen kenne ich hier jeden Mistkäfer.«
»Ich möchte, dass du auf die Eiche dort kletterst.«

»Wie?«
»Der Baum, in dem der Martin gesessen hat. Klettere hoch und erklär mir, was du von dort oben sehen kannst.«
Der Diener schüttelte furchtsam den Kopf.
»Gibt es ein Problem, Didi?«
»Herr, ich … ich kann nicht klettern. Ich würde …«
»Was, du kannst nicht klettern? Der schnellste Reiter der »Herrschaft« ist nicht in der Lage, auf einen Baum zu steigen?«
»Naja, auch die Pferde kommen nur schlecht da hoch …«
Mathäus seufzte. »Also gut. Dann werde ich eben selbst hinaufklettern.«
Er schritt auf die Eiche zu und starrte ehrfürchtig zu ihrer Krone empor. Dietrich folgte ihm mit hurtigen Schritten.
»Und Ihr wollt wirklich da hoch?«
»Sicher. Kann ja nicht so schwer sein.« Er reckte sich nach den unteren Ästen, doch sie hingen zu hoch. »Los, hilf mir mal.«
Dietrich lehnte sich an den Stamm des Baumes und verschränkte seine Finger zu einer Sprosse. Ächzend hangelte sich der Dorfherr aufwärts. Endlich hatte er genügend Halt gefunden.
»Geht doch«, brummte Mathäus, während er sich insgeheim fragte, wie ein kaum zehnjähriger Bengel dies hatte bewerkstelligen können. Langsam kletterte er weiter. Dietrich beobachtete ihn von unten aus zusammengekniffenen Augen.
Mathäus schielte hinunter. In seiner Magengrube machte sich ein flaues Gefühl breit. »Entzückend«, murmelte er

zu sich selbst. Doch an ein Umkehren war nicht zu denken. Was würde wohl sonst der Diener von ihm halten? Also weiterklettern! An etwas anderes denken. An Jutta! An Nideggen! An das Angebot des Grafen!
Bislang hatte er es vermieden, sich ernsthaft mit Wilhelms Worten zu beschäftigen. Nicht einmal Heinrich hatte er davon erzählt. Zurück nach Nideggen? Weg von Merode? Würde Jutta mit ihm kommen? Ihn heiraten? Oder würde sie am Ende doch noch dem Ruf Gottes folgen und in ein Kloster eintreten?
Daran wollte Mathäus gar nicht denken. Nur eines war gewiss: Wenn er Jutta verlor, würde ihn nichts mehr in Merode halten können. Zweifellos würde er dann zurück nach Nideggen gehen, wenngleich ihm bewusst war, dass er auch dort, fern von Merode, seine Jutta niemals würde vergessen können. Sie war ein Teil seines Lebens und würde es immer sein – selbst wenn sie eine Nonne geworden war …
Die Äste wurden dünner. Es knackte gefährlich. Verwundert stellte Mathäus fest, dass er die Baumkrone erreicht hatte.
»Alles in Ordnung, Herr?«, erklang Dietrichs besorgte Stimme von unten.
»Alles bestens, Didi. Und jetzt geh zur Quelle. Dort, wo man den toten Jungen gefunden hat!«
Der Diener gehorchte.
»Gut so. Jetzt dreh dich im Kreis, so dass ich dich von allen Seiten betrachten kann!«
Es war nicht einfach, das Gesicht des Dieners aus dieser Distanz zu erkennen. Ebenso gut hätte es sich um jemand

anderen handeln können. Gedankenvoll kratzte sich Mathäus am Kinn.
»Ich hab' genug gesehen, Didi!«, rief er schließlich. »Ich komme jetzt runter!«
Dass dies einfacher gesagt als getan war, merkte der Dorfherr sogleich. Der Weg nach unten erforderte mehr Kraft als der nach oben. Außerdem ließ sich der Blick in die unheilvolle Tiefe kaum vermeiden. Mathäus klammerte sich an den Baumstamm.
»Geht es, Herr?«
»Um ehrlich zu sein: Ich glaube, ich muss bald kotzen!«
»Soll ich Hilfe holen?«
»Bist du des Wahnsinns? Damit sich die halbe »Herrschaft« über mich lustig macht?«
»Aber wie …?«
»Ich werde es schon schaffen!«, kam es unwirsch zurück. Doch im nächsten Augenblick überfiel ihn ein Schwindel. Abermals versteifte er sich im hohen Geäst.
»Äh, ich glaube, da kommen Reiter, Herr«, verkündete Dietrich.
Mathäus spähte in die Ferne. »Verdammter Mist, auch das noch. Paulus!«
Der Burgvogt, begleitet von zwei Knappen, erreichte die Eiche, vor der Dietrich hilflos stand und verdattert dreinschaute. Paulus blinzelte in die Krone.
»Seid Ihr das, Dorfherr?«
»Ja. Wenn Ihr nichts dagegen habt!«
»Und was, wenn ich fragen darf, macht Ihr da oben?«
»Ich stelle Ermittlungen an.«
»Ermittlungen, soso. Vielleicht habt Ihr mal die Güte

runterzukommen, ich habe ein paar Wörtchen mit Euch zu wechseln!«
»Ich komme runter, wenn ich hier oben fertig bin, merkt Euch das!«
Der Burgvogt grinste hämisch. »Wie Ihr meint. Dann gestattet, dass ich Euch von hier unten aus eine Frage stelle. Denn auch meine Zeit ist knapp bemessen!«
»Sicher, fragt nur.«
»Hatte der Markgraf Euch nicht mit einem speziellen Auftrag nach Aachen geschickt?«
»Ja, das hatte er. Und?«
»Zu meinem und der Meroder Erstaunen habt Ihr jedoch Euren Kumpanen, diesen dubiosen Landstreicher, auf den Weg geschickt.«
»Wie ich sehe, haben Eure Spitzel wieder gute Arbeit verrichtet. – Und jetzt sagt mir endlich, was Ihr von mir wollt!«
»Was ich von Euch will?« Paulus schnaubte wütend. »Ihr habt Euch dem Willen des Grafen widersetzt.«
»Unsinn. Wilhelm hat mir in dieser Angelegenheit freie Hand gelassen. Außerdem geht Euch das einen feuchten Dreck an, Paulus!«
»Das sehe ich anders. Wenn Ihr des Markgrafen Unwillen weckt, fällt das auch auf Merode zurück. Ich habe wenig Lust auf gräfliche Repressalien, die Eure Eigenmächtigkeiten für Merode bewirken könnten!«
»Da macht Euch keine Sorgen. Ich übernehme jede Verantwortung. Und seid nochmals versichert, Paulus, dass ich das volle Vertrauen des Grafen besitze.«
Paulus schien vor Wut zu beben. »Vielleicht solltet Ihr

Euch doch die Mühe machen herabzuklettern, Mathäus, damit wir die Sache in Ruhe bereden können.«
»Es gibt da nichts zu bereden. Und ich bleibe hier oben! – Habt Ihr eigentlich den Schweinehirten laufen lassen, wie ich es angeordnet habe?«
»Gewiss, Herr Hüter der herrschaftlichen Ordnung. Alles ist nach Eurem Wunsch geschehen.« Paulus griff in den Köcher an seinem Sattel und zückte einen Pfeil. Dietrich blieb der Mund offen stehen.
»Herr, was macht Ihr da?«
Der Burgvogt schenkte ihm keine Beachtung. Er spannte den Pfeil in seinen Bogen und zielte in die Krone des Baumes.
Der Pfeil schwirrte durch die Luft. Einen Wimpernschlag später hörte man ihn in das Holz des Stammes schlagen. Paulus lachte hohl, fingerte den nächsten Pfeil hervor und schoss auch diesen ab. Ein weiteres Dutzend Pfeile folgten. Dietrich blickte Paulus ungläubig an. Die Pfeile des Vogtes zierten den Stamm der Eiche in erstaunlicher Symmetrie, gleich den Sprossen, die in ein Baumhaus führten. Nun war es recht einfach, die Pfeile als Tritte zu benutzen, um wieder heil auf die Erde zu gelangen. Paulus spannte einen letzten Pfeil in die Sehne und blickte suchend in den Himmel. Als er dort eine Taube sah, war es um diese schon geschehen. Wenige Augenblicke später landete das Tier mausetot vor Dietrichs Füßen.
Paulus schwenkte seinen Bogen Richtung Eichenkrone. »Stets zu Diensten, Mathäus. Nun sollte es selbst Euch keine Schwierigkeiten mehr machen, wieder auf die Erde zu kommen. Und weil die Kletterei Euch hungrig ge-

macht haben dürfte, habe ich Euch gleich einen Leckerbissen vom Himmel geholt. Wünsche guten Appetit!«
Die Reiter wendeten laut lachend ihre Pferde und preschten davon. Wütend und keuchend erschien der Dorfherr endlich vor dem immer noch fassungslosen Diener.
»Habt Ihr das gesehen, Herr?«, stammelte dieser.
»Dieser Hundsfott«, überging Mathäus seine Frage.
»Die Taube … Ein einziger Schuss nur …«
»Verdammt, ich hab's gesehen!«
»Das ist … unglaublich.«
»Wir haben andere Probleme als Paulus' Schießkünste, Didi.«
»Ich werde ihn nicht herausfordern, so viel steht fest. Ich scheiß' auf seine Silbergulden. Schlimm genug, dass Ihr ihn herausgefordert habt.«
»Hör jetzt auf damit. Lass uns lieber überlegen, wie wir nun weiter vorgehen.«
»Paulus wird Euch bis auf die Knochen blamieren!«
»Didi!« Der Dorfherr packte ihn beim Kragen. »Schluss jetzt, kapiert? Ich will nichts mehr davon hören!« Er ließ ihn los und seufzte laut. »Verzeih mir. Lass uns auf ein Bier ins ›Carolus Magnus‹ gehen. Vielleicht bringt ein labender Trunk uns auf ein paar geistreiche Gedanken.«

Am frühen Nachmittag erschienen Aachens Mauern am hitzeflimmernden Horizont. Bei ihrem Anblick galt Heinrichs erster Gedanke seiner ehemaligen Geliebten Johanna, die in dieser Stadt lebte und inzwischen mit einem Ratsherrn verheiratet war. Ihm war, als hätte ihm jemand einen Dolch ins Herz gestoßen. Johanna! Er hatte sie verloren, das Trauma seiner Seele hatte sie entzweit. Es war nicht Johannas Schuld gewesen. Seine zunehmende Unnahbarkeit hatte das Ende ihrer Beziehung unaufhaltsam heraufbeschworen. Eines Tages waren sie auseinander gegangen. Wenigstens schien Johanna wieder glücklich zu sein, davon hatte Heinrich sich vor Jahresfrist heimlich überzeugen können. Es war eine schmerzvolle Erfahrung für ihn gewesen, wenngleich er Johanna alles Glück der Welt wünschte. Heinrich hoffte inständig, dass er ihr nicht begegnen würde.

Die Männer zügelten ihre Pferde, um die Konturen der Kaiserstadt in Ruhe betrachten zu können. »Dort liegt sie, die Feindin des Löwen«, sagte Hartmann von Birgel. »Keine leichte Aufgabe erwartet uns dort.«

Die Wachhabenden am Kölntor bedachten die vier Einreitenden mit finsteren Blicken, doch man ließ sie unbehelligt passieren. In einem Gasthaus am Radermarkt, unweit der Mordstätte, nahmen die Männer Quartier. Während die Gardisten Bodo und Anno sich eine Kammer im Dachgeschoss teilten, ließen Heinrich und Hartmann sich eigene Schlafstätten zuweisen, wie es sich für gräfliche Gesandte ziemte.

In den vergangenen Tagen und Nächten habe es keine weiteren Morde gegeben, verkündete ihnen der Wirt. Hartmann nahm es erleichtert zur Kenntnis.

»Als Erstes«, erklärte der Birgeler seinem Begleiter, »sollten wir ein paar maßgebliche Leute des Magistrats aufsuchen und uns mit ihnen absprechen. Macht Euch darauf gefasst, dass man uns nicht mit Hosianna-Rufen begrüßen wird, doch im Interesse des Grafen ist es sinnvoll, keine diplomatischen Fehler zu begehen. Wir sind hier, um die beiden Morde aufzuklären und Jülichs Unschuld in dieser Angelegenheit zu beweisen.«

Heinrich nickte. »Was ist mit Gerhard Chorus?«, fragte er beiläufig.

Hartmann hob verwundert eine Augenbraue. »Ihr kennt den Ritter?«

»Wer kennt ihn nicht? Der Mann besitzt einen legendären Ruf, hat den Jülichern im Laufe seinen Lebens schon so manches Schnippchen geschlagen. Ein sehr interessanter Mensch. Ich wäre begierig, ihn einmal kennen zu lernen.«

»Keine Sorge, Heinrich. Trotz seines recht hohen Alters hält er noch viele Fäden in seiner Hand. Es wird sogar unvermeidlich sein, dass sich unsere Wege mit seinen kreuzen. Im nächsten Jahr will man ihm noch einmal das Amt des Bürgermeisters antragen.«

»Sein Wohlwollen«, erklärte Heinrich nachdenklich, »dürfte für den Erfolg unserer Mission von entscheidender Bedeutung sein.« Er tätschelte den gigantischen Kopf des völlig erschöpften Chlodwig.

»Da habt Ihr wohl Recht«, erwiderte Hartmann und legte eine Hand auf die Schulter des anderen. »Die Kunde von Eurem Scharfsinn ist weiß Gott keine Legende.«

»Lasst Gott aus dem Spiel, Hartmann. Hier geht es um Menschenwerk.«

9

Die Hure kicherte vergnügt und beugte sich über den keuchenden Mann in ihrem Bett. Ihre hängenden roten Haare kitzelten sein Gesicht.

»Na, edler Ratsherr? Seid Ihr schon fertig?«

»Was heißt hier schon fertig?«, schnaufte der Mann. »Offenbar erwartest du Wunderdinge von mir.«

»Naja, ich will Euch etwas bieten fürs Geld.«

»Sei unbesorgt, das hast du. Aber ein viertes Mal – das ist zu viel.«

»Immerhin einmal öfter als beim letzten Mal.«

»Ich weiß nicht, wie du das fertig bringst, du Luder. Seitdem ich zu dir gehe, würde ich mein Weib am liebsten zur Hölle schicken.«

Wieder kicherte sie und strich sanft über die üppige Rundung seines Bauches. »Kommt ein Mann in Euer Alter, Herr, dann bedarf es eben der ein oder anderen Nachhilfe.«

»Recht hast du. Aber jetzt muss ich gehen. Sonst wird mein Weib noch misstrauisch.« Er hievte sich auf die Kante der Bettstatt und griff nach seinen Kleidern. Schweiß rann ihm von der Stirn. »Ich hoffe, dass mein Diener sich ebenfalls gut amüsiert hat.«

»Ist er verschwiegen?«

»Darauf kannst du Gift nehmen. Denn auch seine Vergnügungen fänden ein jähes Ende, würde er meinem Weib etwas verraten.« Er schwang sich seinen Umhang aus Leinen um die Schultern. »Wo ist der Bursche?«, fragte er.

»In der Kammer nebenan, wie immer. Bei Livia.«

»Hol ihn da raus.«

Die Hure nickte und kletterte aus dem Bett. Nackt, wie sie war, verließ sie die Kammer und kehrte nach wenigen Augenblicken kopfschüttelnd zurück.

»Der gute Hans schläft wie ein Toter«, erklärte sie.

»Was?«

»Betrunken wie tausend Seemänner. Livia hatte einen geruhsamen Abend.«

»Auf sie steigen sollte dieser Idiot. Und nicht saufen.«

»Den kriegt Ihr jetzt nie und nimmer wach.«

Der Ratsherr ballte wütend die Fäuste und stieß ein paar wüste Verwünschungen aus. Die Hure trat hinter ihn und massierte seine Schultern.

»Morgen Früh ist er wieder bei Sinnen, Herr.«

»Darum geht es nicht. Dieser Esel soll mich begleiten. Nicht umsonst habe ich ihn bewaffnet bis an die Zähne. Wer traut sich des Nachts schon alleine auf die Straßen?«

»Ihr glaubt, dass dieser Meuchler noch immer in der Stadt ist?«

»Vorsicht hat noch niemandem geschadet. Sei's drum: Mache ich mich eben alleine auf den Heimweg.«

»Wenn Ihr wollt, begleite ich Euch«, flüsterte ihm die Hure verführerisch ins Ohr und ließ ihre Hände zu seinen Hüften wandern, wo sie sich an seinem Beinkleid zu schaffen machten.

Der Ratsherr packte ihre Hände. »Willst du mich ins Verderben stürzen, Ottilia? Nicht auszudenken, was geschieht, wenn man eine Hure in meiner Begleitung sieht.« Er lachte und drehte sich zu ihr um. »Nein, mein rotes Luder. Ich werde alleine nach Hause gehen. Zum Teufel mit dem Meuchler. Und zum Teufel mit Hans. Der kriegt morgen was zu hören …« Er zückte einen Beutel, in dem Geld klimperte. Ottilia nahm ihn mit glänzenden Augen entgegen.

»Auf bald, Herr.«

Draußen umfing ihn die Schwüle der Nacht. Ein paar Ratten stoben wie dunkle Schatten vor ihm auseinander. Am Himmel prangte eine lichte Mondsichel.

Vor dem Stephanshof, einem Haus der Beginen, kauerte ein alter Mann.

Der Ratsherr stieß ihn mit einem Fuß an.

»He! Habt Ihr keine Bleibe?«

Trübe Augen starrten zu ihm empor. »Nein, Herr«, kam es krächzend zurück.

»Aber hier könnt Ihr nicht bleiben. Nicht hier, vor dem Haus der Beginen.«

»Lasst mich nur hier, Herr«, flehte der alte Mann. »Die Beginen sorgen für mich …«

Der Ratsherr seufzte leise und setzte seinen Weg fort. Es war nicht die rechte Zeit und nicht der rechte Ort, um solche Dinge zu klären. In der nächsten Ratsversammlung würde er …

Er fuhr herum.

Hatte er da nicht Schritte gehört?

Niemand war zu sehen. Bizarre Schatten huschten über die Häuserfassaden.

Nun wurde ihm wieder bewusst, dass er allein unterwegs

war. Er verdrängte das beklemmende Gefühl der Furcht, das ihn plötzlich befiel. »Dieser elende Hans«, raunte er. Er zwang sich, an etwas Angenehmes zu denken. Ottilia! Diese Hexe machte tatsächlich wieder einen jungen Mann aus ihm. Wenn sie ihre Liebeskünste an ihm anwandte, schienen die vergangenen dreißig Jahre beinahe spurlos an ihm vorübergegangen zu sein. Wäre da nicht sein fülliger Bauch gewesen, hätte er es beinahe glauben können.

Da, wieder Schritte! Diesmal kein Zweifel.

Langsam, als sei er auf eine unliebsame Überraschung gefasst, wandte er sich um.

Eine große Gestalt. Ihr Kopf steckte unter einer dunklen Kapuze.

»Wer seid Ihr?«

»Was glaubt Ihr denn?«, kam es dumpf zurück.

Der Ratsherr schluckte. Seine Beine gehorchten ihm nicht mehr. »Seid Ihr …«

»Der bin ich!« Der Zweihänder blitzte auf.

»W-warum?«

»*Warum,* wollt Ihr wissen?« Der Fremde lachte hohl. »Ich will's Euch sagen:

Der Löwe ward geschlagen,
Frevlers tumber Mord.
Nie wieder wird man's wagen,
verflucht sei dieser Ort.«

Der Ratsherr schüttelte verständnislos den Kopf. »Ich … ich weiß wirklich nicht, was Ihr von mir wollt.«

Es waren seine letzten Worte.

Erst in den frühen Morgenstunden war Heinrich in einen gnädigen Schlummer gefallen. Und nun das laute Pochen an der Tür zu seiner Kammer. Er brauchte ein paar Augenblicke, um sicher zu sein, dass er nicht träumte. Benommen erhob er sich. Der knurrende Chlodwig erhielt die Weisung, sich still zu verhalten. Heinrich schritt zur Tür und öffnete. Herein trat Hartmann von Birgel.
»Dreimal dürft Ihr raten, was in der vergangenen Nacht geschehen ist, Heinrich.« Mit vor der Brust verschränkten Armen schritt er vor dem gerade erst Erwachten auf und ab.
»Der Mörder«, erwiderte Heinrich, »hat seine Zeit der Tatenlosigkeit beendet.«
»So ist es. Als ob er auf uns gewartet hätte, dieser Kerl. Eine ganze Woche lang hat er Ruhe gegeben. Kaum sind wir in der Stadt, schlägt er wieder zu.«
Heinrich sprang in seine Kleidung. »Wer ist es diesmal?«
»Wieder ein Ratsherr. Bernhard von Eupen.«
»Hm! Das ist seltsam.«
»Was ist seltsam?«
»Erst ein Ratsherr. Dann ein Grobschmied. Jetzt wieder ein Ratsherr.« Heinrich griff nach seinen Stiefeln und stülpte sie über. »Eine seltsame Konstellation. Was hat wohl die Zunft der Schmiede mit dem Rat dieser Stadt zu tun?«
»Wer sagt Euch, dass es hier einen Zusammenhang gibt?«
»Niemand. Aber …« Heinrich schob die Unterlippe nach vorne.
»Aber was? Weiht mich in Eure Gedanken ein, Heinrich.«

Heinrich schüttelte den Kopf. »Schon gut, Hartmann. Verzeiht mir, wenn ich manchmal allzu laut denke. Der Mord an Bernhard von Eupen – wieder das Übliche?«
Der Birgeler nickte. »Wieder Kopf ab. Diesmal fand man seinen Körper unweit des Stephanhofes.«
»Und den Kopf vor dem Tor des Domes?«
»Dort und nirgendwo anders.«
»Alles noch unberührt?«
»Die Stadtknechte versuchen, die Schaulustigen in Schach zu halten.«
»Mein Chlodwig wird ihnen dabei behilflich sein. Gehen wir.«

In der Tat machten die Leute ohne jegliche Aufforderung eine Gasse frei, als sie den schwarzen Höllenhund auf sich zutrotten sahen. Heinrich und Hartmann, gefolgt von den bewaffneten Gardisten Bodo und Anno, erreichten den Fundort der kopflosen Leiche. Ein Büttel schien sie bereits erwartet zu haben. Mit einer lässigen Handbewegung entließ er seinen Schreiber.
»Sieh an, die Jülicher.« Der Büttel, ein eher schmächtiger Mann in mittlerem Alter, musterte die Ankömmlinge mit zusammengezogenen Brauen. Deutlicher hätte er sein Misstrauen wohl kaum bekunden können. »Die Jülicher bemühen sich endlich an den Ort der Untat.«
Hartmann ignorierte seine Ironie. »Habt Ihr Spuren gefunden?«, fragte er mit einem bestürzten Blick auf die enthauptete Leiche.
»Keine Spuren. Aber diesmal einen Zeugen.«
»Einen Zeugen?« Hartmann sah ihn fragend an.

»Freut Euch nicht zu früh. Viel hat er nicht gesehen. – He, du!« Er winkte einen alten Mann herbei, den er in der Menge der palavernden Schaulustigen ausmachte. »Hierher!«

Der Alte kam humpelnd näher.

»Erzähl nun auch den Jülichern, was du gesehen hast!«

»Ich war vor dem Haus der Beginen … Wollte schlafen. Dann kam der hohe Herr …«

»Hat er mit Euch gesprochen?«

»Ja, Herr. Er wollte, dass ich weggehe. Aber die Beginen sorgen für mich, wisst Ihr …«

»Sind halt gute Seelen«, sagte Hartmann. »Was geschah dann?«

»Der hohe Herr ging weiter.«

»Ihr seid also sitzen geblieben?«

»Ja, sitzen geblieben. Dann sah ich noch jemanden … Er trat aus der Nische dort, zwischen den Häusern. Folgte dem hohen Herrn.«

»Wie sah er aus?«, fragte Hartmann drängend.

»Groß. Trug einen dunklen Kapuzenmantel.«

Heinrich packte ihn sanft am Ärmel. »Habt Ihr sein Gesicht gesehen?«

»Nein … Es war zu dunkel. Und meine Augen …«

»… sind längst nicht mehr die besten«, ergänzte der Büttel und nickte dem Alten zu. »Danke. Du kannst wieder gehen.«

»Wartet.« Hartmann holte ein paar Münzen aus einem Geldbeutel und reichte sie dem dankbaren Alten.

»Wie gesagt, Jülicher: Viel weiter bringt uns dieser Zeuge leider nicht.« Der Büttel schickte sich an zu gehen. Noch einmal wandte er sich um. »Ist es Euch genehm«, näselte er, »wenn ich die Leiche des Ratsherrn nun entfernen lasse? Oder seid Ihr mit Euren Ermittlungen noch nicht am Ende?«

»Lasst sie fortschaffen«, nickte Heinrich. »Wir gehen jetzt zum Dom, um uns Herrn Bernhards Kopf anzusehen.«

Bodo, Anno und Chlodwig gingen voran. An den Umhängen der Gardisten erkannte man sie als Jülicher. Die Männer ignorierten die Schmährufe, die mancher Bürger ihnen hinterherrief.

»Vielleicht könntet Ihr Euren Männern empfehlen, etwas weniger grimmig dreinzuschauen, Hartmann«, flüsterte Heinrich lächelnd. »Man könnte meinen, sie wollten die Städter zum Frühstück verspeisen. Kein Wunder, dass die braven Bürger ein wenig nervös sind.«

»Etwas Respekt müssen wir uns schon verschaffen. Davon abgesehen« – nun lächelte der Birgeler zurück – »sieht Euer Hund auch nicht eben wie ein Schoßtier aus.«

Sie überquerten den Radermarkt, wo man in Grüppchen beieinander stand und laut schwatzte; natürlich war der Mord an dem Ratsherrn auch hier in aller Munde. Verstohlen linste man zu den Jülicher Gesandten herüber.

»Was denkt Ihr, Hartmann?«, fragte Heinrich. »Eure Eindrücke?«

»Hm! Der Mörder versteht sein Handwerk, so viel steht fest. Bei allen drei Leichen reichte ein einziger Hieb, um den Kopf der Opfer säuberlich vom Rumpf zu trennen. Womöglich handelt es sich um einen Söldner. Oder um einen Veteranen. Für die Hinrichtungen dürfte er einen Zweihänder benutzt haben.«

Heinrich nickte. »Wir müssen herausfinden, wo Bernhard von Eupen sich aufgehalten hat, bevor er sich auf den Heimweg machte.«

»Dürfte nicht schwer sein. Vermutlich kam er aus einer der Schenken, so wie die anderen Opfer auch.«

»Seine Gattin – auch sie werden wir befragen müssen.«

»Ja, das müssen wir. Obwohl ich mir nicht viel davon verspreche. Auch die Witwen der beiden ersten Opfer konnten uns nicht die geringsten Hinweise über mögliche Widersacher, Neider oder gar Feinde ihrer Männer geben.«

Sie hatten das Tor zum Dom erreicht. Mehr als ein Dutzend Stadtknechte bildeten eine Mauer um den abgetrennten Kopf. Sie hatten Anweisung erhalten, die Jülicher passieren zu lassen.

»Mein Gott«, entfuhr es Hartmann und er wandte sich ab. Die weit aufgerissenen Augen des Ratsherrn starrten zu ihnen empor.

Heinrichs Blick wanderte zwischen dem Kopf und den Löwenhäuptern auf dem Bronzetor hin und her. »So starb auch er den Löwentod«, sprach er leise.

Ein vornehm gekleideter junger Mann wurde zu ihnen vorgelassen.

»Jülicher! Bürgermeister Wilhelm van Punt schickt mich. Er möchte mit Euch reden.«

Hartmann und Heinrich wechselten einen schnellen Blick.

»Wohlan denn«, erwiderte der Birgeler. »Wir folgen dir.«

Er wandte sich an die beiden griesgrämigen Gardisten.

»Ihr bleibt diesmal hier. Wir wollen den guten Mann ja nicht reizen.«

»Das Gleiche gilt für dich«, mahnte Heinrich Chlodwig,

der den Befehl seines Herrn mit einem herzhaften Gähnen quittierte.

In der Amtsstube war es heiß und stickig. Wilhelm van Punt, ein etwa vierzigjähriger Mann mit hoher Stirn und gebogener Nase, schnaufte wie ein wütender Stier und gestikulierte wild. Wie von der Tarantel gestochen, war er von seinem Stuhl aufgesprungen, als man Heinrich und Hartmann zu ihm in die Stube geführt hatte. Er hatte ihnen einen Platz angeboten, doch er selbst lief vor seinen beiden Gästen – oder hätte man sie besser als Geladene bezeichnen sollen? – unruhig auf und ab. Ein mit Hermelinfell gesäumter Umhang wehte hinter ihm her.

»Unfassbar! Diese Geschichte ist einfach unfassbar!« Endlich blieb er stehen und sah Heinrich und Hartmann offen an. Seine runden Augen drohten aus ihren Höhlen zu treten. »Wieder ein Kopf vor dem Löwentor des Domes. Wer anders als ein Gefolgsmann des Jülichers könnte wohl dahinterstecken?«

Heinrich räusperte sich. »Mit Verlaub, Bürgermeister: Die Sache mit den Löwen ist nur ein vages Indiz. Stichhaltige Beweise stehen noch aus.«

»Euer Graf hat der Stadt oft genug gedroht.«

»Aber er ist kein Schlächter.«

Van Punt nahm seinen ruhelosen Gang wieder auf und musterte Heinrich gründlich. »Wer seid Ihr überhaupt? Ich habe Euch noch nie gesehen.«

»Sein Name ist Heinrich«, beeilte sich Hartmann zu erklären. »Er, äh … vertritt den verhinderten Ermittler des Markgrafen, Mathäus Dreyling.«

»So? Eine Vertretung, wie? Wilhelm scheint ja ein riesiges Interesse an der Aufklärung dieser Angelegenheit zu haben.«

Hartmann straffte seinen Oberkörper. »Der Graf, werter Bürgermeister, ist keineswegs verpflichtet, seine Unschuld an diesen furchtbaren Morden offen zu legen. Dass er mich und Heinrich nach Aachen entsandte, um Nachforschungen anzustellen, ist lediglich ein Zeichen seines guten Willens.«

»Seines guten Willens!« Der Bürgermeister lachte trocken und spreizte die Finger. »Vielleicht will er ja bloß den Verdacht von sich und Jülich lenken«, sagte er provokant.

»Wäre Jülich darauf bedacht, keinen Verdacht auf sich zu lenken«, erklärte Heinrich tief durchatmend, »dann würde ein Täter, der im Auftrag des Grafen handelte, die Häupter seiner Opfer gewiss nicht unter irgendwelchen Löwenköpfen platzieren.«

»Womöglich«, fügte Hartmann ergänzend hinzu, »will jemand den Verdacht mit voller Absicht auf Jülich und den Grafen lenken.«

»Also gut.« Van Punt setzte sich endlich hinter sein Pult. »Es liegt in unser aller Interesse, die Mordtaten aufzuklären. Was schlagt Ihr also vor, Hartmann von Birgel?«

»Zunächst einmal ist es wichtig, dass wir und Eure Leute zusammenarbeiten. Es darf kein weiteres Gegeneinander geben.«

»Da habt Ihr wohl Recht. Doch zu einer Zusammenarbeit gehört nun einmal Vertrauen.«

»Wenn Ihr damit andeuten wollt, dass Ihr uns dieses nicht entgegenzubringen vermögt, ist es wohl besser, wir verlassen Eure Stadt noch heute.« Er machte Anstalten, sich zu erheben.

Der Bürgermeister hob beschwichtigend eine Hand und bleckte die Zähne. »Warum so verletzlich, Hartmann? Lasst uns die Möglichkeiten einer Zusammenarbeit in Ruhe besprechen.«

»Erlangte Erkenntnisse«, sagte Hartmann fordernd, »dürfen keinem der Ermittelnden vorenthalten bleiben, gleichgültig, ob es sich um Eure Leute handelt oder um uns.«

»Einverstanden.«

»Wir erwarten, dass man uns unsere Arbeit hier nicht zusätzlich erschwert. Und wir verbitten uns Beschuldigungen jeglicher Art, solange der Mörder nicht gefasst werden konnte.«

»So sei es denn«, erwiderte van Punt, seine Ungeduld nur mühsam zähmend. Ein Muskel zuckte unaufhörlich in seinem Gesicht. »Die dringlichste aller Fragen aber lautet: Wie können wir den Täter in die Falle locken?«

Heinrich betrachtete seine Fingernägel. »Der Mörder schlägt nur nachts zu«, erklärte er. »Zwischen seinen Taten lässt er etwa eine Woche verstreichen. Dies muss zwar nicht heißen, dass er das auch künftig so handhabt, doch für uns wäre es immerhin ein Anhaltspunkt, wann wir besonders wachsam zu sein haben.«

»Ich kann unmöglich an jeder Ecke, in jeder Gasse der Stadt eine Wache postieren lassen!«

»Richtig, das könnt Ihr nicht. Und es wäre auch sinnlos. Selbstverständlich würde der Mörder sich unter diesen Umständen hüten, sein blutiges Werk zu verrichten. Aber eines können wir immerhin tun.«

»Redet!«

»Der Ort seiner Mordtat scheint für den Täter nicht von großer Bedeutung zu sein. Dass sein letztes Opfer nicht wie die beiden ersten auf dem Radermarkt den Tod fand, deutet darauf hin, dass hier der Zufall eine Rolle spielen mag. Anders verhält es sich mit den Köpfen der Gemordeten: Sie alle fanden sich vor dem Hauptportal des Domes.«

»Worauf wollt Ihr hinaus?«

»Hier sollten wir eine ständige Wache postieren. Versteckt natürlich. In einer der Baracken jenseits des Domes, zum Beispiel. Von dort aus lässt es sich trefflich beobachten, freilich ohne dabei selbst gesehen zu werden. Der Wachhabende muss zu absolutem Stillschweigen verpflichtet werden. Niemand darf von seiner Anwesenheit erfahren.«

»Klingt recht vernünftig, Jülicher. Also gut, ich werde das veranlassen.« Van Punt trommelte mit seinen fleischigen Fingern auf das Pult, um deutlich zu machen, dass die beiden nun entlassen waren.

Heinrich und Hartmann erhoben sich, nickten ihm stumm zu und verließen die Amtsstube.

»Spätestens jetzt wisst Ihr, woran wir sind, Heinrich«, grinste Hartmann draußen. »Bleibt zu hoffen, dass uns hier keine Sisyphusarbeit erwartet.«

10

Einmal mehr war es der Burgdiener Dietrich, der Mathäus die Neuigkeiten überbrachte. Sein ungestümes Hämmern gegen des Dorfherrn Haustür drohte diese zu zertrümmern.

Mathäus' Gesicht, das durch den Türspalt spähte, offenbarte sowohl Erschrecken als auch Verärgerung über diese plötzliche Ruhestörung.

»Didi! Bei allen Teufeln der Hölle, willst du mir mein bescheidenes Häuschen über dem Kopf abreißen?«

»Herr, Ihr müsst kommen. Zum Hahndorn!«

»Was ist geschehen?«

»Das schaut Euch besser selbst an.«

Ein paar stille Verwünschungen vor sich hin murmelnd, folgte Mathäus dem Diener zum Dorfanger, wo sich eine kreischende Menschenmenge um zwei Männer gebildet hatte, die aufeinander einprügelten. Wobei aufeinander einprügeln im Grunde eine maßlose Übertreibung war. Eigentlich war es nur einer, der zuschlug, ein hünenhafter Bauer mit Armen, die vom Umfang her ebenso gut auch stämmige Beine hätten sein können. Der andere Mann hingegen versuchte verzweifelt, sich vor den Schlägen des Hünen zu schützen.

Mathäus kniff die Augen zusammen. »Wen verprügelt der Wibert da? Etwa den Lazarus?«

»Eben den«, nickte Dietrich.

»Warum denn das, zum Henker? Der arme Kerl tut doch niemandem etwas zu Leide.«
»Wibert scheint da anderer Meinung zu sein.«
Wieder begann Mathäus, Verwünschungen zu murmeln. Mit beiden Armen bahnte er sich eine Bresche durch die Menge der Schaulustigen. Offenbar lagen die Nerven aller Meroder blank. Warum sonst sah man grölend zu, wenn der geistig verwirrte Krüppel Lazarus nach allen Regeln der Kunst verdroschen wurde? War es für den Ärmsten nicht schon Schicksal genug, dass er einst vom Blitz getroffen worden war und seitdem ein Leben in trostloser Verwirrung führte?
»Aufhören!«, schrie der Dorfherr, als er sich endlich zum Kampfplatz durchgewühlt hatte.
Wibert schien ihn nicht zu hören und prügelte unverdrossen weiter auf den Wehrlosen ein.
Mathäus musste sich schon weit nach oben recken, um Wibert an der Schulter packen zu können. Der Bauer fuhr wütend herum, als halte er Ausschau nach einer lästigen Schmeißfliege, deren Hartnäckigkeit ihn um den Verstand bringe.
»Aufhören, sagte ich. Was soll das, Wibert? Du bringst ihn ja um …«
»Das«, fauchte der Bauer, »lag auch in meiner Absicht, Herr Mathäus.«
»Du wolltest ihn totprügeln?« Mathäus straffte seine Schultern und wirkte dennoch schwächlich neben dem zornigen Riesen. »Fällt mir schwer, das zu glauben. Was hat der Ärmste denn verbrochen?«
»Das will ich Euch sagen: Der Ärmste hätte um ein Haar

meine Jüngste umgebracht. Erwürgen wollte er sie. Von wegen unschuldiger Krüppel …«

»Lazarus wollte ein Kind umbringen?« Der Dorfherr lachte ungläubig. »Das glaubst du ja selber nicht.« Er deutete auf den wimmernden Irren, der immer noch zusammengekauert am Boden lag. »Lazarus könnte keinem Huhn den Hals umdrehen.«

»Aber ich hab's mit eigenen Augen gesehen«, rief ein halbwüchsiger Bursche aus der Menge. »Er ging der Kleinen an den Hals. Hier, mitten auf dem Hahndorn. Ich habe sofort um Hilfe gerufen.«

Selbstverständlich fehlte auch die dralle Kunigunde nicht am Ort des Geschehens. »Nun kennen wir also den Kindermörder in unserer Mitte«, rief sie schrill.

»Hängt ihn auf!«, forderten einige Stimmen mit Nachdruck.

»Niemand wird hier aufgehängt!« Mathäus erstickte weitere Willensbekundungen im Keim, indem er jeden Einzelnen der Anwesenden mit drohenden Blicken in seine Schranken wies. »Lazarus ist kein Mörder, jedermann weiß das. Ebenso wenig wie der Schweinehirt Jakob. Nur, weil sie anders sind als die meisten anderen, sind sie keine Bestien.«

»Aber der Bursche hat's doch mit angesehen …« Wibert deutete auf den vermeintlichen Zeugen und fletschte die Zähne. »Lazarus wollte die Kleine erwürgen …«

Der Dorfherr wandte sich an den Beschuldigten. »Stimmt das?« Er packte den Wimmernden an der Schulter und rüttelte ihn kräftig. »He, Lazarus. Antworte mir. Wolltest du Wiberts kleine Tochter erwürgen?«

»Töten, töten«, stöhnte Lazarus.
»Da habt Ihr's«, triumphierte Kunigunde.
»Mund halten.« Mathäus drohte der Bäuerin mit einem erhobenem Finger, bevor er sich wieder dem Verprügelten zuwandte.
»Du wolltest töten, Lazarus?«
»Ja, töten, töten …«
»Wen wolltest du töten? Die kleine Tochter des Wibert?«
»Töten … die Diener Satans.«
Mathäus klopfte ihm beruhigend auf die Schulter und half ihm dann auf die Beine. Lazarus zitterte am ganzen Körper. Er deutete auf ein brummendes Insekt, das in der flirrenden Mittagshitze über ihren Köpfen seine Kreise zog.
»Diener Satans«, stammelte er.
»Unsinn! Eine dicke Viehfliege ist das.«
»… saugen die Seelen aus den Leibern der Menschen.«
Mathäus stutzte.
»Wibert! Hol deine Tochter her!«
»Warum denn das? Die Kleine ist verängstigt genug.«
»Hol sie her, habe ich gesagt!«
Wütend verschwand der Bauer und kehrte nach kurzer Zeit mit einem flennenden Kind an seiner Hand zurück. Der Dorfherr ging in die Hocke.
»Wie heißt du, Kind?«
»Lena«, schniefte sie.
Sanft griff er nach ihren Händchen, die sie sich vors Gesicht presste. Seine Vermutung bestätigte sich.
»Dein Hals, Lena. Tut er weh?«
Sie wischte sich die Tränen von den Wangen und nickte.

Der Dorfherr strich ihr über den Kopf und erhob sich wieder.
»Wisst ihr, was das ist?«, fragte er in die Menge und deutete auf den Hals der Kleinen, wo sich eine rote Schwellung abzeichnete. Als niemand etwas zu erwidern wagte, gab er selbst die Antwort. »Das ist der schmerzhafte Stich einer fetten Viehfliege.«
Alle starrten zu Boden.
»Lazarus«, fuhr der Dorfherr fort, »wollte Lena aus den Fängen des satanischen Dieners befreien.« Seine Stimme wurde noch lauter. »Ihr Deppen, er wollte das blutsaugende Viech am Hals der Kleinen töten! Und jetzt nach Hause mit euch! Verschwindet! Alle!«
Murmelnd löste sich der Haufen auf. Zurück blieben Mathäus, Dietrich und der immer noch bibbernde Lazarus, aus dessen Nase unaufhörlich Blut tropfte.
»Didi! Tu mir den Gefallen und bring Lazarus zu Sibylle. Ich fürchte, der Ärmste braucht ein wenig Pflege und Fürsorge.«
»In Ordnung, Herr.«
Mathäus nickte ihm dankend zu und machte sich auf den Heimweg. Er fühlte sich leer und ausgelaugt. Ein böser Fluch, der alle Menschen in Besitz nahm, schien über der »Herrschaft« zu liegen. Wer, bei allen Heiligen, hatte den kleinen Heiner umgebracht?
Zu Hause, in seiner Stube, hockte er sich grübelnd an den Tisch. Ins Leere starrend überlegte er, wie er in dieser Sache nun weiter vorgehen sollte. Schon bald aber merkte er, dass er im Augenblick keinen klaren Gedanken fassen konnte. Alles war so wirr, so sinnlos. Wem konnte schon

etwas am Tod eines einfachen Bauernjungen gelegen sein?
Mathäus schüttelte den Kopf und erhob sich. Ein wenig Abwechslung würde ihm vielleicht gut tun. Aus einer Truhe holte er eine Statue hervor. Seit mehr als einem Jahr arbeitete er nun schon daran, und endlich näherte sich das Werk seiner Fertigstellung. Ja, der Lindenklotz nahm immer mehr Gestalt an. Zwar war das Gesicht der Gottesmutter ein wenig kantig geraten und ihre Nase eine Spur zu groß, doch mit dem Jesuskind auf ihrem Schoß war Mathäus recht zufrieden. Freilich, als Geschenk an einen Bischof hätte sich die Skulptur wohl kaum geeignet. Diese Herren ließen echte Künstler für sich arbeiten, die für ihre Aufträge fürstlich bezahlt wurden. Doch Jutta würde sich gewiss von ganzem Herzen über sein Werk freuen. Und mehr hatte Mathäus auch nicht bezwecken wollen. Dass es begabtere Holzschnitzer als ihn selbst gab, hatte er inzwischen akzeptiert.
Mathäus' Gesicht zeigte höchste Konzentration, seine Hand klammerte sich entschlossen um den Knauf des Schnitzmessers. Die voluminöse Nase der Maria ließ sich sicherlich noch korrigieren. Doch Vorsicht: Wenn er zu viel daran herumschnitzte, bestand die Gefahr, dass die Gottesmutter am Ende nasenlos war. Kleine Späne wehten über den Tisch.
Nicht lange, und es klopfte vernehmlich an seiner Tür, so wie immer, wenn er sich zur Muße zwang.
»Die Tür ist offen«, rief er mit gepresster Stimme.
Sein stiller Unmut schlug in Freude um, als Jutta in die Stube trat. Noch immer ließ ihr Anblick sein Herz hüpfen

– und wahrscheinlich würde das auch auf ewig so bleiben.
Juttas Augen leuchteten vor Begeisterung.
»Ist sie fertig?«
»Ist was fertig?«
»Die Skulptur.«
»Ähm, eigentlich noch nicht ganz. Ich muss noch, äh, gewisse Korrekturen vornehmen, letzte Hand anlegen …«
Sie beugte sich zu ihm herab und küsste ihn. »Sie ist wunderschön«, sagte sie.
»Na ja … eigentlich wollte ich sie dir erst zeigen, wenn sie fertig ist. Die Nase der Maria, äh …«
»Die Nase der Maria ist recht anmutig.«
»Übertreib nicht. Viel zu groß geraten ist sie.«
»Wo steht geschrieben, dass die Nase der Gottesmutter zierlich war, Liebster?«
Er schlang die Arme um ihre Hüften und presste seinen Kopf an ihren Bauch. »Ach Jutta … was wäre meine Welt nur ohne dich. Dennoch solltest du momentan den Weg von Schlich nach Merode nicht mutterseelenallein zurücklegen. Sorgen machen muss ich mir schon genug.«
Sie massierte mit kreisenden Daumen seine Schläfen und setzte sich zu ihm. »Wenn du so redest, mein Herz, dann hat dich zweifellos die Schwermut gepackt.«
»Die Schwermut hat im Augenblick leichtes Spiel mit mir. Mord und Gewalt, Fragen und Rätsel – aber keine Antworten.«
»Der Herrgott wird dir helfen. Ich bete darum.«
»Ob der Herrgott auch gewillt ist, mich vor einer demütigenden Blamage zu bewahren?«
»Wovon redest du?«

Mathäus seufzte und erzählte ihr von jenem unseligen Augenblick, in dem er den Burgvogt herausgefordert hatte.
Jutta schmunzelte. »Du hast den besten Bogenschützen weit und breit zum Wettkampf herausgefordert?«
»Das ist überhaupt nicht lustig. Er wird mich vor den Augen aller Bauern der »Herrschaft« demütigen.«
»Du wirst den Wettkampf verlieren, ohne Zweifel – na und?«
»Ich habe den Mund zu voll genommen. Das ist eine Frage der Ehre …«
»Dummes Zeug«, fiel ihm Jutta unwirsch ins Wort.
»Mit Verlaub, Liebste: Von den Angelegenheiten der Männer verstehst du nichts.«
»Männer? Mir scheint es eher, als ob sich hier zwei tumbe Knaben stritten.«
»Sei nicht so streng mit mir, Ungnädige.«
Sie schauten sich lange in die Augen und begannen zu lachen. Einen Augenblick lang war Mathäus versucht, ihr vom Angebot des Markgrafen zu berichten, von Wilhelms Wunsch, dass er nach Nideggen zurückkehrte – mit Jutta an seiner Seite. Doch dann verbiss er sich die Worte, die ihm bereits auf der Zunge lagen. Er hatte Jutta nie bedrängt und würde es auch weiterhin nicht tun. Jutta musste ihre Entscheidung unbeeinflusst treffen – wann immer das auch sein mochte.
Ihre Lippen fanden sich zu einem nicht enden wollenden Kuss.

11

Sichtlich erschöpft betraten Heinrich und Hartmann an diesem Abend die Wirtsstube ihres Gasthauses am Radermarkt und ließen sich an einem der wenigen freien Tische nieder. Den ganzen Tag über waren sie auf den Beinen gewesen, hatten Nachforschungen in der Stadt betrieben. Der Birgeler hatte die Verwandten der Ermordeten aufgesucht und befragt; neue Aufschlüsse aber hatte dies nicht ergeben. Offenbar gab es keinen gemeinsamen Nenner bei den schauerlichen Mordfällen. Weder hatten die drei Unglücklichen den unbändigen Hass eines ihrer Nächsten auf sich gezogen noch hatten sie gemeinsame Feinde gehabt. Niemand konnte sich erklären, warum gerade sie dem Schwert des kapuzenmanteltragenden Löwenmörders – wie die Städter den Unbekannten inzwischen getauft hatten – zum Opfer gefallen waren.
»Wahrscheinlich«, vermutete Hartmann seufzend, »waren die drei einfach nur zur Unzeit am falschen Ort. Gemeinsamkeiten? Ich sehe keine. Wisst Ihr, was ich denke, Heinrich: Der Mörder ist ein Irrer. Ein gemeingefährlicher Verrückter, der sich nicht einmal die geringsten Gedanken darüber macht, wem er seine Taten in die Schuhe schieben könnte. Da er aber auf die glorreiche Idee gekommen ist, die Köpfe seiner Opfer vor das Portal des Domes zu legen, bleibt die Sache an uns haften.«
Heinrich stützte sein Kinn in die Hand. Sein zaghaftes

Nicken verschleierte keineswegs, dass er in Wirklichkeit etwas anderes glauben mochte. Nachdenklich starrte er auf das Holz des Tisches.

Der Wirt erschien und tischte auf. Sie hatten Wein und einen Gemüseeintopf mit Wurst und Weizenbrot bestellt. Schweigend langten sie zu.

Als sie ihr Mahl beendet hatten, schob Hartmann seine Schale mit einem befriedigten Grunzen von sich und wischte sich über den Mund. »Und jetzt, Heinrich, seid Ihr an der Reihe. Habt Ihr vielleicht mehr herausgefunden als ich? Heraus mit der Sprache. Euer Gesichtsausdruck sagt mehr als tausend Worte. Ihr könnt meinen Glauben nicht teilen, dass es sich bei dem Löwenmörder« – er betonte das Wort spöttisch – »um einen Geisteskranken handelt, nicht wahr?«

Heinrich erwiderte das Grinsen des anderen. »Um ehrlich zu sein: Es fällt mir schwer, das zu glauben. Aber leider kann auch ich Euch im Augenblick keine bessere These präsentieren.«

Er nippte an seinem Becher.

»Sicher, ich habe heute einiges in Erfahrung bringen können«, fuhr er dann fort. »Doch in der Sache hilft uns das zunächst nicht weiter.«

»Erzählt es mir dennoch.«

»Nichts liegt mir ferner, als Euch auch nur die geringste Kleinigkeit zu verschweigen. Beginnen wir also mit Herrn Rudolf, dem ersten Opfer: Der Ratsherr hatte einen Liebhaber, mit dem er sich öfter im ›Schwan‹ traf.«

»Sieh an. Wenn seine Frau davon wusste, dann hat sie es mir gut verheimlicht.«

»Unwahrscheinlich, dass sie es wusste. Seine Neigung ist ihr wohl verborgen geblieben.«
»Und was ist mit dem, äh … Liebhaber? Habt Ihr ihn …?«
»Natürlich habe ich ihn aufgespürt. Sonst wäre ich ein miserabler Schnüffler. Doch bevor Ihr fragt: Als Täter kommt er wohl kaum in Frage. Er ist so schmächtig, dass er kaum ein Schwert heben, geschweige denn einen Zweihänder schwingen könnte.«
»Was ist mit Gumpert, dem zweiten Opfer? Hatte der Schmied ebenfalls gleichgeschlechtliche Neigungen?«
»So wenig wie Ihr und ich. Gumpert soff sich nur allzu gerne den Hals voll. Und sein Weib hasste er wie die Blattern.«
»Was ich ihm nachfühlen kann. Eine Hexe, die nur Gift versprühen kann …«
»Gift versprühen, vielleicht. Aber auch die Hexe dürfte als mögliche Schwertmörderin nicht in Frage kommen.«
»Und nun zu Bernhard, dem dritten Kopflosen. Was habt Ihr über ihn herausgefunden?«
»Der Ratsherr pflegte häufigen Umgang mit Huren.«
»Was Ihr nicht sagt. Sein Weib hielt ihn für den besten Gatten unter Gottes weitem Himmel. So liebend, so fürsorgend …«
»Fürsorge erhielt vor allem Ottilia, seine Lieblingshure. Sie vertraute mir an, dass der Ratsherr das Hurenhaus in letzter Zeit nur noch in Begleitung eines Dieners aus seinem Gesinde betreten habe.«
»Ein Begleiter?«
»Bernhard fürchtete den Heimweg in dunkler Nacht – zu Recht, wie man weiß. Doch dem Diener sagten an jenem

Abend die Freuden des Weines mehr zu als die des Liebesspiels. Als sein Herr nach Hause gehen wollte, war er so besoffen wie der selige Gumpert. Bernhard musste sich also alleine auf den Weg machen ...«

»... der sein letzter werden sollte. Gute Arbeit, die Ihr da geleistet habt, Heinrich.«

»Fruchtlose Neuigkeiten«, winkte er ab. »Viel klüger sind wir nicht geworden.«

Der Wirt eilte herbei und schenkte Wein nach. Die beiden Männer vertieften sich in ihre Überlegungen. Das Lachen und Schwatzen der Zecher um sie herum vernahmen sie nur aus weiter Ferne. Erst der in die Wirtsstube tretende Anno weckte wieder ihre Aufmerksamkeit. Der Gardist hatte eine langhaarige Schöne in seinem Arm und hielt Ausschau nach einem freien Tisch. Hartmann winkte ihn mit einer barschen Geste zu sich heran. Anno raunte der Frau etwas zu und näherte sich mit unsicheren Schritten, die ein schlechtes Gewissen offenbarten, dem Birgeler.

»Herr?«

»Unser Auftrag hier in Aachen ist von großer Wichtigkeit für das Haus Jülich. Für Huren und sonstige Vergnügungen bleibt uns keine Zeit.«

»Aber ... Ihr hattet mir für den Abend frei gegeben ...«

»Was jedoch nicht heißt, dass du deinen Lastern in aller Öffentlichkeit frönen sollst. Wo bliebe da unsere Glaubwürdigkeit? Also schick deine Hure zum Teufel oder verschwinde mit ihr in eine stille Kammer. Und wage es nicht, dich zu besaufen. Morgen will ich dich frisch und ausgeschlafen sehen, verstanden?«

»Ja, Herr.« Mit gesenktem Kopf kehrte Anno zu der wartenden Schönen zurück und verließ mit ihr das Wirtshaus.

»Recht streng seid Ihr zu ihm gewesen, Hartmann«, sagte Heinrich mit gespieltem Ernst.

»Es ist nötig. Sie brauchen eine strenge Hand, sonst machen die Kerle was sie wollen.«

»Wo ist eigentlich Bodo, unser anderer wackerer Begleiter?«

»Wilhelm hat darum gebeten, regelmäßig unterrichtet zu werden, ist er doch begierig zu erfahren, was in der Stadt vor sich geht. Deshalb habe ich Bodo zur Berichterstattung nach Nideggen geschickt. Der Graf wird außer sich sein, wenn er von dem neuerlichen Mord hört.« Er seufzte gedehnt. »Leider kann ich ihm jedoch keine Erfolgsmeldungen machen.«

»Noch nicht«, erklärte Heinrich und zwinkerte mit einem Auge.

Hartmann musterte sein Gegenüber mit einem feinen Lächeln. »Seltsam. Ihr seid mir so vertraut, als würde ich Euch schon seit hundert Jahren kennen. Und eine Stimme in meinem Inneren flüstert mir ständig zu, dass Ihr das Rätsel lösen werdet.«

»Hoffentlich folgt Eure innere Stimme keinen teuflischen Eingebungen.«

»Der Teufel? Selbst der hätte kein leichtes Spiel mit Euch.«

»Der Teufel, Hartmann, hat leichtes Spiel mit uns allen.«

»Ihr vergesst, dass es auch noch unseren Herrn im Himmel gibt, der bei uns ist, wenn wir durch finstere Schluchten wandeln.«

»Ist er das wirklich?« Heinrich starrte in seinen Becher.
»Ihr zweifelt daran?«
»Vielleicht haben Gott und der Teufel einen Pakt geschlossen«, entgegnete Heinrich nach einer Weile. »Vielleicht sind wir nur auf diese Welt gekommen, um für Gott und Satan ein amüsantes Schauspiel abzugeben. Und vielleicht schließen die beiden Wetten ab, wie das Schauspiel enden wird.«
Hartmann warf ein paar schnelle Blicke auf die benachbarten Tische, als fürchte er, man könne dort Heinrichs Worte vernommen haben. Er senkte die Stimme. »Unter uns, mein Freund: Es ist nicht ratsam, solche Gedanken zu äußern. Sie könnten Euch eines Tages arge Unannehmlichkeiten bereiten. Die Heilige Mutter Kirche …«
»… ist weder heilig, noch ist sie meine Mutter.« Er griff kurz nach der Hand des anderen und drückte sie. »Sorgt Euch nicht um mich, Hartmann. Ich glaube, dass mein Schicksal längst in den Sternen geschrieben steht. Selbst Gott und Satan können es nicht voraussehen.« Er grinste. »Aus diesem Grund schließen sie Wetten ab …«
Hartmann kratzte sich am Hals und spähte verstohlen umher. Seine Wangen waren von einer flammenden Röte überzogen.
»Glaubt Ihr immer noch, mich schon seit hundert Jahren zu kennen, Hartmann? Oder seid Ihr nun bereit, Eure Meinung über mich zu ändern?«
Der Birgeler atmete tief durch und breitete seine Hände aus. »Ich weiß, dass Ihr ein guter Mensch seid, Heinrich. Und ich weiß nicht, warum Ihr mich etwas anderes glauben lassen wollt. Wir sind nicht nach Aachen gekommen,

um über Gott und die Welt zu philosophieren. Ich schätze Euren Scharfsinn, und Euer Glaube ist mir gleichgültig. Vielleicht nehmt Ihr dennoch meinen freundschaftlichen Rat an, Eure Worte in Zukunft mit Bedacht zu wählen. In den Augen der Kirche sind sie Blasphemie. Glaubt mir, ich habe schon Leute auf Scheiterhaufen brennen sehen, deren Worte weit weniger ketzerisch anmuteten als Eure.«

»Ich weiß Eure Warnung wohl zu schätzen, Hartmann.« Er hob seinen Trinkbecher und stieß mit dem Birgeler an.

Ein schmalbrüstiger Mann mit filzigem Bart, der sich plötzlich neben ihrem Tisch aufbaute, ließ die beiden innehalten. Der Mann trug einen zerlumpten Mantel aus abgeschabtem Fell.

»Auf Euer Wohl«, griente er. Sein Mund entblößte schwarze Zahnlücken. In seinen Augen blitzte Verschlagenheit. Heinrich wusste es sogleich: Der Mann war gescheiter, als man auf den ersten Blick glauben mochte.

»Wer seid Ihr?«, fragte Hartmann schroff.

»Nun, mein Name dürfte Euch nichts sagen, Jülicher. Aber vielleicht habt Ihr Interesse an ein paar aufschlussreichen Neuigkeiten.«

»Was denn für Neuigkeiten?«

»Die den Löwenmörder mit dem Kapuzenmantel angehen. Seid Ihr nicht bestrebt, die Hände Eures Grafen reinzuwaschen?«

»Nehmt Platz.« Hartmann winkte den Wirt herbei. »Bringt Wein für meinen Gast.«

»Habt vielen Dank«, säuselte der Fremde und setzte sich zu ihnen. »Bringt mir einen ganzen Humpen«, rief er dem Wirt hinterher.

Heinrich zog die Brauen zusammen. »Wir sind gespannt auf die Auskünfte, die Ihr für uns habt.«
»Aber nicht doch, edler Herr. So einfach ist es nun auch wieder nicht. Natürlich hat das seinen Preis. Wer bin ich, dass ich etwas zu verschenken hätte?«
Der Wirt brachte den Wein und einen weiteren Becher, den der Fremde sogleich füllte und in einem Zug austrank. Schon füllte er erneut seinen Becher.
»Was den Preis angeht«, meinte Heinrich in leicht gedehntem Tonfall, »so sind wir ungern bereit, die Katze im Sack zu kaufen. Was, wenn die Mitteilungen für uns ohne Belang sind?«
»Das Leben ist ein einziges Risiko«, erwiderte der andere mit einem schmierigen Grinsen. »Steht Euch das Wasser nicht bis zum Hals? Könnt Ihr es Euch leisten, mich zu vergraulen?«
Hartmann von Birgel fischte ein paar Münzen aus einer Börse und schob sie über den Tisch. »Genügt das?«, fragte er knapp.
Der Mann griff nach dem Geld und zählte es ab. Mit einer Miene, die nichts preisgab, ließ er die Münzen in seinem Mantel verschwinden. Abermals trank er seinen Becher leer.
Endlich blieb sein unsteter Blick auf Heinrich und Hartmann haften, die ihn abwartend musterten.
»Habt Ihr schon mal was von der Schlacht bei Crécy gehört?«
Heinrich nickte. »Vier Jahre ist es her. Die Blüte der französischen Ritterschaft wurde vernichtend von den Engländern geschlagen.«

»So ist es, Herr. Ihr scheint viel in der Welt herumzukommen.«
»Weiter«, drängte Hartmann ungeduldig. »Was hat die Schlacht von Crécy mit den Morden in dieser Stadt zu tun?«
»Wahrscheinlich nichts«, grinste der Bärtige.
»Wollt Ihr uns zum Narren halten?« Hartmann machte Anstalten, sich zu erheben. Eine schnelle besänftigende Geste des anderen hielt ihn davon ab.
»Geduld, edler Herr, Geduld. Erst hört mich an. Dann entscheidet, ob Ihr mir zürnen wollt. Doch seid gewiss, meine Worte werden Euch aufhorchen lassen.«
»Dann kommt endlich zur Sache, verdammt.«
Der Bärtige sah über Hartmanns immer noch bedrohlichen Tonfall hinweg. Er zwirbelte eine Strähne seines Bartes und schielte in den Humpen, der vor ihm stand. »Die Schlacht bei Crécy«, sagte er bedeutungsschwer. »Eigentlich wollte der gute König Eduard von England sie vermeiden. Aber die Franzosen unter König Philipp waren ihm in Eilmärschen gefolgt. Noch bevor der Engländer die Küste erreichte, sah er sich zur Schlacht gezwungen.«
»Er ließ seine Leute auf einem Hügel nahe der Stadt ihre Stellungen beziehen«, sagte Hartmann, um weitschweifigen Erklärungen des anderen zuvorzukommen. »Die siegessicheren Franzosen griffen an, doch es war ein recht planloses Unterfangen: Ihre Vorhut aus Armbrustschützen wich unter dem gnadenlosen Pfeilhagel der englischen Langbogenschützen zurück.«
Der andere nickte geduldig. Hartmanns Unleidlichkeit brachte ihn keineswegs aus der Fassung. »Die Sonne blen-

dete die ungestüm hügelan stürmenden Franzosen. Zudem hatte ein Regen die Sehnen ihrer Armbrüste aufgeweicht. Anders die Engländer: Sie hatten zuvor die Sehnen ihrer Bögen abgenommen und unter ihren Helmen vor der Nässe bewahrt. Das Zurückweichen der französischen Vorhut glich eher einer heillosen Flucht und sorgte für schreckliche Verwirrung in den Reihen der nachrückenden Ritter. Diese erhielten den Befehl, sich den Weg notfalls freizuschlagen. Also kam es zu einem mörderischen Gemetzel innerhalb der eigenen Reihen; Chaos, Angst und Panik breiteten sich aus.«

Er genehmigte sich einen weiteren Becher. Dann faltete er die Hände über dem Tisch zusammen und reckte sein vom Bart überwuchertes Kinn, zum Zeichen, dass er sich endlich dem Kern der Sache näherte.

»Unter den französischen Rittern befand sich ein Adeliger namens Robert de Marle, der sich besonders darin hervortat, den flüchtenden Armbrustschützen Einhalt zu gebieten. Wütend schwang er seinen Zweihänder und schlug gnadenlos auf die Unglücklichen ein, die in seinen Augen schmähliche Verräter waren. Robert de Marle begnügte sich nicht damit, ihre Flucht zu stoppen: Er schlug ihnen gleich die Köpfe ab.«

An dieser Stelle horchte Hartmann auf. Auch Heinrich beugte sich interessiert vor.

»Es gibt nicht viele Menschen, die mit Zweihändern umgehen können«, fuhr der Bärtige fort. »Selbst unter Söldnern und Soldaten genießt man hohes Ansehen, wenn man diese Form der Waffenkunst beherrscht. Robert de Marle jedenfalls beherrscht sie wie kaum ein zweiter.«

»Worauf wollt Ihr hinaus?« Hartmann ertrug sein Schweigen nicht länger.
»Robert de Marle wütete bei Crécy wie ein Berserker. Zwar fand auch der eine oder andere Engländer unter seinen Schwertstreichen den Tod. Doch vor allem waren es Leute aus den eigenen Reihen, die er ins Jenseits beförderte. Durch sein Verhalten hat er sich nicht eben viele Freunde gemacht.«
»Das mag ja sein. Aber …«
»Geduld, edler Herr, Geduld. Schon gleich sollt Ihr erfahren, was es damit auf sich hat.« Er spitzte viel sagend den Mund. »Vielleicht sind meine Auskünfte Euch ja noch ein paar weitere Münzen wert.«
Hartmanns Gesicht färbte sich dunkelrot. »Halunke! Gleich werd' ich Euch …«
Heinrichs beschwichtigende Geste hielt ihn zurück. »Lasst es nur gut sein, Hartmann. Wir sollten dem guten Mann geben, was ihm gebührt, nicht wahr?«
Widerwillig schob Hartmann zwei weitere Münzen über den Tisch. »Und jetzt heraus mit der Sprache«, polterte er.
Der Fremde steckte das Geld ein und entblößte erneut seine unvollständigen Zahnreihen. »Wie ich bereits sagte, Robert de Marle hat nicht viele Freunde seit dem Tag von Crécy. Es gibt eine Reihe einflussreicher Rachsüchtiger, die den Tod ihrer enthaupteten Freunde oder Verwandten rächen wollen. Seit fast vier Jahren befindet sich Robert ständig vor ihnen auf der Flucht. Und seit einigen Wochen« – er verfiel in ein Flüstern – »befindet er sich in Aachen.«

»In Aachen?« Hartmann rieb sich erregt sein Kinn. »Soll das etwa heißen, Ihr glaubt …«
Der andere hob abwehrend beide Hände. »Ich glaube gar nichts. Ich gab Euch nur mein Wissen preis. Welche Schlussfolgerungen Ihr daraus zieht, geht mich nichts an.«
»Da habt Ihr völlig Recht«, meinte Heinrich nachsinnend. »Die Schlussfolgerungen sind natürlich allein unsere Sache …«

12

Nur wenig vom grellen Tageslicht drang in das Häuschen der alten Hebamme Sibylle am Rand des Meroder Waldes. Sibylle freilich bedurfte des Lichtes nicht, die Sehkraft ihrer getrübten Augen war ohnehin miserabel und die Tätigkeit, die sie hinter einem Pult hockend verrichtete, war ihr im Laufe der Zeit in Fleisch und Blut übergegangen. Minze, Salbei, Hirtentäschel, Lungenkraut – all diese Kräuter, die dort getrocknet und in Häuflein gemengt vor ihr lagen, vermochte sie allein durch ihren sagenumwobenen Tastsinn zu bestimmen. Mit rituell anmutenden Handgriffen beförderte sie die Substanzen nacheinander in einen Mörser aus Stein, wo sie unter den stampfenden Bewegungen des Stößels zu einem feinen Pulver zerrieben wurden.

Sibylles Gedanken schweiften – wie immer, wenn sie in ihrer Arbeit versank – in die Vergangenheit. In Zeiten, die besser gewesen waren als das Heute, übersichtlicher. In Zeiten, als es nur einen einzigen Herrn von Merode gegeben hatte – und der hatte nicht unter der Fuchtel eines fremden Grafen gestanden. Jülich? War einst ein Ort in einer anderen Welt gewesen. Die Meroder hatten ihr Schicksal noch selbst in der Hand gehabt. Doch diese Zeiten schienen Ewigkeiten zurückzuliegen. Damals war sie noch eine junge Frau gewesen. Und sie hatte geliebt: den Jakob, Sohn eines Meroder Bauern. Ihre Liebe war ein

Geheimnis gewesen, hätte doch Jakobs Vater niemals einer Hochzeit zugestimmt. Sibylles Vater war ein Köhler gewesen, der, wie alle Menschen, die einsam und abseits einer Gemeinschaft leben, mit dem zweifelhaften Ruf eines Außenseiters behaftet war. Jakob indessen hatte sich einen Dreck um das Gerede der Leute geschert. Er hatte Sibylle geliebt, bedingungslos und von ganzem Herzen. Ihre Liebe war stürmisch und leidenschaftlich gewesen. Der Gedanke daran vermochte noch heute, mehr als fünfzig Jahre danach, Sibylles Herz höher schlagen zu lassen. Doch auch das Ende war ihr noch so gegenwärtig, als sei alles erst gestern geschehen: Den Jakob hatte eines Tages die Schwindsucht dahingerafft. Sibylles inzwischen fast zahnloser Mund presste sich verbittert zu einem Strich. Heimlich – und dank der gütigen Mithilfe einer Magd aus dem Gesinde – hatte sie die Kammer mit dem aufgebahrten Leichnam ihres Geliebten betreten. Hatte weinend von ihm Abschied genommen. Hatte ein letztes Mal seine kalten Lippen geküsst. Sein Anblick hatte sich ihr unauslöschlich eingeprägt: Ein bleiches Gespenst. Blutleere Hände – zusammengefaltet wie zum Gebet. Man hatte ihm die Augen gnädig geschlossen. Und dennoch – trotz des Todes, der Jakob in seinen kalten Klauen hielt – hatte Sibylle die letzte Botschaft, die in den Zügen des Geliebten verborgen lag, verstanden: *Ich habe dich geliebt. Trauere nicht um mich. Im Jenseits werde ich auf dich warten …*

Das Jenseits! Wo lag dieser geheimnisvolle Ort? War das Jenseits wirklich eine Art von Paradies, wie die Priester es behaupteten? Und die Hölle, jenes furchtbare Gegenstück des Paradieses – gab es diesen Ort des Grauens?

Nun, nicht mehr lange, und sie würde es erfahren. Nicht mehr viele Jahre waren Sibylle auf Erden vergönnt. Eine Zeit lang war sie der festen Überzeugung gewesen, sie würde das Ende der Welt, das Jüngste Gericht, miterleben. Doch der von vielen vorhergesagte Weltuntergang war ausgeblieben. Hunger, Pest und Not waren vorübergezogen wie ein wütendes Unwetter, hatten aber die »Herrschaft« auf wundersame Weise verschont. Ob dies allerdings eine besondere Gunsterweisung des Herrgotts war, wagte Sibylle zu bezweifeln. Anstatt des Schwarzen Todes hatte ein mordender Dämon seine Todesschwingen über Merode entfaltet. Gewiss, die Mädchenmorde im vergangenen Sommer galten als aufgeklärt. Ob aber in Wirklichkeit alles nur ein makabres Spiel des Teufels war? Schließlich hatte sie das Wesen aus der Unterwelt seinerzeit mit eigenen Augen gesehen. Allein der Gedanke daran ließ sie schaudern. War es tatsächlich nur ein sündiger Mensch gewesen, der sich aus dem Dickicht geschält und drohend wie ein dunkler Schatten vor ihr aufgebaut hatte?

Vielleicht waren die Boten Satans immer noch unterwegs. Vielleicht hatten sie auch unlängst den Knaben um sein Leben gebracht. Der Tod wütete wieder. Nein, Gottes Gunst lag gewiss nicht über der »Herrschaft« Merode. Und vielleicht war ja der Weltuntergang kein flammendes Inferno, kein donnerndes Spektakulum, sondern ein schleichender Prozess, dessen Auswirkungen sich hier – in den Wäldern von Merode – mehr und mehr manifestierten: Tod, Tod und abermals Tod. Wie auch immer, am Ende dieses von Gott – oder vom Teufel? – gelenkten

Prozesses würde sie nicht mehr unter den Lebenden weilen. Zumindest hoffte sie das.

Das ungestüme Pochen an der Tür ihres Häuschens riss Sibylle aus ihren Gedanken. Ohne eine Antwort abzuwarten, stürmte die dralle Bäuerin Kunigunde, einen lauthals schreienden, etwa achtjährigen Knirps hinter sich herzerrend, in die dunkle Stube. Der einfallende Lichtstreifen traf das Gesicht der alten Hebamme. Kunigunde überhörte ihr verärgertes Grunzen.

»Heilige Dreifaltigkeit, man sieht ja die eigene Hand nicht vor Augen«, übertönte sie das Geschrei des Knaben. Mit einer fahrigen Bewegung riss sie einen Bretterverschlag vom Fenster. Sogleich strömte gleißendes Tageslicht in den Raum, in dem der Staub wirbelte.

»Was soll das?«, zischte Sibylle. »Und warum plärrt dieses Kind, als sei der Leibhaftige hinter ihm her?«

»Das«, keuchte die Bäuerin, »schaut Euch besser selbst an!« Unsanft zog sie dem Kleinen das Oberhemd über den Kopf und zeigte auf seinen Rücken.

Sibylle kniff die Augen zusammen. »Wer hat ihm das angetan?«, fragte sie barsch.

»Wenn ich das bloß wüsste … Bitte, versorgt seine Wunden …«

»Legt ihn auf diese Bank dort. Ich werde ihm eine Paste aus Kamille und Labkraut anrühren. Inzwischen holt den Dorfherrn Mathäus herbei. Auch er sollte sich das ansehen.«

Mathäus hatte am Vormittag Befragungen in der Dorfbevölkerung durchgeführt, doch diese hatten ihn nicht einen einzigen Schritt weitergebracht. Auch die verbitterten Eltern des toten Knaben hatten ihm nicht den geringsten Hinweis geben können, wer ein Interesse am Ableben ihres Sohnes gehabt haben könnte. Nur ein Irrer kam für diese grausige Tat in Frage, war man sich allerorten einig. Aus diesem Grund erntete Mathäus hier und da kaum verhohlenes Unverständnis dafür, dass er sowohl den verpönten Schweinehirten Jakob als auch den vom Wahnsinn befallenen Lazarus weiterhin frei und ungeschoren durch die »Herrschaft« wandeln ließ. Mit drohender Strenge machte der Dorfherr diesen Leuten klar, dass die beiden Gebrandmarkten seinem persönlichen Schutz unterstanden, und dass er jeden weiteren Übergriff mit unerbittlicher Härte ahnden würde. Eingeschüchtert ob der Entschlossenheit des Mathäus wagte es niemand mehr, seinen Worten zu widersprechen. Beweise gegen Jakob oder Lazarus lagen ohnehin nicht vor, zumindest keine stichhaltigen. Und den berüchtigten Zorn des Dorfherrn wollte niemand auf sich ziehen.

Gedankenvoll verfolgte Mathäus das Treiben auf dem Hahndorn. Ein paar Leute von der Burg waren damit beschäftigt, den Dorfanger für das bevorstehende Erntefest herzurichten. Palavernde Zimmerleute errichteten unter lautem Gehämmer hölzerne Buden. Dort hinten, ging es dem Dorfherrn durch den Kopf, hatte vor gut einem Jahr noch ein bedrohlicher Galgen gestanden. Nach der Hinrichtung hatte Mathäus – gegen den üblichen Widerstand des Paulus – dafür gesorgt, dass man das hölzerne Gestell des Todes wieder in seine Einzelteile zerlegte. Nichts mehr sollte daran erinnern, dass der Hahndorn eine Hinrichtungsstätte gewesen war. Doch der Tod überschattete

auch diesmal das anstehende Fest. Die Worte des Grafen Wilhelm kamen ihm in den Sinn.
Komm zurück nach Nideggen!
Nach Nideggen! War das die Lösung, um dem Fluch, der über diesem Dorf zu liegen schien, zu entkommen? Doch was erwartete ihn in der Residenzstadt des Grafen? Gewiss kein Paradies. Er wusste es nur zu genau, Neid und Missgunst bestimmten das Denken der Menschen im Gefolge des Grafen. Erworbene Privilegien – beziehungsweise das, was man dafür hielt – wurden mit Zähnen und Klauen verteidigt. Eine Schlangengrube, in der Eindringlinge ständig auf der Hut sein mussten. Und dennoch: Ein Leben, das zumindest der ländlichen Kargheit entbehrte. Aber wollte er das wirklich?
Komm zurück nach Nideggen!
Jutta!
Der plötzliche Gedanke an die Geliebte offenbarte einmal mehr sein ganzes Dilemma. Ein Leben ohne Jutta in Nideggen? Eigentlich undenkbar! Ein Leben ohne Jutta hier in Merode? Ausgeschlossen! Was, wenn Jutta sich eines Tages dazu entschied, in ein Kloster einzutreten?
Mathäus weigerte sich, diesen schon tausendmal gesponnenen Faden zu Ende zu spinnen. Nur die Zeit würde ihm eine Antwort geben. Hühner flatterten gackernd um seine Beine. Von Weitem sah er die wuchtige Kunigunde mit fuchtelnden Armen auf sich zueilen. Er stieß einen tiefen Seufzer echter Verzweiflung aus.
Die Bäuerin war völlig außer Atem. Ihr Gesicht erinnerte Mathäus an eine aufgedunsene Schweinsblase. Obwohl das Luftholen Kunigunde höchste Not bereitete, verzich-

tete sie keineswegs darauf, den Dorfherrn mit einem Schwall von Worten zu überschütten.

Mathäus verstand nur wenig von ihrem keuchenden Gestammel. Doch schon bald wurde ihm klar, dass es diesmal nicht die verdrießlichen Streitigkeiten mit den Unterdörflern waren, die das Gemüt der Bäuerin derart aufgewühlt hatten. Er versuchte, beruhigend auf sie einzureden, doch Kunigunde schüttelte hastig den Kopf und bat ihn mit einer nervösen Geste, ihr zu folgen. Ihren erregten Bericht nicht eine Sekunde unterbrechend, stapfte sie voran. Sie verließen den Hahndorn und erreichten schon bald den Weg, der hügelan Richtung Wald führte. An dessen Rand zeichnete sich unter hohen Tannen das Häuschen der alten Sibylle im hellen Sonnenlicht ab. Immerhin hatte Mathäus den aufgeregten Worten der Kunigunde inzwischen entnommen, dass sie sich offenbar um eines ihrer zahlreichen Kinder sorgte, dem etwas Schreckliches widerfahren zu sein schien. Nichts Gutes ahnend folgte er ihr, bis sie endlich die Behausung der alten Hebamme erreicht hatten. Kunigunde stürmte voran in die Stube.

»Da liegt er«, schnaufte sie atemlos und deutete auf den wimmernden Knaben, der bäuchlings auf einer morschen Holzbank lag. Die neben ihm hockende Sibylle forderte ihn gebieterisch auf, sein Gejammer nun endlich zu beenden.

Mathäus trat näher und betrachtete erschrocken den Rücken des Jungen, auf dem sich die Umrisse eines Tieres abzeichneten, die jemand mit einem Messer – wie auf einer Leinwand – dort hineingeritzt hatte. Sibylle war es gelungen, den Blutfluss der leicht klaffenden Wunden zum Stillstand zu bringen, so dass das Werk des unheimlichen Künstlers zwischen verkrusteten Blutresten sichtbar wurde.

»Wer macht sowas?«, fragte Sibylle kopfschüttelnd. »Seht Euch das bloß an, Dorfherr: Wer schnitzt dem Jungen bloß ein Pferd ins Fleisch? Noch dazu eins mit wuschligen Haaren …«

»Das ist kein Pferd, Frau Sibylle.« Mathäus zog die Stirn kraus und machte einen tiefen Atemzug. »Das ist ein Löwe!«

Sibylle ergriff einen Holzspatel und begann, die bereitete Paste aufzutragen. »Ob Pferd, ob Löwe – was spielt das für eine Rolle? Ach, in welcher Welt leben wir bloß?«

Mathäus beugte sich zu dem Knaben hinab, der mit zusammengebissenen Zähnen die Behandlung der Hebamme über sich ergehen ließ.

»Wie heißt du, Junge?«

»Ortwin, Herr. Wie mein Vater.«

»Wer hat dir wehgetan, Ortwin?«

Der Junge begann wieder leise zu weinen. »Ein Mann«, erklärte er schließlich.

»Wer war es?«

»Weiß nicht. Er hatte sein Gesicht mit einem Tuch verhüllt, so dass nur die Augen hervorguckten. Er kam ganz plötzlich aus dem Gehölz …«

»Aus dem Gehölz? Du warst im Wald? Allein?«

»Ja, Herr.«

»Und was, bei allen Heiligen, hattest du dort zu suchen?«

Die verängstigten Augen des Jungen blinzelten verständnislos. »Beeren gepflückt, Herr. Ich hatte Hunger.«

Mathäus bedachte die inzwischen wieder zu Atem gekommene Mutter des Jungen mit einem vernichtenden Blick. »Ihr lasst ihn in den Wald gehen? Alleine? Nach allem, was geschehen ist?«
Sie breitete hilflos ihre Arme aus. »Man kann seine Augen nicht überall haben. Ich habe schließlich noch andere Bälger, um die ich mich kümmern muss.«
Mit einem stillen Fluch wandte sich Mathäus wieder dem Verletzten zu. »Der Mann kam also aus dem Gehölz. Und weiter?«
»Er packte mich, warf mich auf die Erde. Und dann …« – wieder rollten dicke Tränen über seine Wangen – »dann hat er mir wehgetan. Mit einem Messer.«
»Hat er irgendetwas zu dir gesagt?«
»Zuerst nicht. Erst als er mich wieder losließ, hat er gesprochen.«
»Und was hat er gesagt?«
»Er sprach von Euch, Herr.«
»Von mir? Rede, Ortwin: Was hat er gesagt?«
»Er … Ach, ich weiß es nicht mehr, Herr.«
Der Dorfherr fasste ihn unters Kinn. »Dann überleg, Junge. Es kann von großer Wichtigkeit sein!«
Schniefend versuchte der kleine Ortwin sich zu erinnern. »Ich glaube, er sprach von einer Warnung.«
»Er wollte mich also warnen?«
Der Knabe nickte.
»Und hat er auch gesagt, warum oder wovor er mich warnen wollte? Denk nach!«
»Er sagte was von Eurer verdammten Nase und dass Ihr sie …«

»Dass ich meine verdammte Nase nicht länger in diese Angelegenheit stecken soll?«
»Ja.« Der Knabe war von den seherischen Gaben des Dorfherrn sichtlich beeindruckt. »Genau das hat er gesagt, Herr. Sonst würde etwas Fürchterliches passieren.«
Mathäus nickte ernst und strich ihm durchs verschwitzte Haar. Dann erhob er sich und warf der alten Hebamme einen fragenden Blick zu. Sibylle wusste sogleich, was der Dorfherr von ihr wissen wollte.
»Keine Sorge, Mathäus. Den Jungen kann ich heilen. Doch dieses seltsame Tier auf seinem Rücken wird ihn wohl für den Rest seines Lebens begleiten.«
Mit wütenden Schritten und wehendem Umhang verließ Mathäus das Haus der Hebamme.

13

Es war nicht schwierig für Heinrich gewesen, Robert de Marle aufzuspüren. Lediglich drei dubiose Gestalten zweifelhafter Herkunft hatte er befragen müssen, um dem Franzosen auf die Spur zu kommen. Vor allem in Anbetracht des riesigen Ungeheuers an Heinrichs Seite hatten die Informanten bereitwillig Auskunft gegeben. Seit mehr als einer Stunde folgte Heinrich nun dem hochgewachsenen Franzosen in angemessenem Abstand durch die Gassen der Stadt, stets darauf bedacht, die Aufmerksamkeit des anderen nicht auf sich zu lenken. Doch Robert de Marle wirkte keineswegs wie jemand, der sich verfolgt glaubte. Er trug keine Waffen bei sich, zumindest keine, die man sehen konnte, und er war bekleidet mit dem leinenen Gewand eines Adeligen, der aus seiner Herkunft keinen Hehl machte. Robert de Marle mochte an die fünfzig Winter gesehen haben; sein Gesicht war bartlos und kantig, seine Augen blau und kalt. Keine Bewegung seines mächtigen Körpers schien er ohne Bedacht zu tun.

An der großen Waage am Kornhaus hatte Heinrich den Franzosen gefunden. Robert hatte einem Possenreißer gelauscht, war aber schon sehr bald weitergegangen, da er, wie Heinrich vermutete, der deutschen Sprache nicht mächtig genug war, um die Zoten des Spaßmachers gänzlich zu verstehen. Dann war Robert in ein Wirthaus nahe der Wollspüle eingekehrt. Heinrich hatte darauf verzichtet, ihm dorthin zu folgen, denn in der engen Schankstube hätte er sich der Aufmerksamkeit des Veteranen von Crécy nur schwerlich entziehen können. Also hatte Heinrich sich damit begnügt, durch eine kleine Fensteröffnung ins Innere der Stube zu spähen. Dies freilich hatte ausgereicht, um festzustellen, dass Robert dort alleine an einem der Tische saß und sich vom Wirt einen Humpen Wein bringen ließ. Nach einer nicht allzu langen Weile hatte er eine Münze auf den Tisch geworfen und das Gasthaus wieder verlassen; offenbar war der Wein nicht nach seinem Geschmack gewesen. In Frankreich, vermutete Heinrich, war er besseren Rebensaft gewohnt.

Robert verließ also die Schankstube und steuerte nun geradewegs auf die nächste Straßenecke zu, wo sich vor dem Kloster der Weißen Frauen eine stattliche Menschenmenge versammelt hatte. Auch Robert blieb dort stehen und richtete seinen unergründlichen Blick auf zwei bunt gekleidete Spielmänner, die für den Auflauf an Menschen dort verantwortlich waren. Der eine zupfte sanft die Saiten einer Laute, während der andere mit erhobenem Finger vor seinem Kumpanen auf und ab ging und den Leuten etwas zu erzählen schien. Heinrich gab dem gähnenden Chlodwig den Befehl, sich fern zu halten. Er selbst näherte sich der lauschenden Menge und blieb nur wenige Fuß neben dem Franzosen stehen, den er so aus den Augenwinkeln heraus ständig beobachten konnte.

»Und hier«, schrie der eine Spielmann und deutete mit ausgestrecktem Finger auf einen Punkt zu seinen Füßen, »hier, genau an dieser Stelle, fand Graf Wilhelm von Jülich den Tod unter den wütenden Hammerschlägen des

Aachener Schmiedes!« Der Lautenspieler entlockte seinem Instrument drei schräge Töne, die dem Gesagten auf eigentümliche Weise Gewicht verliehen. »Der Graf von Jülich und sein Überfall auf die Stadt«, fuhr der Sprecher fort, »ihr alle wisst, welches Ende der Bösewicht aus Nideggen nahm. Ihr alle kennt das Lied, zumindest die ersten fünf Strophen. Aber …«, geheimnisvoll sah er in die Runde, »aber in Wirklichkeit besitzt das Lied noch zwei weitere Strophen. So höret nun vom wahren Ende des habgierigen Grafen …«

Der Lautenspieler legte ein wohlklingendes Präludium hin, variierte die jedem bekannte Melodie des Grafenliedes mit neuen Elementen, was den Zuhörern augenscheinlich imponierte. Endlich begann der andere mit sonorer Stimme zu singen.

»Der Graf in seiner finst'ren Burg
hat sich Übles ausgedacht.
Die Rechnung aber hat er ohne
die Aachener gemacht.

Wilhelm sammelt Hundertschaften,
rüstet sie mit Schild und Schwert,
führt sie gegen Aquis granum,
die Pfalz ist es ihm wert.

Hier, wo einst der große Karl
thronte auf dem Marmorsitz
hier, wo Glorie erstrahlt,
strebt Wilhelm gierig nach Besitz.

Die Stadt der Grafschaft einverleiben
ist Wilhelms böses Ziel.
Ein Überfall in dunkler Nacht,
doch Verräter gibt es viel.

Gewappnet sind die Bürger,
angeführt vom Schmied.
Erschlagen wird der Graf schon bald,
den man wohl falsch beriet.«

Die Laute verstummte abrupt. Der Sänger kreuzte die Arme hinter seinem Rücken. »Ja, erschlagen ward der Graf«, sagte er versonnen. »Doch wenn ihr glaubt, liebe Leute, das dies sein Ende war, so irrt ihr gewaltig.« Er nahm die Frage seiner Lauscher vorweg. »Was das heißen soll? Also gut, ich will es euch verraten. Ihr habt schließlich ein gutes Recht darauf. Denn schon heute oder morgen kann es einen von euch treffen.«
Zum erneut einsetzenden Klang der Laute sang der Spielmann weiter.

»Siebzig Jahre kaltes Grab,
nun kehrt der Graf zurück.
Der Teufel hat ihn losgeschickt,
vorbei ist Aachens Glück.

Nächtens sieht man Köpfe rollen,
die Stadt in größter Not.
Der Geist des Grafen schreit nach Rache,
man stirbt den Löwentod.«

Die Zuhörer klatschten lachend Beifall und verbargen so den kalten Schauder, der sie überkommen hatte.
Robert de Marle hatte der Darbietung mit regloser Miene gelauscht. Wieder blieb unklar, wie viel er vom Gesang des Spielmannes wirklich verstanden hatte. Jedenfalls machte er sich nicht die Mühe, sich dem Beifall der anderen anzuschließen, sondern setzte mit energischen Schritten seinen Weg fort – offenbar war nun der Hauptmarkt vor dem Rathaus sein Ziel.
Heinrich pfiff seinen Hund herbei, dessen Aufmerksamkeit jedoch inzwischen einer Hündin mit hellem, struppigem Fell galt, die etwas weiter abseits an einer Hauswand lag und die musternden Blicke der Dogge fast schon arrogant erwiderte. Kein Wunder also, dass Chlodwig über den Befehl seines Herrn hinwegsah und auf seinem Hinterteil sitzen blieb.
Heinrich stapfte herbei. »Da sieht man's wieder«, brummte er, »nicht die geringste Ahnung hast du, wie man mit Frauen umgeht. Wenn du etwas von der Blondine willst, musst du dich schon selbst zu ihr bemühen. Oder glaubst du vielleicht, sie kommt zu dir, weil du so ein tolles Bürschchen bist?«
Chlodwig leckte schmatzend sein Maul und sah seinen Herrn beleidigt an.
»Ach, lassen wir das«, winkte Heinrich seufzend ab. »Komm jetzt, bevor wir den Franzosen aus den Augen verlieren.« Er spähte in die Richtung, in die Robert de Marle verschwunden war. Die sich allmählich auflösende Menschenmenge vor dem Weißfrauenkloster erschwerte ihm die Sicht. »Beeilung«, drängte er den Hund, der der

Hündin einen letzten sehnsüchtigen Blick zuwarf und sich dann gemächlich erhob. Außerdem hielt Chlodwig es für angebracht, sein Fell kräftig zu schütteln, bevor er endlich bereit war, seinem Herrn hinterherzutrotten.
Heinrich drehte sich verärgert um. »Los, ein paar Schritte schneller! Ach, der gute Mathäus hat ja so Recht: Du bist in der Tat ein Mondkalb!«
In seinem Eifer, den Franzosen einzuholen, stieß Heinrich mit einer zierlichen Person zusammen, die seinen Weg kreuzte. Eine Entschuldigung stammelnd, half er ihr, das Gleichgewicht zu halten, indem er sie sanft bei den Schultern packte. Als ihre Blicke sich trafen, erstarrte Heinrich. Vor ihm stand – Johanna!

Sie hatte sich kaum verändert. Ihr ebenmäßiges Gesicht war so, wie er es bildhaft in Erinnerung hatte: blass, zart und zauberhaft. Blonde Haarsträhnen schauten unter der Haube, die sie trug, hervor. In ihren Augen glomm das Feuer des Erkennens.
»Heinrich«, hauchte sie fassungslos.
Heinrich schluckte. Bilder der Vergangenheit tobten durch seinen Kopf. Seine Beine drohten ihm den Dienst zu versagen. »Ihr … müsst mich verwechseln«, brachte er mühsam hervor.
»Warum sagst du das? Du weißt, dass ich es bin.«
Er senkte den Kopf. »Du hast Recht, Johanna. Ich bin ein Esel.«
Chlodwig hatte die beiden erreicht und setzte sich hechelnd neben seinen Herrn, sichtlich erleichtert über diese neuerliche Pause.

»Gehört dieser Riese zu dir?«, fragte Johanna.
Heinrich versuchte, ihr Lächeln zu erwidern. »Das ist Chlodwig. Ja, er gehört zu mir.«
»Und …« Sie suchte nach Worten. »Wie ist es dir ergangen?«
»Ich … ich will mich nicht beklagen. Und du? Bist du … glücklich?«
Sie nickte zaghaft. »Ich bin …«
»Ich weiß. Du bist verheiratet. Mit einem Ratsherrn. Gib gut auf ihn Acht. Ratsherren leben gefährlich in dieser Stadt.«
»Woher weißt du es? Dass ich verheiratet bin?«
Er antwortete nicht. »Habt ihr Kinder?«, fragte er stattdessen. Er hatte unerklärliche Mühe, ihrem Blick standzuhalten.
»Ja, zwei«, erwiderte sie leise.
»So? Ich freue mich für dich, Johanna. Du bist glücklich. Du besitzt alles, was du dir jemals gewünscht hast.«
»Heinrich!« Plötzlich schüttelte sie heftig den Kopf. »Warum bist du damals davongerannt?«
»Ich bin nicht vor dir davongerannt, Johanna.«
»Nein. Nur vor dir selbst. Und du tust es heute noch.«
»Ich …«
»Der Tod des Kindes war nicht deine Schuld.«
»Johanna!« Seine Stimme wurde fester. »Seit Jahren verfolgt mich dieser Spruch: Nicht deine Schuld! Aber es geht nicht nur um Schuld oder Unschuld.«
»Um was geht es wohl sonst?«
»Du würdest es nicht verstehen.«
»Du könntest es mir erklären.«

Er sah in ihre fragenden Augen, und das heftige Verlangen, sie zu umarmen, überkam ihn. Er machte einen tiefen Atemzug und schüttelte traurig den Kopf.
»Ich habe dich geliebt, Johanna«, flüsterte er. »Ich wünsche dir alles Glück der Welt.« Er schob sich an ihr vorbei und ließ sie stehen. Sein Hund folgte ihm diesmal ohne Aufforderung.
Johanna sah ihnen lange hinterher. »Auch ich habe dich geliebt, Heinrich«, sagte sie tonlos, bevor auch sie ihren Weg fortsetzte.

Als Heinrich sich an diesem Abend zu Hartmann an den Tisch in die vom Lärm der Zecher erfüllte Schankstube setzte, musterte ihn dieser unter zusammengezogenen Brauen.
»Man sollte meinen, Ihr hättet ein Gespenst gesehen, Heinrich.«
»Vielleicht habe ich das.«
Hartmanns Augen wünschten eine Erklärung für diese orakelhafte Antwort, doch Heinrich hob abwehrend eine Hand.
»Es hat nichts mit unserem Auftrag hier zu tun!« Er nahm ein paar große Schlucke von seinem schon bereitstehenden Wein.
Hartmann nickte verständnisvoll und unterließ es, weiter auf den augenscheinlichen Trübsinn seines Begleiters einzugehen. »Habt Ihr ihn gefunden, Heinrich?«
»Wen?«
Der Birgeler blinzelte verwirrt. »Den Franzosen. Robert de Marle.«

»Oh, sicher. Eine ganze Weile lang konnte ich ihn beschatten.«

»Und? Welchen Eindruck macht er auf Euch?«

»Der Bursche ist so still und kalt wie ein tiefer See.« Er schilderte Hartmann den Verlauf seiner Überwachung. »Vor dem Hauptmarkt«, schloss er seinen Bericht mit einem gedämpften Seufzer, »habe ich ihn dann leider aus den Augen verloren.«

Hartmann rieb sich das Kinn. »Jedenfalls hat er nichts unternommen, was ihn verdächtig erscheinen ließe.«

»Nichts«, bestätigte Heinrich. »Doch gleich morgen werde ich ihn mir noch einmal vornehmen.«

»Ja, das solltet Ihr tun. Vielleicht macht der Kerl ja dann den entscheidenden Fehler ...«

»Wenn er tatsächlich der Löwenmörder ist, wird er früher oder später Fehler begehen. Jeder Mörder macht Fehler, verlasst Euch darauf.«

»Eure Zuversicht macht mich froh, Heinrich. Zumal der Graf voller Ungeduld auf unsere erste Erfolgsmeldung wartet.«

»Der Graf?«

Hartmann nickte knapp. »Bodo, unser wackerer Gardist, ist aus Nideggen zurückgekehrt. Wilhelm ist bestürzt über den neuerlichen Mord. Die Zeit drängt.«

»Ich weiß, ich weiß. Wir müssen ihn finden, den Löwenmörder.«

Hartmann lachte und hielt Ausschau nach dem Wirt. »Aber zuerst müssen wir etwas Ordentliches essen, findet Ihr nicht? Wo ist bloß dieser Beutelschneider?«

Heinrich trank seinen Becher leer und erhob sich.

»Danke, Hartmann. Aber ich werde heute nichts mehr essen. Gestattet, dass ich mich in meine Kammer zurückziehe. Ich bin sehr müde.«
Er hob eine Hand zum Gruß und verließ die Stube unter den nachdenklichen Blicken des Birgelers.

14

Gekicher erfüllte die Scheune. Raschelndes Stroh und knarrendes Gebälk ließen keinen Zweifel daran, dass sich dort oben, auf der Empore, zwei Verliebte zu einem ungestümen Stelldichein verabredet hatten.

»Wenn du mich noch einmal kneifst«, fiepste eine Frauenstimme in gespielter Empörung, »dann …«

»Was dann?«

»Dann kneife ich zurück!«

Dietrich grinste. »Wirklich? Und wohin kneifst du mich?«

»Wirst schon sehen.«

»Also gut. Darauf lasse ich es ankommen.«

Er schob eine Hand unter ihr Kleid und zwickte sie in den Oberschenkel.

Ein Jauchzen war die Antwort. Sie schubste ihn von sich und rollte die drallen Rundungen ihres Körpers über ihn, so dass ihr sommersprossiges, rotwangiges Gesicht ganz nah an seinem war.

»Liebst du mich?«, fragte sie beinahe drohend.

»Wen wohl sonst?«

»Mehr als die Pferde?«

»Sicher. Dich zu striegeln macht sehr viel mehr Freude.«

»Striegeln?«

Ihre Hand zupfte an den Falten seines Wamses.

»Was meinst du denn damit, he?«

»Ich glaube, du weißt genau, was ich meine, meine süße Taube.«
Sie biss ihn sanft in die Lippen. Dietrich ließ seine Fingerspitzen auf ihren Rücken kreisen. Ihre Münder verzehrten sich. Als sie ihre Liebkosungen nach einer Weile einstellten, fassten sie sich bei der Hand und blickten versonnen zum Scheunendach empor, durch dessen Ritzen ein blauer Sommerhimmel erstrahlte. Draußen zwitscherten Vögel.
»Würdest du mich heiraten, Regina?«, fragte Dietrich.
»Wen wohl sonst?«
»Vielleicht diesen Gewürzhändler aus der Stadt, der alle paar Wochen auf der Burg erscheint und dir schöne Augen macht.«
»Was, dieser pockennarbige Bursche?« Sie lachte laut. »Der sieht ja aus, als würde er in einem Pfefferfass übernachten …«
»Aber er ist nicht arm. Und könnte dir was bieten.«
»Also gut. Ich werd's mir überlegen!«
»Was?« Er drückte ihre Hand so fest, dass sie ihr Gesicht verzog. »Garstiges Weib, du.«
Regina lachte abermals und richtete ihren Oberkörper auf. »Ich will dich, Dietrich. Und keinen Pfefferhändler.«
Der Diener seufzte. »Ach Regina, ich wünschte, eine gute Fee würde erscheinen und mir einen Wunsch gewähren.«
»Und was würdest du dir wünschen? Mich?«
»Warum sollte ich? Dich besitze ich doch sowieso – mit Haut und Haaren.« Er zwinkerte mit einem Auge.
»Was also dann?«
»Ich würde mir wünschen, der beste Bogenschütze der ›Herrschaft‹ zu sein. Dann würde ich Paulus um seine

zwanzig Silbergulden erleichtern. Wir beide könnten ...«
Im Geiste erwog er die Möglichkeiten, die ihm der Geldsegen eröffnen würde.
Regina stöhnte auf. »Und ich dachte, dieses Hirngespinst hätte ich dir ausgetrieben.«
»Keine Sorge, das hast du«, beruhigte Dietrich sie, »spätestens seit gestern, als ich bei einem Übungsschuss beinahe den Kastellan umbrachte, habe ich jede Hoffnung begraben.«
»Was? Du hast auf Friedrich geschossen?«
»Natürlich nicht. Nur auf eine Taube, die auf dem Mauersims kauerte. Leider verirrte sich mein Pfeil ein wenig und, äh ...«
Regina vergrub ihr Gesicht. »Bei allen Heiligen. Versprich mir, in Zukunft die Finger von allen Waffen zu lassen.«
»Nun übertreib mal nicht.«
»Versprich es!«
»Also schön. Versprochen.«
Regina atmete beruhigt auf. »Wenigstens warst du nicht so töricht wie der Dorfherr, der den Burgvogt herausgefordert hat.«
»Herr Mathäus ist keineswegs töricht«, fuhr Dietrich erbost auf.
»Ach nein? Und warum hat er dann ...?«
»Paulus hat ihn bis zur Weißglut gereizt. So, wie er es immer tut. Da kann selbst ein Herr Mathäus schon einmal die Nerven verlieren.«
»Du hast eine hohe Meinung vom Dorfherrn, nicht wahr?«
»Er ist ein sehr guter Mensch. Mein letztes Wams würde

ich für ihn geben. Ich wünschte, ich könnte ihn vor der Schmach bewahren, die ihm bevorsteht.«

»Schmach? Ich dachte, es sei nur ein Wettbewerb?«

»Davon verstehst du nichts.« Nachdenklich verschränkte er die Hände hinter seinem Kopf.

»Ach, mein Dietrich.« Sie bettete ihren Kopf auf seiner Brust. »So lass uns noch ein wenig schlummern. Und träumen von einer guten Fee, die uns einen Wunsch gewährt.«

Nach einer Weile richtete Dietrich sich abrupt auf. »Schlummern? Schlummern!«

»Was hast du denn?«, fragte Regina erschrocken.

»Regina, meine süße Taube: Ich glaube, du hast mich auf eine Idee gebracht.«

Noch nie in seinem Leben war Mathäus derart niedergeschlagen gewesen. Grübelnd hockte er in seiner Stube, starrte auf die hölzerne Muttergottes, die vor ihm auf dem Tisch stand, ohne sie wirklich zu sehen. Aus ihrer zu großen Nase war inzwischen ein kleiner Stummel geworden; obwohl Mathäus sich dieser Gefahr bei seinen letzten Korrekturarbeiten bewusst gewesen war, hatte er es dennoch verpfuscht. Aber sein Ärger darüber hielt sich in Grenzen. Seine wirklichen Sorgen waren ganz anderer Natur.

Welche Bestie hatte den kleinen Heiner umgebracht? Derselbe, der den Rücken des Jungen verunstaltet hatte? Wahrscheinlich! Aber warum hatte dieser Jemand Ortwin nicht ebenfalls das Leben genommen? Jedenfalls nicht, überlegte Mathäus, weil er Skrupel gehabt hätte. Zu brutal

war seine Vorgehensweise gewesen. Wenn er den kleinen Ortwin am Leben ließ, dann musste das einen guten Grund haben: Er hatte den Jungen als Überbringer seiner Botschaft, dieser unsäglichen Drohung, missbraucht. Welches Ziel verfolgte ein Mensch, der Kinder quälte und tötete? Und warum hatte er sein Gesicht verhüllt? Hatte er befürchtet, von Ortwin erkannt zu werden? War er etwa eine Person aus der »Herrschaft«? Jemand, der am Sonntag, wie alle anderen, in der Pfarrkirche inbrünstig um eine gute Ernte betete? Oder war er ein Fremder, der sein Gesicht nur aus reiner Vorsicht heraus verhüllt hatte, damit der Kleine ihn später nicht wiedererkennen konnte?
Der Löwe! Was hatte es mit dem Löwen auf sich? Gab es einen Zusammenhang zwischen der Missetat im Wald zu Merode und den Morden in Aachen, wo Löwenköpfe ebenfalls eine geheimnisvolle Rolle spielten?
Je mehr Fragen durch Mathäus' maladen Kopf geisterten, umso verzweifelter wurde er. Rätsel über Rätsel – und keine Antworten. Doch das Schlimmste an alldem war, dass der Schänder ihm Fesseln angelegt hatte. Seine Botschaft war eindeutig gewesen: Wenn er, der Dorfherr, weitere Nachforschungen in dieser Angelegenheit betrieb, würde das nächste Unglück geschehen. Die Handschrift des Täters war eindeutig. Gewiss würden wieder Kinder die Leidtragenden sein. Mathäus war zur Tatenlosigkeit verdammt.
Wütend erhob sich Mathäus von seinem Schemel und marschierte mit rücklings gekreuzten Armen auf und ab. Sollte er nun wirklich untätig bleiben, der Schlechtheit der Welt ihren Lauf lassen, den Söhnen Kains freie Hand

gewähren? Jede Faser seines Körpers wehrte sich gegen diese Vorstellung. Und dennoch: Was blieb ihm anderes übrig, wenn er keine weiteren jungen Leben gefährden wollte?
Sein Blick fiel auf den Bogen, der vergessen neben einem Lederköcher an einem Wandhaken hing. Seit Ewigkeiten hatte er den Bogen nicht mehr benutzt; Staub zeichnete sich auf dem Holz der Waffe ab. Morgen stand das Erntefest an. Das Bogenschießen. Paulus.
Die Entehrung!
Ja, Paulus würde seinen Sieg gegen den Dorfherrn zelebrieren wie ein Feldherr, der in einem einzigen Feldzug gleich ein Dutzend fremder Reiche erobert hatte. Wehe den Besiegten!
Mathäus knirschte mit den Zähnen. Er nahm den Bogen vom Haken, pustete den Staub herunter und zupfte prüfend an der Sehne. Er zog einen Pfeil aus dem Köcher. Derart gewappnet trat er an die offene Fensterluke.
Draußen flirrte der Sommer. Myriaden von zirpenden Grillen veranstalteten ein lebhaftes Konzert.
Dort, am Stamm der knorrigen Eiche: Dieses Astloch, kaum größer als ein Handteller …
Auf Mathäus' Gesicht zeichnete sich bedingungslose Entschlossenheit ab.
Die Sehne des Bogens spannte sich. Mathäus visierte das Ziel an.
Endlose Augenblicke verstrichen. Der Dorfherr schien sich in eine Statue verwandelt zu haben, in einen reglosen Krieger.
Dann schwirrte der Pfeil durch die Luft.

Mathäus stieß einen Triumphschrei aus. Das Geschoss war fast gänzlich in dem angepeilten Astloch verschwunden, nur ein Teil des noch zitternden Schaftes ragte heraus.
Die Lethargie des Dorfherrn war einer plötzlichen Hochstimmung gewichen. Er würde sich diesem vermaledeiten Burgvogt keineswegs geschlagen geben, würde ihm einen harten Kampf liefern. Und auch der ruchlose Kindermörder konnte sich auf etwas gefasst machen.
Kein Schurke dieser Welt sollte ihn jemals wieder herausfordern.
Er legte die Waffe beiseite und verließ das Haus. Wenn die Befragungen der Dorfbevölkerung ihn bisher nicht weitergebracht hatten, so musste er eben noch einmal von vorne beginnen.

Dietrichs Augen brauchten ein paar Augenblicke, um in der Dunkelheit von Sibylles Behausung etwas erkennen zu können. Die alte Hebamme hockte, einem Schatten gleich, hinter ihrem Tischchen und rührte in einer sprudelnden Essenz.
»Wer da?«, fragte sie eher teilnahmslos.
»Ich bin's, Frau Sibylle. Der Dietrich von der Burg.«
Die Alte hob ihren Kopf und musterte den Eintretenden. »Sehe schon«, murmelte sie, »du brauchst mir nichts zu sagen. Du benötigst ein Aphrodisiakum.«
»Aphro... was?«
»Ein Liebesmittel, du Dummkopf. Ich weiß schon, warum es junge Männer zu der alten Sibylle treibt.« Sie bleckte grinsend den kümmerlichen Rest ihrer Zähne. »Schon

gut, kannst es haben, Junge. Bist nicht der Erste, der etwas Anregung braucht.«

»Anregung?« Dietrich schüttelte heftig den Kopf. »Oh, ich glaube, Ihr versteht mich falsch, Frau Sibylle. Ich ... äh, brauche weiß Gott kein Liebesmittel. Im Gegenteil ...«

»Im Gegenteil? Wie meinst du das?«

»Mit der Liebe läuft es besser als mir gut tut. Ich ... brauche ein Mittel, das, äh ..., meine Natur ein wenig dämpft. Seit Nächten habe ich nicht mehr geschlafen.«

»So? Dann muss es ein wahres Teufelsweib sein, mit dem du dich vergnügst.«

»Na ja, auch meine Liebste ist ziemlich übernächtigt.«

»Ach, wäre man doch noch mal jung«, seufzte die Hebamme.

»Morgen, zum Erntefest, wollen wir natürlich ausgeschlafen sein. Doch wie können wir das sein, wenn ... äh ...«

»Wenn die Lust der Liebe dich so oft heimsucht, dass es schon zur Plage wird! Ich verstehe schon ...«

»Ein starkes Schlafmittel würde uns sicher mal zur Ruhe bringen.«

»Ein seltsames Anliegen. Aber wenn du's unbedingt so haben willst ...« Sie erhob sich schwerfällig und schlurfte zu einem Regal. Mit einigen Lederbeuteln kehrte sie zu ihrem Arbeitsplatz zurück. Die Senkwaage, die sie verwendete, zeugte von ihrer strikten Gewissenhaftigkeit. Sorgsam füllte sie eine Pulvermischung in ein Säckchen.

»So, das sollte dein Ungestüm zügeln und der kommenden Nacht ihren wahren Zweck verleihen.« Grinsend reichte sie dem Diener das Mittel. »Baldrian, Veilchenkraut und Hopfen. Nehme nicht zu viel davon ein, sonst

verschläfst du am Ende das Erntefest. Löse zwei Messerspitzen davon in Flüssigkeit auf und nimm es als Trunk zu dir. Ich wünsche dir eine gute Nacht.«
Dietrich bedankte sich überschwänglich und verließ stolpernd das Haus der alten Hebamme. Seine Mundwinkel umspielte ein maliziöses Lächeln.

15

Nach einer schlaflosen Nacht, die erfüllt gewesen war von quälenden Gedanken an Johanna, nahm Heinrich am nächsten Morgen die Spur Robert de Marles wieder auf. Gelangweilt trottete Chlodwig hinter seinem Herrn her, der sich durch das Menschengetümmel des Marktes wühlte. Ein nächtlicher Gewitterregen hatte den Platz zum Teil in einen schmierigen Morast verwandelt, den erst die wärmende Morgensonne ein wenig trocknete. Es roch nach Obst, Gemüse und Fischen, nach Schweiß und nach Unrat. Lautstark priesen Händler ihre Waren an, schnatternd und lamentierend feilschte man um die Preise. Zwei Stadtknechte hatten einen Hökerer in ihre Mitte genommen und zerrten den lauthals Schimpfenden mit sich fort. Schadenfrohes Gelächter hallte ihnen nach.
Die hochgewachsene Gestalt des Franzosen tauchte gegen Mittag am Stand eines aquitanischen Weinhändlers auf, was Heinrich insgeheim erwartet hatte. Wo sonst hätte der offenbar recht trinkfeste Robert de Marle seinem verwöhnten Gaumen Genugtuung verschaffen können? Fast eine ganze Stunde verweilte Robert bei seinem Landsmann, der ihm einen Becher nach dem anderen kredenzte. Die Männer schienen sich angeregt zu unterhalten, doch Heinrich stand zu weit abseits, um ihren – ohnehin in einer fremden Sprache gesprochenen – Worten lauschen zu können. Endlich verabschiedete sich der Veteran

von Crécy und setzte seinen Weg fort. Heinrich und sein Hund folgten ihm.

Robert de Marle verließ das Gedränge des Marktes. Am Büchel angelangt, betrat er das Königsbad, wo er sich offenbar zu erfrischen gedachte.

Heinrich beschloss, ihm auch dorthin nachzugehen, und Chlodwig erhielt die Erlaubnis, sich derweil anderweitig zu vergnügen. Der Hund war mehr als erfreut darüber, seinen Herrn nicht länger bei dessen langweiligen Erkundungen begleiten zu müssen. Mit neuer Lebhaftigkeit schüttelte er sein Fell und trottete unternehmungslustig davon.

Im Badehaus herrschte reger Betrieb, was Heinrich seine Aufgabe umso leichter machte. Der Franzose ließ sich von einer Badedirne entkleiden, stieg dann in das Becken und tauchte seinen gewaltigen Körper bis zum Hals ins Wasser. Heinrich bezog seine Position am gegenüberliegenden Rand, wo er Robert de Marle ständig im Auge behalten konnte, ohne selbst Verdacht zu erregen. Unwillkürlich holten ihn Erinnerungen ein: Vor einem Jahr war er mit Mathäus hier gewesen. Der Gedanke an seinen einzigen Freund vergrößerte die Wehmut, die ihn ohnehin schon ergriffen hatte. Wie gerne hätte Heinrich den Dorfherrn in seiner Nähe gewusst. Ob Mathäus dem ruchlosen Kindermörder bereits auf die Spur gekommen war? Er wünschte es sich von ganzem Herzen, und einen seltsamen Augenblick lang war er versucht, ein Stoßgebet gen Himmel zu schicken. Heinrich erschrak vor sich selbst. Hatte er wirklich beten wollen?

Es war der rote Lockenkopf eines Weibes, der Heinrich

ins Hier und Jetzt zurückholte. Wie aus einem Traum gerissen, reckte er seinen Kopf.
Ottilia!
Tatsächlich, sie war es. Die Hure war neben den Franzosen getreten und gab sich wenig Mühe, die Herrlichkeit ihres entblößten Körpers vor den Blicken des anderen zu verbergen. Angeregt unterhielten sich die beiden, bis sie schließlich lachend aus dem Becken stiegen.
»Interessant«, murmelte Heinrich und sah ihnen hinterher. Er entschied, den beiden vorerst nicht zu folgen; es war ohnehin klar, was sie nun miteinander zu treiben gedachten. Die Hure würde er sich später noch einmal vornehmen. Und Robert de Marle entging seinem Schicksal sowieso nicht.
Heinrich verweilte noch eine Zeit lang im Wasser und beobachtete gedankenvoll das muntere Treiben um ihn herum. Dann beschloss er, das Bad zu verlassen und sich zur Scherpstraße* zu begeben, um dort eine lebende Legende aufzusuchen.

Bereits viermal hatte Gerhard Chorus in den vergangenen Jahrzehnten das Amt eines Bürgermeisters ausgeübt. Umsicht und Mäßigung – so hieß es – zeichneten den inzwischen Sechzigjährigen aus; als kluger Mittler zwischen Stift und Stadt, zwischen Adel und Handwerkerschaft hatte er sich bis weit über die Mauern der Stadt hinaus einen Namen gemacht. Kaiser Ludwig, den man den Baiern nannte, hatte ihm einst den Ritterschlag erteilt, denn

* die heutige Annastraße

im nimmer endenden Kampf gegen die Kurie in Avignon hatte Gerhard dem Kaiser treue Dienste geleistet. Dennoch war es Gerhard gelungen, die Krönungsstadt vor dem Zorn der Päpstlichen und vor dem Kirchenbann zu bewahren – ein Kunststück, das der Quadratur eines Kreises gleichkam.
Gerhards Verdienste um die Stadt Aachen waren Legion. Vor allem als großer Gegenspieler der machtgierigen Jülicher hatte er sich hervorgetan. Als Graf Wilhelm von Jülich im Jahre 1334 eine Reihe von Aachener Geldverleihern auf seiner Nideggener Burg hatte festsetzen lassen, da es Unstimmigkeiten wegen eines Kredites gab, war es allein dem Verhandlungsgeschick des Ratsgesandten Gerhard zu verdanken gewesen, dass die Lombarden wieder auf freien Fuß gesetzt wurden.
Noch mehr Verhandlungsgeschick hatte es erfordert, das verpfändete »Aachener Reich«, also alle innerhalb der Bannmeile der Stadt gelegenen Dörfer, dem Grafen Wilhelm wieder zu entreißen. Kaiser Ludwig und später auch König Karl hatten auf diese Weise den Jülicher für seine Dienste entlohnen wollen; Gerhard Chorus indessen hatte die Regenten davon überzeugen können, dass dieses Vorgehen jeglicher Rechtsgrundlage entbehrte.
Das »Aachener Reich« blieb unangefochten bei der Stadt. Und Gerhard Chorus war somit endgültig zu einem Trauma für Wilhelm und das Haus Jülich geworden, zu einem Fanal für Widerstand und Selbstbewusstsein der Städter.
Wilhelms großer Gegenspieler saß an diesem Nachmittag unter einem mit Heckenrosen bewachsenen Baldachin

seines Gartens, als ein Diener ihm die Ankunft eines Jülicher Gesandten meldete. Gerhard befahl, diesen zu ihm in den Garten zu führen. Der Diener nickte und entfernte sich, um kurze Zeit später durch einen von Blattwerk umkränzten Laubengang mit dem Angekündigten zu erscheinen.

Noch nie in seinem Leben hatte Heinrich einen solch wundervollen Garten gesehen. Allerorten blühten Blumen. Bienen kreisten summend über die schachbrettartig angelegten bunten Beete. Der Duft von Blüten und Kräutern hing schwer in der Luft. Weiter hinten erhoben sich die Bäume eines üppigen Obstgartens, davor lag ein kleiner Teich, in dem zwei exotische Vögel träge in der Sonne trieben.

Gerhard Chorus saß teilnahmslos auf seiner Bank und hatte die Arme vor der Brust verschränkt. Er schloss die Augen und tat, als habe er die Ankunft der Männer noch nicht bemerkt. Heinrich musterte ihn neugierig. Ein sorgsam gestutzer weißer Bart schmückte Kinn und Oberlippe des Ritters. Trotz seiner nicht mehr jungen Jahre wirkte er sehnig und robust. Er trug eine mit Goldfäden durchzogene Toga aus Leinen, die ihn wie einen römischen Senator aussehen ließ. Obwohl er den Anschein teilnahmsloser Müdigkeit erweckte, ahnte Heinrich, dass Gerhards Sinne in Wirklichkeit – und vor allem in diesem Augenblick – so geschärft waren wie der todbringende Zweihänder des Löwenmörders. Heinrich nickte unmerklich: Genauso hatte er sich den Schrecken der Jülicher vorgestellt.

Der Diener räusperte sich. »Herr, der Gesandte des Grafen …«

»Danke.« Gerhard öffnete seine Augen. »Setzt Euch,

Herr Heinrich.« Und zum Diener gewandt: »Bring uns getrocknetes Obst und etwas Wein.«
Heinrich nahm Platz auf einer gegenüberstehenden Bank. »Ihr kennt meinen Namen?«, wunderte er sich.
»Nichts bleibt mir verborgen, Jülicher.« Seine Worte klangen keineswegs prahlerisch. Der unterdrückte Seufzer, den er ausstieß, ließ eher darauf schließen, dass er es als Last empfand, über alles und jeden unterrichtet zu sein. »Unser werter Bürgermeister van Punt hat mir von Euch berichtet«, fuhr er erklärend fort. »Und da Ihr nicht Hartmann von Birgel seid – denn ihn kenne ich gut –, könnt Ihr nur dessen Begleiter sein.« Er schaute ihm fest in die Augen. »Ein wunderschöner Sommertag, nicht wahr? Was führt Euch zu mir?«
Heinrich hielt seinem durchdringenden Blick stand. »Der stille Wunsch, Aachens berühmten Sohn einmal kennen zu lernen. Und die Hoffnung, dass Ihr Dinge wisst, die unserer Aufmerksamkeit bislang entgangen sind.«
Gerhards Mundwinkel umspielte ein mildes Lächeln. »Auch ich vermag Euch nicht zu sagen, wer der Mörder unter dem Kapuzenmantel ist. Es sei denn, man ist geneigt, den Liedern der Spielleute Glauben zu schenken …«
»Nächtens sieht man Köpfe rollen, die Stadt in größter Not. Der Geist des Grafen schreit nach Rache, man stirbt den Löwentod! – Verzeiht meinen schlechten Gesang, Herr. Aber es fällt mir schwer zu glauben, dass der Geist des alten Wilhelm in der Stadt sein Unwesen treibt.«
»Tatsächlich?« In gespielter Verwunderung hob Gerhard Chorus seine Augenbrauen. »Und mir erschien es als die wahrscheinlichste Lösung.«

Der Diener brachte Wein und eine Schale mit Trockenobst und stellte alles auf ein Tischlein zwischen den Bänken ab, bevor er sich wieder entfernte.

Gerhard Chorus füllte zwei Becher und reichte einen seinem Gast. »Seid unbesorgt, der Wein ist verdünnt und wird Euren scharfen Verstand wohl kaum trüben.« In seiner Stimme klang leichter Spott mit, doch es war kein bösartiger. Er hob seinen Becher, und die Männer tranken sich zu.

»Verscheucht die Sorgen durch Wein, sagte der Römer Horaz.« Gerhard stellte seinen Becher ab und griff nach einer Feige. »Doch manche Sorgen lassen sich einfach nicht verscheuchen, findet Ihr nicht?«

»Erlaubt mir eine Frage«, sagte Heinrich.

»Gewiss. Fragt nur, denn dazu seid Ihr ja gekommen.«

»Was ist Eure Meinung zu diesen seltsamen Morden? Glaubt auch Ihr, dass der so genannte Löwenmörder im Auftrag der Jülicher handelt?«

Gerhard kaute nachdenklich auf seiner Feige herum. »Graf Wilhelm von Jülich und ich haben schon manchen Kampf miteinander ausgefochten. Nicht immer ging es ehrenhaft dabei zu. Doch was bedeutet heutzutage Ehre? Niemand, der gewappnet sein will gegen die Stürme der Zeit, kann sich noch Ehre leisten. Wie auch immer, der Graf und ich haben nie die Achtung voreinander verloren, trotz all der Scharmützel und Schlachten, die hinter uns liegen. Niemals käme Wilhelm auf den dümmlichen Gedanken, einen niederträchtigen Mörder anzuwerben, um sich auf diese gottlose Weise an der Stadt zu rächen. Was gewänne er dadurch?«

»Ihr wisst, die meisten Aachener denken darüber anders.«
»Ja, das tun sie. – *Der Graf in seiner finst'ren Burg …«*
»… hat sich Übles ausgedacht. – Da ist ein Wilhelm wie der andere.«
»Ihr redet nicht eben wie ein Jülicher«, schmunzelte der Ritter.
»Betrachtet mich nicht als einen Jülicher, sondern als neutralen Gesandten des Grafen, der in dieser Stadt einen dringlichen Auftrag zu erfüllen hat: den Löwenmörder zu finden!«
»Was ist mit diesem Robert de Marle?«
Heinrich wunderte sich keineswegs darüber, dass Gerhard Chorus den Namen des Franzosen unvermittelt ins Spiel brachte. Hatte der Ritter nicht eben noch selbst zugegeben, über alles, was in der Stadt geschah, unterrichtet zu sein?
»Ein undurchsichtiger Bursche«, erwiderte Heinrich. »Wir werden versuchen, ihn ständig zu überwachen. Allerdings frage ich mich, welche Motive der Franzose wohl haben könnte, unbescholtene Bürger dieser Stadt zu köpfen. Die Opfer haben das Schlachtfeld von Crécy weder vor noch nach jenem denkwürdigen Tag, der nunmehr vier Jahre zurückliegt, jemals betreten. Mit den Angelegenheiten der Franzosen und Engländer hatten sie nicht das Geringste zu schaffen.«
»Ihr glaubt also, dass die Anwesenheit dieses Franzosen zum jetzigen Zeitpunkt ein reiner Zufall ist?«
»Vielleicht ist es so, vielleicht auch nicht. Ich hoffe, dies bald herauszufinden.«

»Dennoch schwirrt etwas durch Euren klugen Kopf. Warum vertraut Ihr es mir nicht an?«
Heinrich kaute auf seiner Unterlippe. »Die Gertrudisnacht«, sagte er dann bedeutungsschwer. »Mehr als siebzig Jahre liegt dieses Ereignis zurück. Und dennoch ist es in den Köpfen der Aachener immer noch gegenwärtig.«
»Der Graf von Jülich überfiel die Stadt bei Nacht und Nebel, um sie zu erobern.« Gerhard Chorus zwinkerte viel sagend mit einem Auge. »Doch die Bürger waren gewarnt worden. Angeführt von einem Schmied leisteten sie erfolgreichen Widerstand. Der Graf, seine Söhne und seine Gefolgsleute wurden in den Straßen der Stadt erschlagen. Soweit die Sage.«
»Sage?« Diesmal mimte Heinrich den Verwunderten. »Ihr, der große Ritter Chorus, bezeichnet dies als Sage?«
»Was wären wir Menschen wohl ohne unsere Sagen, Mythen und Legenden?«
»Was aber geschah wirklich in jener Märznacht 1278?«
»Warum fragt Ihr mich das, wo Ihr es ohnehin schon wisst?«
Die Männer grinsten sich an.
»Vielleicht«, erwiderte Heinrich, »um mich von Euch inspirieren zu lassen.«
»Dann will ich Euch nicht um Euren Geistesblitz bringen. In Wirklichkeit also war Graf Wilhelm bereits am Nachmittag mit seinen Leuten in die Stadt eingeritten. Offenbar war er vom damaligen König Rudolf beauftragt worden, Truppen für den bevorstehenden Feldzug gegen Ottokar von Böhmen anzuwerben; außerdem sollte er im Namen des Königs Kriegssteuern eintreiben. Freilich

wähnten sich die Aachener von jeglichen Steuerverpflichtungen befreit und legten entsprechende alte Urkunden vor. Im Ratssaal kam es zu heftigen Verhandlungen zwischen den maßgeblichen Beteiligten. Inzwischen eskalierte die Lage in den Straßen der Stadt. Aufgebrachte Bürger und Berittene der Jülicher gerieten aneinander, und schon bald war die Lage nicht mehr kontrollierbar. Was dann geschah, ist identisch mit der Sage …«

Heinrich nickte. »Tod und Verderben.« Er sah den Ritter offen an, als sei es eine Unhöflichkeit, die Schlussfolgerung aus dieser Schilderung vorwegzunehmen.

Gerhard griff nach seinem Becher und schwenkte ihn nachsinnend. »Oh, nun verstehe ich«, erklärte er schließlich. »In der Tat, der Zusammenhang ist nicht von der Hand zu weisen. Der Löwenmörder beschränkt sich bei seinen Opfern – bis jetzt zumindest – auf Ratsherren und einen Schmied. Sowohl die einen als auch der andere spielten beim Tod der Jülicher vor siebzig Jahren eine entscheidende Rolle. Die Ratsherren, weil sie unerbittlich auf ihre verbrieften Rechte pochten und die Bürger aufstachelten, der *Wehrhafte Schmied*, weil er – angeblich – die Todesstreiche gegen den Grafen und seine Söhne führte.«

»Das Ereignis liegt mehr als sieben Jahrzehnte zurück«, resümierte Heinrich. »Und dennoch: Liegen hier die Wurzeln der schrecklichen Morde?«

»Ich wünschte, ich könnte Euch das sagen«, seufzte der Ritter.

Heinrich erhob sich. »Ich werde es herausfinden.« Es klang wie ein Schwur.

»Aachen wird den Löwenmörder ebenso überstehen wie

die Pest. Ich glaube, dass Hartmann von Birgel den richtigen Mann an seiner Seite hat. Bitte, richtet ihm meine Grüße aus.«

Heinrich neigte ergeben seinen Kopf und schickte sich an zu gehen.

»Nur noch dies«, hielt Gerhard Chorus ihn zurück.

Heinrich verharrte und wandte sich noch einmal dem Ritter zu.

»Ich glaube«, sagte Gerhard langsam, jedes seiner Worte betonend, »dass Ihr auf dem richtigen Weg seid.«

Die rothaarige Hure Ottilia, die soeben im Begriff gewesen war, sich das Hemd vom Leib zu streifen, hielt in ihrer Bewegung inne. Erst jetzt erkannte sie den Mann in ihrer spärlich beleuchteten Kammer. »Was? Ihr schon wieder?«

Heinrich nickte.

»Sicher wollt Ihr mir wieder bloß ein paar Fragen stellen.«

»So ist es.«

»Und andere Dienste wollt Ihr auch diesmal nicht in Anspruch nehmen?«

»Danke, nein. – So gerne ich es auch tun würde«, fügte er ritterlich hinzu.

Seufzend setzte sich Ottilia auf ihr Bett. »Ich höre also.«

»Heute war ein Franzose bei Euch.«

»Ja, und?«

»Hat er Euch schon öfter beigewohnt?«

»Schon einige Male.«

»Er ist also ein zufriedener Freier?«

»Das will ich meinen. Bisher war noch jeder meiner Freier mit mir zufrieden. Wollt Ihr Euch wirklich nicht einmal selbst davon überzeugen?« Sie präsentierte eine entblößte Schulter.

»Vielen Dank, ein andermal vielleicht. Der Fanzose! Gibt es feste Zeiten, wann er bei Euch erscheint?«

Sie überlegte kurz. »Eigentlich nicht.«

»Hm! Vielleicht habt Ihr ein wenig Einfluss darauf, wann und wie oft er Euch beiwohnt?«

Ottilia spreizte mit einem verführerischen Lächeln die Finger. »Warum sollte ich mir derartige Mühen aufbürden?«

Heinrich griff nach dem Ledersäckchen in seinem Gewand, in dem Münzern klimperten. »Warum nicht?«, lautete seine Gegenfrage.

Ottilias Lächeln wurde noch breiter. »Selbstverständlich helfe ich Euch gerne. Von ganzem Herzen. Sagt mir nur, was ich zu tun habe.«

»Vor allem habt Ihr den Mund zu halten über das, was ich Euch nun offenbaren werde.«

»Eine Verschwiegenere wie mich werdet Ihr schwerlich finden.«

»Glaubt mir: Ich merke es gleich, wenn mich jemand belügt.«

»Niemals würde ich Euch belügen, edler Herr.«

»Und außerdem dürft Ihr keine Angst kennen bei dem, was ich von Euch verlange.«

»In meinem Gewerbe kennt man keine Angst mehr, Herr.«

»Also gut, Ottilia. Dann hört mir zu …«

16

Trotz seines gestrigen Stimmungshochs waren die Bäume für den Dorfherrn nicht mehr in den Himmel gewachsen, wie er schon bald schmerzlich hatte feststellen müssen. Der Pfeilschuss ins Schwarze hatte nur kurzfristig seine Lethargie besiegt. Zwar war er – kraftstrotzend, von einem neuen Selbstwertgefühl beseelt und jeglicher Drohung widerstehend – sogleich losgezogen, um seinen Ermittlungen weiter nachzugehen. Doch etwas Neues hatte er auch in diesem berauschenden Zustand der Euphorie nicht in Erfahrung bringen können. Die Gesichter der Befragten waren so ahnungslos wie zuvor gewesen, und der Anfang des Fadens lag immer noch im Verborgenen, selbst wenn er tausend Pfeile in einem Astloch treffsicher versenken würde. Die Ernüchterung hatte Mathäus wieder eingeholt.

Am Abend war er ins »Carolus Magnus« eingekehrt, um seine Entmutigung mit einer Kanne Bier zu dämpfen. Da er aber merkte, dass die hier anwesenden Bauern hinter vorgehaltener Hand über ihn sprachen – sicherlich ging es um das anstehende Bogenschießen –, hatte er das Wirtshaus schon bald entnervt wieder verlassen und war nach Hause gegangen. Zu allem Überfluss hatte er im letzten Rest des Tageslichtes versucht, seinen Kunstschuss von vorhin zu wiederholen. Diesmal freilich war sein Pfeil weit am Ziel vorbeigezischt und in einem Strauch verschwunden, aus dem schimpfend ein paar Vögel aufgeflogen waren. Wütend über sich selbst hatte Mathäus seine letzten Weinbestände getrunken, bevor er schwankend in sein Bett gestiegen war. Erst in den frühen Morgenstunden, als die Sonne bereits ihr erstes Licht voranschickte, hatte er ein wenig Schlaf gefunden.

Als Mathäus erwachte, glaubte er, sein Schädel müsse zerspringen. Draußen krähten Legionen von Hähnen um die Wette. Mathäus war versucht, seinen geräderten Leib zur Seite zu drehen und weiterzuschlafen, doch eine innere Stimme warnte ihn eindringlich davor.

Das Erntefest!

Verdammt, er durfte nicht liegen bleiben. Ächzend hievte er sich auf die Kante seines Bettes und fuhr sich mit beiden Händen über das Gesicht. Drei Tage lang hatte er sich nicht mehr rasiert; nun wurde es höchste Zeit. Als Dorfherr von Merode konnte er schließlich nicht wie ein gemeiner Strauchdieb auf dem Hahndorn erscheinen. Außerdem gedachte er den Wettstreit mit Würde und Anstand zu verlieren – nun ja, zumindest soweit das möglich war.

Das Bogenschießen! Paulus!

Bei dem Gedanken an den Wettstreit mit dem Burgvogt überkam Mathäus eine saure Übelkeit. Er eilte zum Fenster und übergab sich. Danach ging es ihm besser.

Er wusch und rasierte sich, holte frische Beinlinge, ein blutrotes Leinenhemd und einen mit Nieten besetzten Ledergürtel aus einer Truhe hervor. Schließlich war er bereit für den Gang zum Hahndorn, brauchte nur noch auf Jutta und Maria zu warten, die versprochen hatten, ihn

daheim abzuholen. Gemeinsam würden sie dann zum Dorfplatz gehen, wo der Festtag traditionsgemäß mit einem Gottesdienst unter freiem Himmel begann.
Der Gedanke an Jutta und Maria verbesserte die Laune des Dorfherrn auf wundersame Weise. Mit den beiden an seiner Seite würde sich das unvermeidliche Desaster besser verkraften lassen.
Als es endlich an seiner Tür klopfte, strich Mathäus ein letztes Mal seine Kleidung glatt und öffnete die Tür. Maria grinste schelmisch zu ihm empor. Auf ihren Schultern ruhten Juttas feine Hände. Auch die Geliebte, die ein vornehm anzuschauendes blaues Kleid trug, lächelte vieldeutig. Spangen, die in der milden Morgensonne blitzten, hielten ihr langes schwarzes Haar zusammen. Mathäus stockte der Atem. Jutta sah einfach zauberhaft aus.
»Was grinst ihr denn so?«, fragte Mathäus.
»Wir grinsen doch nicht. Kommst du?«
Der Dorfherr nickte und schloss die Tür hinter sich. Er begrüßte Johann und Heilwig, Juttas Eltern, die ihre Tochter und ihr Enkelkind – oder wie immer man Maria auch nennen wollte – hierher begleitet hatten. Vom Unterdorf her näherten sich Scharen von Leuten. Die gesamte »Herrschaft« schien auf dem Weg zum Hahndorn zu sein. Selbst die streitbaren Bauern Rudolf, Lupold und Walter, die dem Fest aus Protest hatten fernbleiben wollen, scherten sich nicht länger um ihr dummes Geschwätz von gestern.
»Also gut, gehen wir«, erklärte Mathäus.
Jutta zupfte ihn am Ärmel. »Hast du nicht etwas vergessen?«

»Wie? Vergessen? Was denn vergessen?«
Jutta und Maria sahen sich an.
»Deinen Bogen«, kicherte Maria.
»Wie? Meinen Bogen? Ach, den ... Den holt mir später der Dietrich her«, erwiderte er mit betonter Gleichgültigkeit. »Oder soll ich der heiligen Messe etwa mit einer Waffe beiwohnen?«
Jutta fiel in Marias Gekicher ein. Johann trat neben den Dorfherrn und zog ihn zu sich zur Seite. »Lasst die Weiber nur ihre Späße machen, Mathäus. Aber Ihr werdet es diesem aufgeblasenen Burgvogt schon zeigen, nicht wahr?«
Mathäus lächelte gequält. Einerseits war er glücklich, eine solche Sympathiebekundung aus Johanns Mund zu vernehmen. Noch vor zwei Sommern wäre dies undenkbar gewesen. Andererseits war es schon jetzt so sicher wie das Amen in der Kirche, dass er den Vater seiner Geliebten enttäuschen musste. Wusste der denn nicht, dass Paulus der beste Bogenschütze weit und breit war?
»Ihr werdet es ihm zeigen«, betonte Johann noch einmal und ballte eine Faust.
»Ich, äh ... will's gerne versuchen, aber ...«
»Aber es dürfte nicht einfach sein, um nicht zu sagen: unmöglich, ihn zu besiegen. Na und?« Heilwig war zwischen die beiden Männer getreten und schüttelte den Kopf. »Niemandem bricht ein Zacken aus der Krone, wenn er diesen Wettkampf verliert. Und nun lasst uns endlich zum Hahndorn gehen.«
Johann zuckte die Schultern und verdrehte die Augen. »Ich zähle auf Euch, Mathäus«, raunte er. Dann eilte er

der Gattin hinterher. Mathäus und Jutta nahmen die kleine Maria bei der Hand und folgten den beiden.
Auf dem Hahndorn herrschte reger Betrieb. In Gruppen stand man beieinander und plauderte, wartete auf das Eintreffen der Priester. Doch Moses, der Burgkaplan, und Johannes, der Gemeindepfarrer, ließen auf sich warten. Die beiden Geistlichen waren einander zugetan wie Katz und Hund, doch am Tag des Erntefestes war es seit jeher üblich, dass sie die Messe gemeinsam zelebrierten. Auch die Familien der Herren von Merode hatten ihre Plätze auf einem kleinen Podest jenseits des Altares noch nicht eingenommen. Wenigstens waren der Schultheiß und die Schöffen von Echtz bereits erschienen und hatten sich auf die für sie bestimmten Sitze begeben. Auch für den Meroder Dorfherrn war dort ein Platz vorgesehen, doch Mathäus zog es vor, den Gottesdienst, ebenso wie die Bauern und Bürger, stehend zu verfolgen.
Innerhalb kürzester Zeit rüttelte ein gutes Dutzend Hände an des Dorfherrn Schulter: Bauern, die ihm verstohlen viel Glück für den anstehenden Wettbewerb wünschten und ihm aufmunternde Worte zuflüsterten. »Entzückend von euch«, erwiderte Mathäus mit gequältem Lächeln.
»Du siehst, in Gedanken ist man bei dir«, schmunzelte Jutta.
»Ich wünschte, ich könnte das auch von dir behaupten.«
»Was willst du damit sagen?«
Mathäus verzog schmollend den Mund. »Na ja, du gibst mir nicht eben das Gefühl, dass du mir den Sieg wünschst.«
Jutta nahm seine Hand und drückte sie fest. »Ob du siegst

oder nicht, du bist mein Held, Liebster. Und wenn sich die ganze Welt gegen dich verschwört – mein Herz gehört dir. Was kann schon ein Paulus dagegen unternehmen?«
Mathäus verspürte das überwältigende Bedürfnis, sie zu küssen. Doch das wäre hier und jetzt, in Anbetracht des Allerheiligsten, alles andere als schicklich gewesen. Ergriffen suchte er nach Worten, die er ihrer Beteuerung erwidern konnte, doch eine laut ertönende Fanfare erlöste ihn aus seiner Verlegenheit: Aus einem Kutschwagen, der soeben den Hahndorn erreichte, stiegen Konrad von Merode, seine Gattin Elisabeth sowie deren Kinder.
Pagen und Diener geleiteten die hohen Herrschaften zu ihren Plätzen. Endlich erschienen auch Paulus und der junge Rikalt. Im Gegensatz zu Konrad hatten sie es vorgezogen, den Weg zum Dorfanger zu Fuß zurückzulegen. Nun fehlten nur noch die beiden Geistlichen.
»Wo bleiben die verdammten Pfaffen?«, brummte Paulus und winkte einen seiner Knappen herbei. »Sieh nach, wo sich diese Kerle herumtreiben.«
Nach einer Weile kehrte der Knappe zurück und blieb händeringend vor dem Burgvogt stehen. »Herr! Der Kaplan und der Pfarrer …«
»Was ist mit ihnen?«
»Sie, äh … na ja, sie prügeln sich!«
»Was? Diese ….« Paulus verkniff sich eine wüste Beschimpfung. »Wo sind sie?«, fragte er mit gefährlich leiser Stimme.
»Im Burghof.«
Ohne ein weiteres Wort schwang sich der Burgvogt von seinem Sitz und verschwand mit großen Schritten, die

nichts Gutes verhießen. In Windeseile hatte sich der Grund für die Verzögerung herumgesprochen. Gedämpftes Gelächter breitete sich aus. Gespannt reckte man die Hälse, um der Wiederankunft des Burgvogtes entgegenzuharren.
Nach ein paar Minuten war es so weit: Paulus kehrte zurück. Wie zwei Lausebengel trieb er die beiden Geistlichen mit ihren verdächtig knittrigen Kutten vor sich her. Das rechte Auge des Burgkaplans war mächtig geschwollen. Paulus nahm seinen Platz neben dem jungen Rikalt wieder ein, während Moses und Johannes sich mit gemeißelten Gesichtern hinter dem Altar postierten. Noch immer kicherten einige in der Menge der Gläubigen.
»Was ist geschehen?«, fragte Rikalt den Mausbacher flüsternd.
Paulus' Antwort glich einem grollenden Knurren. »Die Herren hatten eine theologische Meinungsverschiedenheit. Als ich sie voneinander trennte, ging es gerade um die Frage, wie viele Engel auf einer Nadelspitze Platz hätten. Moses beharrte auf einem einzigen, während Johannes der unerschütterlichen Meinung war, dass mindestens …«
»Schon gut, schon gut«, seufzte der junge Herr von Merode. »Bleibt zu hoffen, dass sie wenigstens den Gottesdienst ohne Streit über die Bühne bringen.«
Rikalts Sorge war durchaus berechtigt. Mehrfach war der Pfarrer von Echtz versucht – seine zuckenden Lippen zeugten davon –, dem Burgkaplan ins Wort zu fallen. Offenbar missfiel dem Johannes das holprige Latein seines Bruders in Christo. Nur mit Mühe hielt er sich zurück. Als die beiden der Gemeinde schließlich den Schlusssegen

erteilten, war wie es schien die Gefahr eines unfrommen Eklats gebannt. Beflissene Ministranten bauten den Altar ab, denn nun wurde der Dorfanger zum Festplatz. Aus der Stadt waren bereits Gaukler und Musikanten eingetroffen; Lautenspiel und Gesang erklangen. Die ersten Paare begaben sich auf die Tanzfläche, die man mitten auf dem Hahndorn aus hölzernen Planken errichtet hatte. Auch für die Unterhaltung der anwesenden Kinder war gesorgt: Hinter einer kleinen Schaubühne trieben bunt gekleidete Holzpuppen ein lustiges Spiel. Mit einem freudigen Jauchzer gesellte sich Maria zu den anderen kleinen Zuschauern.

»Die wäre versorgt«, sagte Jutta und schaute mit glitzernden Augen zu ihrem Geliebten empor. »Was hältst du von einem kleinen Tanz?«

Mathäus ließ seinen Blick über die Tanzfläche wandern. »Weiß nicht. Eigentlich brauche ich meine Kräfte noch für …«

»Keine Widerrede.« Jutta zerrte ihn hinter sich her. »Deine Kräfte brauchst du vor allen Dingen für *mich.*«

Ein Gefühl der Glückseligkeit erfasste Mathäus. Gab es einen größeren Liebesbeweis aus dem Mund der Geliebten als solcherlei Worte?

Sie fassten sich bei den Händen und schauten sich an. Nicht lange und ihre Bewegungen verschmolzen mit dem Takt der Musik. Und die Zeit schien plötzlich stillzustehen. Hätte Mathäus einen Wunsch frei gehabt, er hätte sich gewünscht, dass dieser Augenblick niemals enden möge. Mit Jutta in der Ewigkeit verharren …

Brutal riss die Fanfare ihn in die Gegenwart zurück. Ab-

rupt beendeten die Spielleute ihre Musik. Ein Herold in Gestalt des Kastellans Friedrich erbat sich mit erhobenen Händen Gehör und kündigte den Beginn des Schießwettbewerbs an. Sogleich sah der Dorfherr an die hundert Augenpaare auf sich gerichtet. Nervös zupfte er an seiner Nasespitze. »Wo ist bloß der Didi? Er wollte doch mein Knappe sein. Schnell, holt ihn mir her! Ich muss …«
»Nur die Ruhe, Liebster.« Jutta drückte sanft seine Hand und zeigte ihre weißen Zähne. Das reichte aus, um Mathäus tatsächlich ruhiger werden zu lassen.
Inzwischen war der junge Rikalt neben den Dorfherrn getreten. »Ich wünsche Euch alles Glück dieser Welt«, flüsterte er verstohlen.
»Das Glück dieser Welt, werter Rikalt, steht hier neben mir.« Mathäus nahm Jutta in den Arm und schenkte dem Herrn von Merode ein seliges Lächeln.

Eine palavernde Menschenmenge strömte zum Turnierfeld, einer Wiese direkt vor den Mauern der Meroder Burg. Auch hier hatte man für das vornehmere Publikum eine kleine Tribüne aus Holz errichtet, während das gemeine Volk den Wettbewerb stehend verfolgen würde, hinter hölzernen Schranken. Eine mit Stroh überzogene Scheibe aus Holz, kaum größer als ein Wagenrad, deren Mitte mit schwarzer Farbe markiert war, würde in der kommenden Stunde im Mittelpunkt des Interesses stehen; in etwa hundert Fuß Entfernung prangte sie am Stamm einer Linde.
Der Dorfherr von Merode war der einzige Herausforderer des Burgvogtes geblieben. Bis zuletzt hatte Mathäus

gehofft, dass sich noch der eine oder andere Wagemutige finden würde, der sich an diesem Wettbwerb beteiligte, hätte dies doch zumindest die geballte öffentliche Aufmerksamkeit ein wenig von ihm abgelenkt. Indes, niemand war so verrückt, eine sichere Niederlage in Kauf zu nehmen, da konnte Paulus dem Sieger noch so viele Silbergulden in Aussicht stellen. Mathäus war und blieb der einzige Trottel, der den Mund zu voll genommen hatte und nun seiner unausweichlichen Abreibung entgegensah. Dennoch hatte mit einem Male eine kühle Gelassenheit von ihm Besitz ergriffen. Sollte Paulus doch diesen vermaledeiten Wettbewerb gewinnen! Gewiss würde in einigen Monaten kein Mensch mehr darüber sprechen. Es gab weiß Gott dringlichere Angelegenheiten, die einer Lösung bedurften.

Vor der Holztribüne, über deren Balustrade wappenbestickte Decken der Herren von Merode hingen, hatten Paulus und Mathäus sich inzwischen eingefunden, begleitet von ihren Knappen, die so ernst dreinschauten, als stünde das Jüngste Gericht unmittelbar bevor. Auf einem Tisch lagen die Waffen der beiden Hauptfiguren dieses Spektakels bereit. Paulus bleckte grinsend die Zähne. »Ihr habt es Euch also nicht anders überlegt?«

Mathäus hob gleichmütig seine Schultern und griff nach seinem Bogen, um prüfend die Sehne zu spannen. »Nein. Warum sollte ich?«

»Nun, das werdet Ihr gleich sehen!«

Abermals verlangte eine Fanfare die Aufmerksamkeit der Leute. Friedrich, der heute zugleich auch als Turniermarschall fungierte, trat vor und verkündete laut die Spielregeln: Abwechselnd sollten die Schützen fünf Pfeile abschießen. Sieger sei am Ende derjenige, dessen Pfeile am häufigsten in die Nähe der schwarzen Mitte der Zielscheibe gelangten. Mit einem Nicken in die Richtung der beiden Herren von Merode beendete der Kastellan seine Verkündigung und trat zurück. Konrad und der junge Rikalt erhoben sich von ihren Plätzen.

»Der Wettbewerb möge beginnen!«, rief Rikalt mit jugendlicher Stimme.

»Auf dass der Bessere gewinnen möge«, fügte Konrad hinzu. Es schien ihm Mühe zu bereiten, nicht laut aufzulachen.

Die Herren von Merode nahmen wieder Platz. Erwartungsfrohes Gemurmel unter den Zuschauern breitete sich aus. Paulus ließ seinen Blick gelangweilt durch die Menge schweifen.

»Wollt Ihr nicht beginnen?«, fragte Mathäus, seinen aufkeimenden Zorn über die Arroganz des Burgvogtes tapfer unterdrückend.

»Aber Herr Mathäus, ich bitte Euch. Ihr zuerst!«

»Wie Ihr wollt. Didi! Einen Pfeil!«

Der Diener, der aufgeregter wirkte als der Dorfherr, reichte ihm mit zitternden Händen das Geschoss.

»Didi! Mein wackerer Knappe! Warum so erregt? Es ist schließlich nicht unser Leben, das hier auf dem Spiel steht.«

»Schon gut, Herr.« Mit mäßigem Erfolg versuchte er, Mathäus' Lächeln zu erwidern.

»Wohlan denn«, seufzte der Dorfherr und spannte den Pfeil in die Sehne. Er trat hinter eine in den Boden ge-

furchte Markierung und visierte das Ziel an. Das Gemurmel der Leute verstummte allmählich. Eine halbe Ewigkeit schien zu verstreichen.
Endlich schwirrte der Pfeil durch die Luft – und verlor sich in den Weiten der Wiese hinter der Linde. Ein enttäuschtes Raunen ging durch die Zuschauer.
»Habt Ihr es etwa auf die Maulwürfe abgesehen? Ihr habt ja nicht mal die Scheibe getroffen«, bemerkte Paulus kopfschüttelnd. Seine Stimme entbehrte nun jeglicher Häme, er schien beinahe erbost über den stümperhaften Schuss des Dorfherrn zu sein.
»Ach, wisst Ihr, Paulus: So mache ich es immer mit meinem ersten Schuss. Die Leute wollen ja was zu reden haben, findet Ihr nicht?«
»Da mögt Ihr Recht haben. Doch wenn Ihr wirklich wollt, dass die Leute sich die Mäuler zerreißen, dann solltet Ihr sie nicht mit Belanglosigkeiten füttern. Passt jetzt gut auf!« Er ließ sich Pfeil und Bogen reichen und wandte sich an die hohen Herrschaften auf der Tribüne.
»Oh! Ihr habt es doch hoffentlich nicht auf uns abgesehen«, jauchzte Konrad auf.
»Aber mitnichten, Herr, ganz im Gegenteil: Ich will meinen ersten Schuss Euch und Eurer reizenden Gemahlin widmen.«
»Wie gütig von Euch«, erwiderte Elisabeth von Grafschaft, die den Burgvogt kaum weniger hasste als den jungen Vetter ihres Gatten. »Wir können es kaum erwarten, Euren Pfeil endlich fliegen zu sehen, Herr Paulus.«
»Dann, o Frau Elisabeth, will ich Euch nicht länger auf die Folter spannen.« Er hob seinen Bogen. Zum Erstau-

nen aller machte er aber immer noch keine Anstalten, sich der Zielscheibe zuzuwenden. Er ließ Konrad und Elisabeth nicht einen Moment aus den Augen. Den Zuschauern stockte allmählich der Atem. Konrads zynisches Grinsen war inzwischen einem Ausdruck der Fassungslosigkeit gewichen.

Mathäus aber ließ sich nicht über die wirklichen Absichten des Burgvogtes täuschen. Aus schmalen Augen beobachtete er das Tun seines Gegners. Der hielt zwar seinen Bogen weiterhin gegen die Herrschaften der westlichen Burghälfte erhoben; freilich mit der Sehne voran. Mit einer weit ausholenden Bewegung spannte Paulus nun den Pfeil ein, so dass die Spitze des Geschosses auf seiner breiten Schulter zu liegen kam. Trotz seiner merkwürdigen Verrenkung wirkte der Burgvogt wie ein Unheil verkündender Kriegsgott. Er warf einen kurzen Blick über die Schulter in die Richtung der Linde; dann flog auch sein Pfeil und blieb mit einem dumpfen Geräusch in der Zielscheibe stecken.

Schreie der Verwunderung brandeten auf. Konrad erhob sich und klatschte Beifall. »Bravo, bravo«, rief er, um den Schreck, den der Burgvogt ihm zuvor eingejagt hatte, zu überspielen. »Zwar habt Ihr mit Eurem Kunstschuss nicht voll ins Schwarze getroffen, aber immerhin nur wenige Fingerbreit davon entfernt.«

»Den goldenen Schuss, Herr Konrad, heben wir uns doch besser für später auf, nicht wahr?«

»Gewiss, gewiss. Ach, wie unser guter Burgvogt uns doch zu unterhalten versteht, obwohl der Sieger dieses packenden Wettbewerbes eigentlich längst feststeht.« Er setzte

sich wieder auf seinen Platz. »Dieser blöde Affe«, raunte er seiner Gemahlin zu.
Man schickte einen Burschen los, um den Pfeil des Burgvogts aus der Zielscheibe zu ziehen. Eine Magd, die man in das Kleid eines Burgfräuleins gesteckt hatte, brachte den Schützen Erfrischungen. Auf den Tisch, der die beiden Kontrahenten trennte, stellte sie zwei Trinkpokale und zwei Krüge.
»Wasser und Wein für die edlen Herren«, erklärte sie untertänigst, bevor sie mit hastigen Schritten verschwand.
Dietrich starrte ihr lange nach. »Danke, meine süße Taube«, murmelte er leise.
Paulus grinste verschlagen und gab seinem Knappen mit einer Handbewegung zu verstehen, dass er von dem Wein zu trinken wünschte. Der beeilte sich, den Pokal seines Herrn zu füllen.
»Didi, sei doch bitte so freundlich und schenk auch mir etwas ein«, brummte Mathäus.
»Gewiss doch, Herr.« Der Diener griff nach dem Wasserkrug.
»Nicht von dem Wasser«, winkte der Dorfherr ab.
»Ich brauche jetzt wohl etwas Wein, in dem das Vergessen liegt …«
»Aber Herr …«
»Was denn, *aber Herr?*«
»Der Wein wird Eure Sinne vernebeln!«
»Na und? Welche Rolle spielt das? Ich treffe die Zielscheibe nicht mal, wenn ich nüchtern bin.«
Dietrichs Stimme wurde leise und eindringlich. »Dennoch solltet Ihr einen klaren Kopf behalten, Herr.«

Mathäus zuckte die Schultern. »Also schön, wenn du das sagst, Knappe …«
Dietrich reichte ihm das gefüllte Trinkgefäß.
»Auf Euer Wohl!«, rief der Burgvogt Mathäus zu und hob seinen bereits zum zweiten Mal gefüllten Pokal.
»Auf dass der Teufel Euch hole«, antwortete Mathäus und erwiderte – seiner ausgesprochenen Verwünschung zum Trotz – die Geste des Gegners.
Die Männer tranken. Dann schallte die Stimme von Friedrich, dem Kastellan, erneut über das Turnierfeld. »Ihr lieben Leut', die erste Runde des Wettkampfes ist nun geschlagen. Und wie ihr alle sehen konntet, geht der erste Punkt an den verehrten Ritter Paulus von Mausbach, dessen Pfeil, äh …, ein wenig näher als der des Dorfherrn Mathäus Dreyling ins Ziel traf!«
Verhaltenes Gelächter.
»Mögen die tapferen Kämpfer sich nun bereit machen für die zweite Runde. Diesmal beginnt Herr Paulus von Mausbach!« Friedrich trat in den Hintergrund, und die Augen der Zuschauer richteten sich auf den Burgvogt, der immer noch seinen Weinpokal schwenkte.
»Herr, Ihr seid an der Reihe«, flüsterte ihm sein Knappe zu.
»Was wagst du es, so mit mir zu sprechen, Kerl. Ich weiß selbst, dass ich an der Reihe bin.« Paulus rülpste leise und stellte seinen Pokal ab, so dass der Inhalt über den Rand schwappte. Dann ließ er sich seine Waffe reichen.
Einen Wimpernschlag lang glaube Mathäus, der Burgvogt würde wanken, doch er musste sich wohl getäuscht haben. Denn tatkräftig wie eh und je schritt Paulus nun hin-

ter seine Markierungslinie und spannte den Bogen. Und dennoch: Irgend etwas schien den Burgvogt zu beunruhigen. Seine Augen glänzten verräterisch. Als er seinen Pfeil abschoss, wankte er erneut – diesmal war es eindeutig. Allerdings schien das nur der Dorfherr zu bemerken, da sämtliche Augen der Flugbahn des Pfeiles folgten. Der fand sein Ziel am Rand des schwarzen Kreises. Artig klatschte das Publikum Beifall. Paulus aber schien mit dem Ergebnis seines Schusses nicht zufrieden zu sein und griff verärgert nach seinem Weinpokal.

Nun war Mathäus an der Reihe. Sein Knappe stand ihm zur Seite. »Herr, das ist die Gelegenheit für Euch«, zischte er. »Wenn Ihr nun ins Schwarze trefft, ist Euch der Punkt sicher.«

»Wirklich?« Mathäus lachte bitter. »Gut zu wissen. Dann brauche ich ja nur genau die Mitte zu treffen.«

»Eben«, nickte Dietrich und trat zurück.

Mathäus konzentrierte sich. Ein paar aufmunternde Rufe aus der Schar der Zuschauer wurden laut. Er spannte seinen Bogen und schoss …

Nicht nur Dietrich stöhnte auf. Zwar hatte der Dorfherr die Scheibe mit seinem Schuss diesmal nicht verfehlt, doch zweifelsohne steckte Paulus' Pfeil um mindestens zwei Daumenlängen näher am Ziel. Auch die zweite Runde ging also an den Burgvogt. Friedrich vermeldete laut den Stand des Wettschießens und kündigte eine kleine Pause an; offenbar war ihm daran gelegen, die anstehende Entscheidung noch ein wenig hinauszuzögern. Ein Gaukler trat vor die Zuschauer und unterhielt sie mit derben Zoten.

»Herr, Ihr müsst Euch entspannen«, sagte Dietrich eindringlich. Er hatte einen Schemel besorgt und massierte die Schultern des vor ihm sitzenden Dorfherrn. »Ihr wart ein wenig zu überhastet, sonst hättet Ihr Paulus beim letzten Schuss übertreffen können …«
»Ein Glückstreffer wär's gewesen. Und hätte die Niederlage nur verzögert.«
»Jeder kleine Sieg ist ein Hieb gegen die Überheblichkeit des Burgvogtes. Und Ihr *könnt* siegen, wenn Ihr nur wollt.«
Mathäus verzog schmunzelnd sein Gesicht. »Wirklich? Ich muss mich wundern über die Weisheit, die plötzlich aus dir spricht. Ist sie das Resultat deiner neuen Liebe?«
»Vielleicht. Die Liebe gibt mir Kraft, Herr. Auch Ihr solltet Euch ihre Kraft zu Nutze machen. Warum denkt Ihr nicht an Eure Jutta, wenn Ihr gleich zur Tat schreitet?«
»Keine schlechte Idee«, lachte Mathäus amüsiert.
Dietrich ließ seinen Blick über die Zuschauer schweifen. »Wo ist sie eigentlich, Eure Liebste?«
»Am Hahndorn. Ich habe sie gebeten, dieses unwürdige Schauspiel nicht mit anzusehen.«
»Ach, warum nur, Herr? Ihr hättet sie besser mitgebracht.«
»He, Dorfherr!« Auch Paulus hockte auf einem Schemel und starrte zu ihnen herüber. Inzwischen schien er mit seinem Weinpokal verwachsen zu sein. »Auf Eure große Klappe!« Seine Stimme wirkte nahezu erschöpft.
»Das verstehe ich nicht«, raunte Mathäus dem Diener zu. »Warum besäuft sich der Kerl? Um aller Welt zu zeigen,

dass er mich selbst im weinseligen Zustand besiegen wird?«
»Wenn Ihr mich fragt, Herr, so glaube ich, dass der Burgvogt nicht betrunken ist. Er ist einfach nur – müde!«
»Müde?« Mathäus besann sich ein paar Augenblicke und fuhr dann wie der Blitz herum. »Didi! Warum ist der Burgvogt wohl müde?«
»Psst! Sprecht leise, Herr.«
Mathäus schluckte verwirrt und suchte nach Worten. »Ist er vielleicht … Hast du etwa …«
»So entspannt Euch doch, Herr!«
»Der Wein!« Mathäus sprach es aus wie eine Eingebung. »Du hast ihm etwas in den Wein gegeben, nicht wahr?«
Ein Fanfarenstoß beendete die Pause, und der Gaukler trat unter dem Applaus des Publikums ab. Der Kastellan ergriff wieder das Wort. Mathäus hörte ihn nicht. »Didi«, flüsterte er eindringlich. »Hast du es getan?«
»Was getan, Herr?«
»Dem Burgvogt ein Schlafmittel in den Wein gerührt?«
»Nein, Herr!« Der Diener versuchte, dem prüfenden Blick des Dorfherrn standzuhalten.
»Ehrenwort?«
»Ehrenwort! Ihr seid an der Reihe.« Er griff nach dem Bogen und reichte ihn samt Pfeil dem Dorfherrn. Wieder ertönten Rufe der Aufmunterung. Immer noch etwas konsterniert wirkend trat Mathäus hinter die Markierungslinie.
»Um Himmels willen, so sammelt Euch, Herr«, sagte Dietrich flehentlich. »Oder denkt an Eure Liebste! Glaubt mir, das kann Wunder wirken!«

Mathäus unterdrückte einen Stoßseufzer und beschloss, sich den Rat seines verliebten Knappen zu Herzen zu nehmen. Was konnte es schon schaden? Als sein Pfeil die Scheibe traf und unmittelbar neben dem schwarzen Kreis stecken blieb, waren seine Gedanken tatsächlich bei Jutta gewesen.

Fasziniert lauschten die Kinder den Darbietungen des Puppenspielers. Zum wiederholten Male bezog der betrügerische Müller nun Prügel durch den Helden des Schauspiels, einem wackeren Edelmann, der sich der Gerechtigkeit in diesem irdischen Jammertal verschrieben hatte. Der Müller flehte um Gnade. Der Edelmann gewährte sie ihm, nahm ihm freilich das Versprechen ab, die betrogenen Bauern reichlich zu entschädigen. Der Müller gelobte es, wobei der hinterlistige Tonfall seiner Stimme seine Beteuerung Lügen strafte. Kein Zweifel, das Schauspiel war noch längst nicht am Ende, weitere Schandtaten des Müllers waren zu erwarten.
Abseits von der gebannten Kinderschar stand mit verschränkten Armen Jutta. Ihr entrückter Blick haftete auf der kleinen Maria.
»Träumst du, mein Kind?« Heilwig war hinter Jutta getreten und legte die Hände auf die Schultern der Tochter.
»Ja, Mutter. Ich träume.«
»Auf dass deine Träume sich erfüllen.«
Jutta lächelte und deutete mit dem Kinn auf ihre Ziehtochter. »Ich kann mir ein Leben ohne sie nicht mehr vorstellen«, erklärte sie versonnen. »Und auch ein Leben ohne …«

»Mathäus?«
Jutta nickte.
Eine Weile schwiegen die beiden Frauen. Der Müller schmiedete finstere Pläne.
»Die Kleine scheint sich prächtig zu unterhalten«, sagte Heilwig schließlich. »Komm mit mir, Kind. Ein Tuchhändler aus der Stadt ist soeben eingetroffen. Lass uns seine Ware ein wenig bestaunen.«
Dort, wo eben noch der Messaltar gestanden hatte, präsentierte der Händler den Frauen seine kostbaren Tuche. Von den Kindern abgesehen befanden sich im Augenblick nur wenige Menschen auf dem Hahndorn, waren doch die meisten zum Turnierfeld geströmt. Von dorther erschallte nun zunehmendes Jubelgeschrei.
»Die Entscheidung scheint zu nahen«, bemerkte Heilwig aufhorchend. »Dein armer Mathäus.«
»Er hat es bald überstanden«, lachte Jutta.
Inzwischen hatte ein Fremder den Hahndorn erreicht. Der Mann – er war noch recht jung – trug einen leichten Waffenrock.
Unbemerkt von den Erwachsenen hatte er sich zu der lauschenden Kinderschar vor der Puppenbühne gesellt. Seine Aufmerksamkeit galt jedoch keineswegs dem Puppenspiel, vielmehr ließ er den Blick suchend durch die Menge der jungen Zuschauer schweifen. Endlich hatte er gefunden, was er suchte.
»He, du! Du heißt Maria, nicht wahr?«
Die Kleine erschrak vor den kalten Augen des Fremden. Dennoch nickte sie zaghaft.
»Ich kenne dich. Du gehst gerne in den Wald, stimmt's?«

Marias Furcht wich der Neugier. »Im Wald wohnt eine Fuchsfamilie«, erklärte sie entzückt.

»Ich weiß. Aber deine Eltern haben es dir verboten, sie zu besuchen.«

»Ja, leider.«

»Familie Fuchs hat Nachwuchs bekommen, weißt du das? Komm, ich zeig dir die jungen Füchse. Sie sind sehr drollig.«

»Aber ich darf nicht …«

»Sicher darfst du. Ich bin ja bei dir!« Er nahm sie unsanft bei der Hand und zerrte sie mit sich fort.

Atemlose Spannung lag über dem Turnierfeld. Der fünfte Pfeil des Dorfherrn bohrte sich etwa zwei Handbreit neben der schwarzen Mitte in die Scheibe. Die Runden Nummer drei und vier waren – wenn auch nur denkbar knapp – an ihn gegangen, unter dem ohrenbetäubenden Geschrei des Publikums. Entgegen aller Wetten hatte der Burgvogt nicht ein einziges Mal ins Schwarze getroffen. Diese unerklärliche Schwäche des Meisterschützen hatte den Wettbewerb wieder spannend gemacht. Als Paulus seinen letzten Pfeil in die Sehne spannte und zum finalen Schuss ansetzte, der alles entscheiden würde, waren die eben noch tobenden Zuschauer so still, als lauschten sie einer Grabrede.

Paulus war totenbleich. Beinahe erschien es Mathäus, der Burgvogt sei zu erschöpft, um über seine Fehlschüsse ernsthaft wütend zu sein. Wieder schien er zu wanken, schien es ihm unendliche Mühe zu bereiten, sich auf den Beinen zu halten.

Dann der Schuss.
Ewigkeiten schwirrte der Pfeil durch die Luft, bis er schließlich dem Blickfeld der Leute entschwand.
Nur allmählich begriff man, was geschehen war: Der letzte Pfeil des Burgvogtes hatte die Scheibe verfehlt.
»Betrug«, stammelte der Burgvogt und suchte seinen Schemel auf.
Der Jubel, der nun aufbrandete, musste bis Aachen zu hören sein.
»Ich wusste, dass Ihr ihn schlagen könnt, Herr«, schrie Dietrich mit geballten Fäusten.
Er führte einen ungestümen Freudentanz auf, hüpfte von einem Bein auf das andere, stieß dabei den Tisch um. Die Krüge und Trinkpokale der beiden Kontrahenten fielen polternd zu Boden.
Weitere Gratulanten eilten herbei, unter ihnen auch Friedrich und Rikalt. Zahllose Hände klopften seine Schulter. Mathäus entzog sich ihnen mit einer fadenscheinigen Entschuldigung.
»Dietrich«, zischte er und zog den Diener beiseite.
»Herr?«
»Warum hast du den Tisch umgestoßen?«
»Ein Versehen, Herr.«
»Tatsächlich? Oder wolltest du in Wirklichkeit Beweise beseitigen?«
»Herr, ich …«
Der Dorfherr hob drohend einen Finger. Seine Augen funkelten böse. »Du hast mich belogen, Kerl.«
»Habe ich nicht.« Dietrichs Empörung hielt sich in Grenzen.

»Du hast also dem Burgvogt kein Schlafmittel in den Wein gerührt?«
Mit gesenktem Blick schüttelte Dietrich den Kopf.
Mathäus atmete tief durch. »Na schön, dann warst du es eben nicht, hast mich also nicht belogen.« Er fasste den Diener unters Kinn und hob streng seine Stimme. »*Wer* war es?«
»Regina, meine Liebste«, sagte er schließlich heiser. »Aber es war mein Einfall. Mir gebührt die Strafe.«
»Darüber reden wir später«, stöhnte Mathäus. »Zunächst einmal müssen wir den Schwindel eingestehen. Wir wollen doch nicht ernten, wo wir nicht gesät haben, oder?«
Dietrichs Augen weiteten sich ungläubig. »Ihr wollt zugeben, dass …«
»Natürlich. Dem Burgvogt ist Unrecht widerfahren.«
Dietrich griff beschwörend nach dem Arm des Dorfherrn. »Ihr seid verrückt!«
Er biss sich auf die Lippen wegen dieser ungeheuerlichen Bemerkung.
»Bitte verzeiht mir, Herr«, fuhr er zerknirscht fort, »aber dieser Hundsfott hat es doch nicht anders verdient. Die ganze »Herrschaft« wartet seit Jahren auf den Augenblick, wo man ihm eine Lektion erteilt. Nun ist es endlich geschehen, dank Euch. Ich beschwöre Euch: Verratet nichts. Niemand wird es je erfahren.«
Noch bevor Mathäus ihm antworten konnte, erblickte er Jutta, die aufgeregt mit ihren Armen winkte und sich durch die Menge wühlte. Er schob den grinsenden Friedrich, der mit einem Ehrenkranz vor ihm erschienen war, zur Seite und schritt ihr entgegen.

»Bitte keine Gratulation, Liebste. Ich ...«

»Mathäus!«

Der Tonfall ihrer Stimme offenbarte grenzenlose Angst und ließ den Dorfherrn erbleichen.

»Was ist geschehen?«, fragte er tonlos.

»Maria! Sie ist verschwunden! Spurlos verschwunden!«

Sie fiel ihm in die Arme und weinte bitterlich.

17

Wer … wer seid Ihr?«
Der groß gewachsene Fremde, dessen Gesicht unter einer dunklen Kapuze lag, antwortete nicht.
»Was wollt Ihr von mir?«
»Nichts weiter als deinen Kopf, Schmied«, kam es tonlos zurück.
»Meinen Kopf? Herrje, was wollt Ihr denn damit? In meinem Kopf blasen hundert Posaunen …« Er machte Anstalten, seinen Weg durch die Nacht fortzusetzen, doch der Fremde baute sich drohend vor ihm auf.
»Ende des Weges, Schmied!«
Allmählich dämmerte es dem Weinseligen. »Der Lö- … Lö- … Löwenmörder …«
Der andere holte mit einer feierlichen Bewegung seinen Zweihänder hervor. »Der bin ich!«, donnerte er.

Der Nebel lag noch wie ein Gespenst über den Wäldern des Rurtales, doch in der Ferne schimmerte bereits das erste Rot des Tages. Vogelgezwitscher erfüllte die frische Morgenluft.
Der alte Mann saß zusammengekauert in seinem Rollstuhl und starrte aus dem Fenster. Trübe Schleier bedeckten seine Augen; nichtsdestotrotz sah er die schattenhaften Umrisse der Nideggener Burg, deren Türme sich dort hinten düster in den Himmel reckten. Möglicherweise war dies

jedoch kein wirkliches Erkennen. Vielleicht hatte das Bild der Burg sich seinem Gedächtnis in den zurückliegenden Jahrzehnten bloß eingebrannt und offenbarte sich dem inzwischen fast Erblindeten nun wie von selbst. So, wie auch die anderen Bilder immer wieder vor seinen Augen erschienen. Ein Dämon hauchte sie dem Neunzigjährigen ins Gehirn, machten aus ihm einen Gepeinigten, dem die Gnade des Todes verwehrt geblieben war, den nur noch der unstillbare Wunsch nach Rache am Leben hielt …

Wiehernde Pferde! Pfeilhagel! Schwerter, die blitzen! Und die Schreie! Blut und Tod! Dann – ein endloser Abgrund!

Die Tür zur Kammer des Alten öffnete sich. Herein trat eine dickliche, rotwangige Frau, die kopfschüttelnd ihre Arme in die Hüften stemmte. »Herr, was sitzt Ihr da am Fenster? Kühl ist's hier. Ach, den Tod werdet Ihr Euch noch holen!«

»In dieser Nacht ist es wieder geschehen«, erklärte die heisere Stimme des Alten. Er schien mit sich selbst zu sprechen.

»Habt Ihr etwa wieder die ganze Nacht dort gesessen?« Ihr entsetzter Blick fiel auf das unbenutzte Bett des Alten.

»Es ist geschehen«, wiederholte dieser.

»Was ist geschehen?«

Der Alte besann sich einen Augenblick, bevor er zu sprechen anhob:

»Der Löwe ward geschlagen,
Frevlers tumber Mord.
Nie wieder wird man's wagen,
verflucht sei dieser Ort.«

Der Dicke seufzte schwer. »Heilige Jungfrau, fangt nicht schon wieder damit an. Was bedeuten diese seltsamen Verse überhaupt?«
Der Alte antwortete nicht. Sein zerfurchtes Gesicht war zu einer hämischen Maske erstarrt. Noch immer sah er unbewegt aus dem Fenster.
»Genug jetzt«, sagte die Dicke und trat hinter seinen Rollstuhl. Mit fuchtelnden Bewegungen wendete sie das knarrende Gefährt. »Euer Morgenmahl ist bereitet, Herr. Ihr müsst jetzt fein essen, hört Ihr?«
»Nie wieder wird man's wagen …«, erwiderte der Alte mit einem Kichern.

Die Augen der beiden Toten blickten in eine jenseitige Welt. Ihre Häupter lagen in Pfützen geronnenen Blutes. Darüber prangten zähnefletschend die Löwenköpfe des Domportals.
Schaulustige waren in Scharen erschienen und reckten die Hälse. Ein halbes Dutzend Stadtknechte hielt sie in Schach, unterstützt durch die beiden Jülicher Gardisten Bodo und Anno.
»Wo fand man den Rumpf des Schmiedes?«, fragte Heinrich einen der Büttel.
»Auf dem Katschhof!«
Hartmann von Birgel deutete auf den grotesk verrenkten Rumpf des anderen Gemordeten, dem des Wachhabenden, der nur wenige Klafter von ihnen entfernt lag. »Er hat ihn gesehen, den Mörder. Verdammt, warum ist der Kerl bloß so schnell nach draußen gestürmt?«
Heinrich bückte sich nach dem Kopf des toten Wächters

und nahm in in seine Hände. Stumm betrachtete er ihn von allen Seiten.
Hartmann senkte den Blick und presste eine Hand auf den Mund, als müsse er sich gleich übergeben. »Heilige Jungfrau, was macht Ihr da, Heinrich?«
»Ich versuche Schlüsse zu ziehen, Hartmann.«
»Schlüsse? Vergebt mir, aber was gedenkt Ihr am Kopf dieses Unglückseligen zu finden? Er fiel dem Schwert seines Henkers zum Opfer, ebenso wie die anderen vier Gemordeten. Wonach also sucht Ihr?«
Heinrich spitzte nachdenklich den Mund. »Ich glaube, dass der Wächter bereits tot war, als man ihm den Kopf abschlug.«
»Wie? Woher wisst Ihr …?«
»Kommt her, ich will Euch etwas zeigen.«
»Danke, schon gut.« Hartmann hob abwehrend beide Hände. »Erläutert mir lediglich Eure Schlussfolgerungen, das reicht mir vollkommen.«
»Kehlkopf und Luftröhre des Enthaupteten sind an seinem Halsstumpf noch gut zu erkennen. Sie weisen Verletzungen auf, die nicht durch den Schwertstreich zu erklären sind.«
»Seid so gut und erläutert mir das näher.«
»Vermutlich war der Wächter bereits tot, als man ihm den Kopf abschlug. Erwürgt, vielleicht auch erdrosselt, schwer zu bestimmen. Jedenfalls ist seine Luftröhre gewaltsam eingedrückt worden.«
»Glaubt Ihr wirklich? Aber wo wäre da der Sinn?«
Behutsam legte Heinrich den Kopf wieder auf den Boden. »Der Sinn? Wir werden ihn weiter suchen müssen. Folgt

mir.« Er führte ihn zum Rumpf des toten Wächters. »Was fällt Euch an der Leiche auf, Hartmann?«
Immer noch hielt der Birgeler seine Hand gegen den Mund gepresst. Er betrachtete das tote Bündel Mensch zu seinen Füßen. Nach einer Weile weiteten sich seine Augen wie erleuchtet. »Teufelskerl, Recht habt Ihr! Die Blutpfütze, in der er liegt, ist recht klein. Hätte er gelebt, als er seinen Kopf verlor, hätte seine noch pulsierende Schlagader das Blut wohl einige Fuß weit verspritzt, so wie es auch bei den anderen Opfern der Fall gewesen ist.« Erneut überkam ihn Übelkeit. »Verdammt, ja«, sagte er, sich abwendend. »Der Ärmste war bereits tot.«
Heinrich nickte. »Und die Armbrust, die er in seinen Händen hält, hat er nicht benutzt. Nicht mal einen Bolzen hat er eingespannt. Warum hätte er derart unvorbereitet aus der Baracke eilen sollen, um den Mörder zu stellen?«
Hartmann rieb sich das Kinn. »Was Euch zu der Annahme zwingt, dass der Wächter nicht an der Stelle starb, an der sein Leichnam liegt.«
»Der Mörder dürfte ihn in seinem Versteck überrascht haben. Er tötete ihn, schleppte ihn hierher. Erst dann schlug er ihm den Kopf ab.«
»Das klingt durchaus plausibel. Doch Ihr wisst, was das bedeutet, nicht wahr?«
»In der Tat. Da nur Eingeweihte von der nächtlichen Wache in der Baracke wussten, muss es einen Verräter in ihren Reihen geben.«
Die beiden Männer sahen sich lange an.
»Die Sache wächst uns allmählich über den Kopf«, erklär-

te Hartmann schließlich leise. In seiner Stimme schwang Resignation mit. »Der Magistrat wird uns das Leben zur Hölle machen. Wenn wir nicht bald einen viel versprechenden Anhaltspunkt finden, wird es hier recht ungemütlich für uns werden.«

Wie zur Bestätigung seiner Worte wurden in diesem Augenblick Parolen gegen Jülich laut. Die schaulustigen Aachener drohten mit den Fäusten. Die Stadtknechte drängten sie zurück.

»Was bleibt uns übrig, als weiterhin sachlich in dieser Angelegenheit vorzugehen?«, seufzte Heinrich. »Wir werden also erneut die Hinterbliebenen der Ermordeten aufsuchen und ihnen Fragen stellen müssen. Vielleicht stoßen wir ja endlich auf die richtige Spur.«

»Damit wird van Punt sich kaum zufrieden geben«, sagte Hartmann nachsinnend.

»Aber was können wir anderes tun?«

»Uns ein wenig Luft verschaffen.« Hartmann sagte entschlossen: »Der Franzose! Wir lassen ihn festnehmen!«

»Nur, um den Bürgermeister zufrieden zu stellen? Es gibt nicht einen einzigen Hinweis darauf, dass Robert de Marle die Mordtaten verübt hat, Hartmann.«

»Möglicherweise wird man das bald anders sehen. Es wären nicht die ersten Köpfe, die der Franzose von den Schultern seiner Besitzer geholt hat. Wenn er tatsächlich unschuldig ist, werden wir es bald herausfinden. Spätestens dann, wenn der nächste Mord geschieht. Findet diese grausige Mordserie aber mit der Festnahme des Franzosen ihr Ende, dann …«

»Dann haben wir wohl unseren Löwenmörder gefun-

den«, nickte Heinrich. »Dennoch: Etwas in mir sträubt sich gegen diese Vorgehensweise.«
Hartmann hob beschwörend seine Hände. »Heinrich! Ich weiß, Ihr seid ein Mann von Ehre. Ich schätze Euch, wie ich selten einen Menschen geschätzt habe. Doch in Aachen befinden wir uns auf feindlichem Territorium. In die Hölle wünscht man uns hier. Moral können wir uns schwerlich leisten, wenn wir mit heiler Haut aus dieser Sache herauskommen wollen. Die Festnahme des Franzosen kann uns unsere Aufgabe vorläufig erheblich erleichtern.«
»Vielleicht habt Ihr Recht.« Heinrich nagte an seiner Lippe. »Lassen wir den Franzosen also festnehmen!«

Chlodwig legte den Kopf schief und schaute skeptisch. Der Schatten des Hauses, vor dem er mit seinem Herrn stand, spendete angenehme Kühle in der Hitze des Tages. »Ja, ja, es stimmt, Chlodwig: Das ist in der Tat ein Hurenhaus. Und ich gehe da jetzt hinein. Aber nicht um das zu tun, was du jetzt denken magst. Du wartest hier auf mich, verstanden?«
Chlodwig gähnte und setzte sich hechelnd auf seinen Hintern, während Heinrich ein paar abgetretene Stufen emporstieg und an das Portal pochte. Hinter einer Luke, die sich öffnete, erschien das glotzäugige Gesicht einer übellaunigen Matrone.
»Was wollt Ihr?«
»Zur Ottilia!«
»Was denn, jetzt?«
»Sie erwartet mich.«
Die Luke schloss sich. Knarrend öffnete sich das Portal.

Mit einer unwirschen Geste bat ihn die Glotzäugige einzutreten. Dumpfe Luft schlug Heinrich entgegen.
»Die Rote hatte eine wilde Nacht«, murrte die Alte. »Wundert mich, dass das faule Luder schon wieder seine Beine breit machen will. Aber was soll's. Das Geschäft bringt's mit sich. Folgt mir!«
Sie schlurfte voran, führte ihn eine ächzende Holztreppe hinauf. Es roch nach schalem Wein und menschlichen Ausdünstungen. Irgendwo fiepten Mäuse.
Sie erreichten die wurmstichige Tür zur Kammer der rothaarigen Hure. Die Alte ließ ihre fleischige Faust gegen das Holz krachen.
»Ottilia! Heb deinen Hintern. Kundschaft für dich! – Tretet nur ein«, forderte sie Heinrich auf. »Sicherlich kommt Ihr nun ohne mich zurecht.« Sie verschwand in der Dunkelheit des Ganges.
Ottilia ruhte auf ihrem Lager und reckte müde ihre Arme in die Höhe. Ihre Decke war verrutscht und offenbarte entblößte Brüste. Rote Haarsträhnen wucherten vor ihrem Gesicht.
»Sieh an, der wissbegierige Fremde«, begrüßte sie den Eintretenden. Sie setzte sich aufrecht und zog sich die Decke vor den Leib, wobei freilich immer noch eine Brust dem Blick des anderen ausgesetzt blieb. »So früh schon auf den Beinen? Seid Ihr wieder nur gekommen, um mir Fragen zu stellen? Oder darf es auch etwas mehr sein?«
»Belassen wir es auch diesmal bei den Fragen. Dass ich sehr viel Wert auf den Wahrheitsgehalt Eurer Antworten lege, habe ich Euch beim letzten Mal schon hinreichend erklärt, glaube ich.«

»Ja, ich erinnere mich«, grinste die Hure.
Heinrich kramte ein paar Münzen hervor. »Selbstverständlich soll Eure Wahrheitsliebe nicht unhonoriert bleiben, Ottilia.«
»Oh, nun beleidigt Ihr mich aber.« In gespielter Entrüstung wedelte sie mit einem Finger.
»Aber nicht doch. Eure Antworten sind mir einiges wert. Vieles hängt von ihnen ab, möglicherweise auch Menschenleben.«
»Wie aufregend!« Ottilia rückte zur Seite und machte eine einladene Geste mit der Hand. »Setzt Euch zu mir, edler Herr. Auch diesmal will ich Euch alles sagen, was Ihr von mir wissen wollt. Auf dass Ihr Euren Übeltäter finden möget.«
»Augenblick, werte Ottilia. Verratet mir noch den Namen Eurer Kollegin, die sich in der Nacht, als der Ratsherr Bernhard starb, so fürsorglich um dessen Diener Hans kümmerte.«
»Das war Livia«, erwiderte die Hure zögerlich.
Heinrich lächelte salbungsvoll. »Dann seid so freundlich und holt die schöne Livia hierher, in Eure Kammer. Denn auch ihr möchte ich ein paar dringliche Fragen stellen.«

18

Maria fröstelte. Zwar hatte der fremde Mann ihr eine zerlumpte Decke über die von Mückenstichen übersäten Beinchen gelegt, doch das half nicht, die Kälte zu vertreiben, die in dieser finsteren Grotte an den feuchten Wänden hing und sich wie der grausige Odem einer unsichtbaren Spukgestalt verbreitete. Das dichte Buschwerk vor dem Eingang zu diesem Loch ließ nur wenig vom grellen Tageslicht ins Innere. Aus schmalen Augen beobachtete Maria den Mann, der sie hierhergebracht hatte. Er hatte ein Feuer entfacht, über dem er ein Kaninchen briet. Auch der beißende Rauch, der sich ausbreitete, konnte die Kälte nicht vertreiben. Irgendwo tropfte Wasser.

Wenigstens ließ die Kälte Maria ein wenig die Angst vergessen, die sie empfand. Ihre Füße waren mit einem starken Seil zusammengebunden, fest, unerbittlich und schmerzhaft. Immerhin hatte der Mann darauf verzichtet, ihr auch die Hände zu fesseln, hatte er doch richtig erkannt, dass die Kleine auch in hundert Jahren nicht in der Lage sein würde, sich der Fesseln zu entledigen. Außerdem würde ein wenig Bewegungsfreiheit wohl dazu beitragen, dass sie nicht ständig flennte. Der Ritt hierher war Tortur genug gewesen. Als die Kleine gemerkt hatte, dass er sie keineswegs zum Nachwuchs der Familie Fuchs geleiten wollte, hatte sie losgeschrien wie eine Katze, der man das Fell über die Ohren zieht. Auch ein paar kräftige Ohrfeigen hatten daran nichts geändert, im Gegenteil – Marias Geschrei war nur noch gellender durch den Wald geschallt. Erst ein Knebel hatte sie verstummen lassen. Von dem Knebel hatte er sie eben erst wieder befreit. Zu seiner Erleichterung war sie ruhig geblieben, hatte ihn nur angstvoll angestarrt. Nun schnitt er ein Stück Fleisch aus dem Rumpf des Kaninchens und warf es der Kleinen in den Schoss. »Iss das«, sagte er mit Nachdruck. Es waren seit Stunden die ersten Worte, die er von sich gab.

Maria regte sich nicht, schluchzte nur leise.

Der Mann hob drohend einen Finger. »Jetzt wird nicht geflennt, sondern gegessen, verstanden? Sonst stopf ich dir den Knebel wieder in den Mund!«

Sie zweifelte nicht einen Augenblick daran, dass er seine Drohung wahr machen würde. Der Mann, der ihr am Anfang so liebenswürdig erschienen war, war in Wirklichkeit wie einer der Unholde aus den Geschichten, die Großvater Johann ihr zu erzählen pflegte. Mit zitternden Händen griff sie nach dem dampfenden Stück Fleisch und roch daran.

»Igitt!« Jeglicher Angst zum Trotz warf sie es dem Fremden vor die Füße. Der zuckte gleichmütig mit den Schultern.

»Wie du willst. Dann wirst du eben verhungern.«

Tapfer bewahrte sie Fassung, beobachtete den anderen, wie dieser, auf einem Felsenstein hockend, sein Fleisch verschlang, ohne ihr weitere Beachtung zu schenken. Ihre Mückenstiche juckten unerträglich.

»Wo sind wir hier?«, traute sie sich schließlich zu fragen.

»Wozu willst du das wissen?«, erwiderte der andere, ohne seine Mahlzeit aus den Augen zu lassen. »Du bist in einer Höhle, wie du siehst. Und hier bleibst du vorläufig.«

»Warum hast du mich gefangen?«

»Hör auf, mir Löcher in den Bauch zu fragen, Mädchen.«

Erstmals wich ihre Furcht einem Anflug von Trotz. »Mathäus und Jutta werden mich suchen«, erklärte sie in der vagen Hoffnung, dass diese Nachricht dem Mann sauer aufstoßen würde. Der aber nagte unverdrossen an seinem Fleisch herum.

»Sie werden dich nicht suchen«, sagte er zwischen zwei Bissen. Es klang wie eine unerschütterliche Gewissheit.

»Werden sie doch!«

»Wenn sie dich suchen, Mädchen«, – nun sah er die Kleine aus seelenlosen Augen an, – »dann wirst du sterben. Sie wissen das. Also werden sie es nicht tun.«

Maria hätte schreien können. Schon einmal in ihrem Leben hatte sie eine solche Angst verspürt. Bilder aus einem verworrenen Nebel der Vergangenheit holten sie ein. Fremde Männer in Rüstungen. Ein brennendes Haus. Ihre toten Eltern …

Ewigkeiten schien das zurückzuliegen. Dann war sie in die Fänge des böhmischen Menschenhändlers geraten. Hier verschwammen ihre Erinnerungen. Vielleicht, weil sie damals nicht begriffen hatte, was mit ihr geschah. Doch nun, obgleich nur ein Jährchen älter und reifer geworden, wusste sie, dass ihr junges Leben wieder in Gefahr war. Ihr Herzchen begann heftig zu pochen. Gleichzeitig aber wuchs das Gefühl des Trotzes in ihr.

»Hein wird mich hier finden«, erklärte sie mit einer Widerspenstigkeit, die sie selbst erstaunte.
»Hein?« Der Mann lachte dumpf. »Wer zum Teufel ist Hein? Ist das deine Puppe?«
»Du ... kennst meine Puppe?«
»Ach, Mädchen, wir beide waren uns schon einmal sehr nahe.«
»Hein wird mich finden«, beharrte Maria.
Der Mann warf einen abgenagten Knochen über seine Schulter. »Sicher. Deine Puppe ist bestimmt schon unterwegs, um mir den Garaus zu machen ...«

Der Tag des Erntefestes sollte Mathäus wie ein einziger Albtraum in ewiger Erinnerung bleiben. Wie ein Lauffeuer hatte sich die Nachricht vom Verschwinden der kleinen Maria herumgesprochen. Sogleich hatte sich ein Trupp aufgebrachter Bauern und Burgbediensteter gebildet – an ihrer Spitze der beflissene Dietrich –, um sich auf die Suche nach der Verschollenen zu machen. Mathäus aber hatte sie zurückgehalten, ahnte er doch, was es mit dem Verschwinden der Kleinen auf sich hatte. Schon bald erlangte er Gewissheit. Einige der Kinder auf dem Hahndorn wollten einen fremden, ihrer Schilderung nach noch recht jungen Mann gesehen haben, der Maria bei der Hand genommen hatte und mit ihr in Richtung Buschfeld verschwunden war.
Ein totes Huhn, das der Dorfherr vor der Tür seines Hauses fand, zerstreute letzte Zweifel: Maria war entführt worden! Der Entführer hatte eine deutliche Warnung hinterlassen, nicht nach ihnen zu suchen, da es der Klei-

nen sonst wie jenem Huhn ergehen würde. Wer immer auch hinter diesem Verbrechen stecken mochte – offenbar war Maria noch am Leben. Noch bestand also Hoffnung, dass es ihr nicht so ergangen war wie dem armen Heiner. Nichtsdestotrotz: Einmal mehr war Mathäus zur Tatenlosigkeit verdammt. Ein Gefühl, das einen Sturm der Verzweiflung in seiner Seele entfachte.

Am Abend saß er mit Jutta und deren Eltern um den Tisch in seiner Stube, in der die Schwermut beinahe greifbar in der Luft lag. Eine Talgkerze flackerte unruhig, als würde sie überwältigt von den trüben Gedanken der Anwesenden.

»Warum habe ich dich bloß mit zu diesem Tuchhändler gezerrt?«, schluchzte Heilwig. Jutta griff nach der Hand der Mutter.

»Was quälst du dich? Es ist nicht deine Schuld.«

»Du hast Recht, Liebste.« Mathäus vergrub seinen Kopf. »In Wirklichkeit ist es allein meine Schuld. Nur weil ich die erste Warnung missachtet habe und weiter nach dem Kindsmörder fahndete, konnte dies geschehen. Nur weil ich stur und halsstarrig war …«

»Blödsinn, mein Junge«, unterbrach ihn Johann unwirsch. »Du hast getan, was du tun musstest. Wo kämen wir denn hin, wenn wir jeden Verbrecher laufen ließen?«

»Aber jetzt … Alles ist nur noch schlimmer geworden.« Wie ein Eindringling schoss ihm der törichte Gedanke durch den Kopf, dem Wunsch des Grafen zu folgen und nach Nideggen zurückzukehren, um ihn im nächsten Augenblick auf immer und ewig zu verwerfen. Denn als Jutta hinter ihn trat und tröstend ihre Hände auf seine Schultern legte, wusste er: Sein Schicksal war mit den Menschen, die sich hier mit ihm in diesem Raum befanden, untrennbar verknüpft. Obgleich seine und Juttas Zukunft immer noch in den Sternen stand, ergriff ihn mit einem Mal die felsenfeste Überzeugung, dass es richtig war, in Merode zu bleiben, was immer auch geschehen mochte. Eine Begründung dafür gab es nicht. Es war eine Eingebung. Und Mathäus hoffte im Stillen, dass sie von Gott kam.

»Lass uns nach Hause gehen, Heilwig«, sagte Johann leise, als ahne er etwas von der Tragweite der Gedanken des Dorfherrn.

Mit der Versicherung, für Marias Rückkehr zu beten, verließen Juttas Eltern das Haus und überließen die beiden sich selbst.

Jutta ist umgeben von dichtem Nebel. Es ist kühl und unheimlich, kaum drei Schritte weit kann sie sehen. In der Ferne läutet hell eine Glocke. Fröstelnd zieht sie den Umhang fester um ihre Schultern und schreitet voran, vorsichtig, denn große, kalte Steine säumen ihren Weg. Zu ihrer Rechten schält sich ein dunkler Baum aus dem Nebel; schwarze Vögel hocken in den Ästen und krächzen. Knorrige Wurzeln, Finger böser Geister, wachsen aus dem Boden. Jutta verspürt Furcht.

»Mathäus, Liebster! Maria, mein kleiner Engel! Wo seid ihr bloß?«, ruft sie ins Undurchdringliche hinein.

Sie horcht, doch niemand antwortet ihr. Nur die Glocke, die läutet, und die Vögel, die krächzen. Dem Klang der Glocke will sie folgen. Denn die Glocke ruft sie, sie weiß es. Ahnungen erfüllen sie. Der Baum und die Krähen ver-

schwinden in einem wirbelnden Dunst. Jutta setzt ihren Weg fort.
Der Glockenklang verstummt. Gesang schwebt zu ihr herüber. Der Gesang von Nonnen, die den Herrn preisen. Jutta folgt den hellen Stimmen, die ihr die Furcht nehmen. Vor ihr wachsen die Mauern eines Gebäudes in die Höhe. Ein Turm, dessen Spitze sich im Nebel verliert. Vor einem hölzernen Portal steht eine Gestalt. Ein Mann, groß und erhaben. Er trägt ein weißes Gewand; ein langer Bart wallt auf seine Brust herab.
»Lieber Gott! Bist du es etwa?«, flüstert Jutta ergriffen. Sie sinkt auf ihre Knie.
»Ich bin es.« Seine Stimme ist klar, ruhig und fest. »Erhebe dich, meine Tochter, und sag mir, was du begehrst.«
Sie richtet sich wieder auf; ihre Hände sind wie zum Gebet gefaltet. »Ich möchte dir dienen, Herr. Bis zu meinem Tod.«
Jutta glaubt ein Lächeln im göttlichen Antlitz zu erkennen. »Mir dienen? Wirklich? Dein Eifer macht mich glücklich, meine Tochter.«
»Du weißt, es war schon immer ein sehnlicher Wunsch von mir, Herr. Nun bin ich gekommen, um ihn zu erfüllen.«
Der Mann mit dem langen Bart nickt verstehend; dennoch scheint er plötzlich sehr nachdenklich zu sein. »Aber was ist mit Mathäus?«, fragt er mit einer Sanftheit, die der jungen Frau durch Mark und Bein geht. »Du liebst ihn doch, nicht wahr?«
»Mehr als mein Leben«, gesteht Jutta und senkt ihren Blick.

»Und dennoch willst du meine Braut werden?«
In seiner Stimme klingt kein Vorwurf, nicht im Geringsten. Deshalb wagt Jutta es erneut, dem Allmächtigen ins Gesicht zu sehen. »Ja, mein Herrgott. Mein Leben will ich dir geben. Und …«, sie schluckt, »um etwas bitten will ich dich.«
»Gewiss, meine Tochter. Trage mir nur deine Bitte vor.«
»Maria! Du weißt, sie wurde gewaltsam aus unserer Mitte gerissen. Bitte, gib, dass sie noch lebt. Dass sie nach Hause zurückkehrt.«
»Ein Opfer also willst du bringen, wenn Maria am Leben bleibt.«
»Es ist kein Opfer, dir zu dienen, Herr. Vielleicht ist es der Weg der Entscheidung, den du mir auf diese Weise zeigst.«
»Sagt ihr Menschen nicht selbst, dass meine Wege unergründlich sind?« Wieder scheint er zu lächeln.
»Ja, Herr. So sagt man.«
»Wenn ich also die kleine Maria am Leben lasse – wer will sie durchs Leben begleiten? Wer will ihr geben, was nur eine Mutter ihr geben kann? Etwa eine Nonne, die hinter den Mauern eines Klosters lebt?«
Jutta ringt hilflos ihre Hände. »Nein, Herr. Aber meine Eltern könnten …«
»Deine Eltern? Haben sie nicht schon Mühsal genug auf sich geladen in ihrem arbeitsreichen Leben?«
»Ja, Herr.«
»Erkennst du nun den Weg, den ich dir bestimmt habe?«
»Ach, es ist so schwer zu begreifen, Herr. Immer wollte ich deine Dienerin werden. Und jetzt …«

»Du liebst einen Mann, meine Tochter. Und ein Kind braucht dich. Das ist die Aufgabe, die dir bestimmt ist. Auch so kannst du meine Dienerin sein.«
»Aber ich träume doch nur«, erklärt Jutta und breitet fragend die Arme aus. »Wie kann ich einem Traum folgen?«
»Ich bin dein Gott!«, sagt der Allmächtige. Erstmals schwingt etwas wie Strenge in seiner Stimme mit. »Dein Gott ist kein Traum!«
»Vergib mir, Herr.«
»Für die Menschen ist es leicht, Vergebung zu erlangen. Und für dich ist es leicht, dem Drängen deines Herzens nachzugeben. Ich werde über dich wachen, auch in finsteren Tagen. Über dich, über Maria, über deinen Mann, über die Menschen. Vergiss nicht: Ich bin bei euch, alle Zeit …«
Jutta starrt auf die Stelle, wo eben noch ihr Herrgott gestanden hat. Nun ist er fort, verschwunden, wie von Engeln fortgetragen. Das Kloster der Nonnen – der Erdboden hat es verschluckt. Allmählich beginnt der Nebel sich zu lichten. Jutta erschrickt, als sie merkt, dass sie sich im Nichts befindet.
Im Nichts.

Jutta fuhr hoch. Mathäus griff nach ihrer Hand. Ihre Finger verflochten sich.
»Du hast geträumt, Liebste.«
Es dauerte ein paar Herzschläge, bis Jutta begriff, wo sie sich befand. Erleichtert sank sie zurück auf das Lager und bedachte Mathäus, der neben ihr lag, mit einem liebenden Blick. Wie oft hatte sie schon in seinen Armen gelegen,

doch noch nie hatten ihre Körper sich vereinigt. Wie oft schon hatten sie einander begehrt, doch stets hatte kein Geringerer als der Herrgott selbst zwischen ihnen gestanden. Zumindest bis vor wenigen Augenblicken …

»Du hast geträumt«, wiederholte Mathäus und führte ihre Hand zum Mund, um sie zu küssen.

»Nein, es war kein Traum!«

Mathäus sah sie fragend an, doch Jutta schüttelte nur den Kopf. »Hast du ein wenig schlafen können, Liebster?«

»Ich wünschte, ich könnte es. Maria – ihr Bildnis schwebt mir ständig vor Augen. Ach, mein Leben gäbe ich her, wäre sie jetzt bei uns.«

»Dein Leben, Liebster, gehört nicht dir alleine. Es gehört auch mir.«

Wieder küsste er ihre Hand.

»Willst du mich heiraten?«, fragte sie unvermittelt.

Mathäus hielt den Atem an. Sein Gesicht schien wie in Stein gemeißelt. Jutta beugte sich über ihn und legte einen Finger auf seinen Mund. »Antworte jetzt nicht. Antworte mir erst, wenn wir Maria wieder in unsere Arme schließen.«

Dann überkam die beiden die Leidenschaft, wie ein reinigendes Gewitter, das nach Tagen schwüler Dürre endlich seine Macht entfesselt.

Der Abend war bereits zur Nacht geworden. Heinrich betrat die dunstschwangere Schankstube, in der nur noch an wenigen Tischen ein paar würfelnde Zecher saßen. Er steuerte den Tisch des Birgelers an, der aus seiner Überraschung keinen Hehl machte.

»Ich wähnte Euch längst im Bett, Heinrich. Und dachte schon, es läge Euch nichts mehr an meiner Gesellschaft.«
Heinrich setzte sich zu ihm. »Verzeiht mir, aber es gab noch einige Dinge zu regeln.«
»Wollt ihr etwas essen? Es gab köstliche Pasteten. Sicher wird der Wirt sich überreden lassen, seine Küchenmagd aus den Federn zu holen.«
»Lasst die Küchenmagd nur in Morpheus' Armen. Ich habe keinen Hunger.«
»Das hört sich nicht gerade gut an. Und Euer Gesicht ist so weiß wie Schnee.« Er musterte ihn sorgenvoll. »Heinrich, zum Teufel, was fehlt Euch? Nicht zum ersten Mal erscheint Ihr hier wie ein Abbild des Sensenmannes.«
»Diesmal sind es unsere Ermittlungen, Hartmann, die mir Magenschmerzen bereiten.«
»Der Franzose sitzt hinter Gittern«, erklärte Hartmann von Birgel. »Das verschafft uns zunächst einmal etwas Luft. Nun müssen wir abwarten, was weiter geschieht. Ihr solltet versuchen, Euch ein wenig zu entspannen, Heinrich. Neue Kräfte sammeln für die Aufgabe, die wir noch zu erfüllen haben.«
»Es gibt keine Aufgabe mehr, Hartmann.«
Der Birgeler starrte ihn verständnislos an.
»Unsere Mission ist beendet, der Täter gefunden.« Heinrich faltete seine Hände über dem Tisch zusammen und beugte sich vor. »Ich glaube, dass es keinen Zweifel mehr daran gibt, wer es ist.«
Die Mundwinkel des Birgelers zuckten verunsichert. »Soll das heißen, dass Ihr die Beweise für Robert de Marles Schuld endlich gefunden habt?«

»Robert de Marle mag ein grobschlächtiger, möglicherweise auch grausamer Mensch sein. Aber keineswegs ist er der Löwenmörder. Ich habe bereits veranlasst, dass er wieder auf freien Fuß gesetzt wird.«

»Was?«

»Die Nacht, in der der Schmied und der Wächter starben, hat der Franzose bei der Hure Ottilia verbracht. Demnach kann er schwerlich der Täter gewesen sein.«

»Ihr glaubt einer Hure?«

»Ich habe wahrlich Grund genug, ihr zu glauben.«

»Heinrich, bei allen Erzengeln, wenn Ihr etwas wisst, so sprecht endlich. Warum spannt Ihr mich derart auf die Folter?« Auch er beugte sich nach vorne, so dass die Nasenspitzen der Männer sich fast berührten. »Ich beschwöre Euch, so sagt mir doch, wer der Löwenmörder ist!«

Heinrich verzog keine Miene. »Ihr erinnert Euch an das zweite Opfer, den Ratsherrn Bernhard von Eupen?«

»Gewiss. Weiter.«

»Wie Ihr wisst, hatte er in der Nacht seines Todes einen Diener in seiner Begleitung.«

»Hans, ich weiß, ich weiß. Und?«

»Der Diener aber verschlief die Nacht im Hurenhaus. Als sein Herr unter dem Schwert des Mörders starb, lag er betrunken auf dem Bett der Hure Livia.«

»Mit Verlaub, mein Heinrich: Das sind keine Neuigkeiten.«

»Geduld, werter Hartmann. Inzwischen weiß ich nämlich, dass die Hure Livia dafür bezahlt wurde, dass sie den Diener des Ratsherrn ins Reich der Träume schickte.«

Hartmann spitzte den Mund. »Was Ihr nicht sagt. Und wisst Ihr auch, wer …«
»Ja, das weiß ich. Es war Bodo, unser wackerer Gardist, der Livia ihren Auftrag unmissverständlich erklärte und ihr ein fürstliches Honorar aushändigte.«
»Bodo?« Hartmann schüttelte ungläubig den Kopf. »Das ist unmöglich.«
»Livias Beschreibung war völlig eindeutig«, erwiderte Heinrich gänzlich unbeirrt.
»Wollt Ihr etwa behaupten, dass Bodo in diese Sache verstrickt ist?«
»So ist es.«
»Aber … Weshalb sollte er …?«
»Oh, versteht mich nicht falsch, Hartmann. Keinesfalls will ich behaupten, dass Bodo unser Löwenmörder ist. Bodo führte lediglich die Befehle aus, die sein Herr ihm erteilte. Sein williger Handlanger war er.«
Hartmann verschränkte seine Finger und blies die Wangen auf.
Er flüsterte: »Verzeiht mir, Heinrich, aber … Wisst Ihr eigentlich, was Ihr da sagt?«
»Ich bin mir der Tragweite meiner Behauptungen voll und ganz bewusst.«
»Bodo ein Handlanger des Löwenmörders?« Der Birgeler schüttelte erneut den Kopf. »Und wer, bitte schön, ist wohl sein Herr?«
Heinrich lächelte schief. »Sein Herr ist der Löwenmörder«, sagte er fest. »Habt Ihr's denn immer noch nicht begriffen?«
Auf Hartmanns Stirn erschien eine steile Falte. »Allmäh-

lich ermüden mich Eure Rätsel. Vielleicht könnt Ihr Euch jetzt endlich dazu durchringen, mir zu sagen, wer Eurer Meinung nach jener Löwenmörder ist?«
»Der Löwenmörder«, sagte Heinrich tief durchatmend, »seid Ihr, Hartmann von Birgel!«

19

Ich?« Der Birgeler rang sich ein schmales Lächeln ab, das seine schreckensweiten Augen Lügen straften. Jeder Muskel seines Körpers schien gespannt.
»Ihr!«, nickte Heinrich.
Hastig ließ Hartmann seinen Blick schweifen. Erst jetzt nahm er die Büttel wahr, ein halbes Dutzend an der Zahl, die inzwischen die Schankstube betreten und sich im Raum verteilt hatten. Mit Seelenruhe spannten die Burschen Bolzen in ihre Armbrüste und richteten sie auf den sprachlosen Birgeler. Der Wirt hatte die Anweisung erhalten, die wenigen verbliebenen Gäste vor die Tür zu setzen. Die neugierigen Zecher aber überhörten sein Ersuchen geflissentlich. Erst eines Büttels barscher Befehl, dem er mit einer drohenden Bewegung seiner Waffe Nachdruck verlieh, veranlasste sie schließlich, die Schenke zu verlassen.
»Wie Ihr sehen könnt, gibt es kein Entkommen für Euch. Ihr sitzt in der Falle!«, erklärte Heinrich mit leiser Stimme und ohne jeglichen Triumph, eher schwang etwas wie Bedauern darin mit.
Hartmanns Verblüffung wich einer plötzlichen Nüchternheit. »Ja, in der Falle«, sagte er tonlos.
»Den Namen des Dieners, Hans, den der Ratsherr Bernhard von Eupen zu seiner Begleitung erkoren hatte, habe ich Euch gegenüber nie erwähnt. Dennoch wusstet Ihr ihn.«

Hartmann hob seine Schultern. »Wie Ihr wisst, habe ich die Frau des Ermordeten aufgesucht und befragt. Von ihr könnte ich seinen Namen erfahren haben.« Es klang keineswegs wie eine Verteidigung, eher wie der spielerische, doch aussichtlose Versuch, Lücken in der Argumentation des anderen zu finden.

»Die Witwe aber beteuerte mir, dass Ihr keinerlei Fragen über das Gesinde gestellt habt. Zumal sie ja auch nichts über ihres Gatten nächtliche Unternehmungen und seinen Begleitschutz wusste.«

»Mag sein. Doch die unbedachte Nennung des Namens war sicherlich nicht ausschlaggebend für meine Entlarvung, nicht wahr?«

»Nun, erst der Zweihänder, den ich eben in Eurer Kammer fand, zerstreute meine letzten Zweifel.« Er gab einem der Büttel ein Zeichen. Der öffnete grinsend seinen Umhang, unter dem das *corpus delicti* zum Vorschein kam.

Hartmann lachte matt. »Ich verstehe. Und da Ihr meine Kammer offenbar gründlich durchsucht habt, ist Euch ja auch der Kapuzenmantel kaum verborgen geblieben.«

»Der Löwenmörder trug nicht nur einen Kapuzenmantel, er war auch groß gewachsen, wie wir von dem Zeugen, jenem alten Bettler, wussten. Ich gestehe, dass schon da der vage Gedanke durch meinen Kopf geisterte, *Ihr* könntet in dem Mantel gesteckt haben.«

»Wirklich? Das enttäuscht mich. War ich mir doch sicher, meine Rolle gut gespielt zu haben.« Er seufzte leise. »Gerne wäre ich Euch ein echter Freund gewesen.«

»Freundschaften gedeihen nicht auf blutigem Boden, Hartmann. Ihr spracht bei den Morden einmal von *Hin-*

richtungen. Eine entlarvende Äußerung, wenn man bereits den ersten Argwohn eines anderen geweckt hat.«
Der Birgeler kratzte sich nachdenklich am Kopf, bevor er einen Schluck aus seinem Weinbecher nahm. Er starrte eine Weile auf das Holz des Tisches und begann dann zu kichern, als habe man ihm eine alberne Zote erzählt. »Sprecht nur weiter, Heinrich. Sagt mir, was Euch überdies veranlasste, nicht lockerzulassen. Warum bin ich in Eure Falle getappt?«
»Der Wächter«, sagte Heinrich. »Es war Euer Fehler, ihn aus seinem Versteck zu zerren und zu enthaupten.«
»Weshalb?«
»Weil ich ihm die strenge Anweisung erteilt hatte, die Baracke unter keinen Umständen zu verlassen. Nur Wache schieben und beobachten, nichts anderes sollte er.«
»Nun ja, Ihr hattet ja Eure Gründe, mich über diese Anweisung nicht zu unterrichten.«
»Es gab nicht viele, die von diesem geheimen Wächter wussten.«
»Richtig. Und ich gehörte nun mal dazu.«
»Ihr wolltet den Eindruck erwecken, der Wächter sei aus seinem Versteck gestürmt, um den auf frischer Tat ertappten Löwenmörder zu stellen.«
»Aber genau das war ihm ja untersagt worden, ich weiß schon.« Wieder lachte er leise vor sich hin. »Und wie hätte ich ahnen können, dass Ihr in der Lage sein würdet, die wahre Todesursache des Wächters festzustellen? Dass er bereits tot war, als mein Schwert ihn um seinen Kopf erleichterte!«
Heinrich rieb müde seine Augen. Sein Tonfall glich dem

eines Boten, der eine traurige Nachricht zu überbringen hat. »Die Morde geschahen immer nur, wenn Ihr in Aachen weiltet, Hartmann. Während Eurer Anwesenheit in Nideggen blieben sie aus. Gewiss, kein Beweis, aber immerhin ein weiteres Mosaiksteinchen bei der Findung der Wahrheit. In der vergangenen Nacht bin ich dann in Eure Kammer eingedrungen, Hartmann. Sie war leer!«

»Natürlich war sie leer, Meister des Scharfsinns.« Er sprach die Worte keineswegs höhnisch aus. »Ich hatte ja schließlich etwas zu erledigen. Der Schmied! Und der Wächter! Tja, sie wären ohnehin meine letzten Opfer gewesen. Jeder Zorn muss auch Grenzen kennen.«

»Welche Rolle spielte Euer Handlanger, der Gardist Bodo, in diesem blutigen Spiel?«

»Warum fragt Ihr ihn das nicht selbst?«

»Weil er die Stadt bereits verlassen hat.«

»Oh! Das ist wenigstens mal eine gute Nachricht. Dann befragt doch Anno, den anderen Gardisten.«

»Ist natürlich längst geschehen. Anno scheint nicht zu den Eingeweihten zu gehören.«

Hartmann nickte bestätigend. »Auch das habt Ihr richtig erkannt, Heinrich.«

»Wem überbringt der Gardist Bodo wirklich Informationen? Ich vermute, der Graf ist es nicht.«

»Natürlich nicht. Wilhelm würde sich selbstverständlich hüten, ein solch gefährliches Spiel mit den Aachenern zu treiben.«

Heinrich verschränkte die Arme und runzelte die Stirn. »Wer?«, fragte er. »Wer steckt dahinter?«

»Mein lieber Heinrich, erwartet Ihr allen Ernstes, dass ich

Euch darauf antworte? So lasst mir doch wenigstens die Genugtuung, dass es noch Dinge gibt, die ich vor Eurem Scharfsinn verbergen kann.«

»So kaltblütig, wie Ihr gerne erscheinen wollt, Hartmann, seid Ihr nicht. Ich glaube, dass die Morde, die Ihr zu verüben hattet, Euch keineswegs leicht von der Hand gegangen sind. Doch was, um alles in der Welt, bewegt einen feinsinnigen Menschen dazu, sich über seine Natur zu erheben? Ein Schwur vielleicht?«

Der Birgeler kaute gedankenvoll auf seiner Unterlippe. »Einmal mehr seid Ihr der Wahrheit sehr nahe, Heinrich. Doch ich will Euch eine andere Erklärung anbieten. Und Euch bitten, sie anzunehmen.«

»Wenn ich es kann.«

»Ich bin mir sicher, dass Ihr es könnt. Nur *Ihr* könnt es!« Hartmann begann zu flüstern, so dass die anderen Anwesenden ihn nicht verstehen konnten. »Wie Ihr ja wisst, haben Gott und der Teufel einen Pakt geschlossen. Ich bin – genau wie Ihr – nur eine willenlose Figur in einem Schauspiel. Ein amüsantes Schauspiel, das Gott und Satan mit Interesse verfolgen, und auf dessen Ausgang sie Wetten abgeschlossen haben.«

»Der Teufel scheint zu gewinnen.«

Hartmann hob seine Schultern. »Wer weiß?«

»Es muss wohl so sein. Denkt an den Kindermord zu Merode. Wer sonst als der Teufel steckte wohl dahinter?«

»Der Kindermord?« Hartmanns Augen verengten sich zu schmalen Schlitzen. »Was meint Ihr?«

»Gebt Euch keine Mühe, Hartmann. Allmählich wird mir klar, was es damit auf sich hatte.«

Mit einer Geste, die Gleichmütigkeit ausdrücken sollte, forderte der Birgeler Heinrich auf, weiterzusprechen.
»Graf Wilhelm hatte den Meroder Dorfherrn Mathäus gebeten, bei der Aufklärung der Aachener Morde mitzuwirken. Schließlich eilt Mathäus der Ruf eines hellsichtigen Ermittlers voraus. Das war Euch – oder Eurem Auftraggeber – ein Dorn im Auge. Also musste etwas geschehen, das den Dorfherrn bewog, in Merode zu bleiben. Ein Kindermord, der nach Aufklärung und Sühne schreit, zum Beispiel.«
»Wie konnte man auch ahnen, dass der Dorfherr einen Stellvertreter entsenden würde, gegen den seine eigene Hellsichtigkeit wie ein Kerzenlicht in der Mittagssonne erscheint?« Er stieß einen Seufzer aus, in dem etwas wie Verbitterung mitschwang. »Es war nicht meine Idee, das Bauernkind umzubringen. Und ich habe diese Tat auch nicht selbst verübt.«
»Aber zugelassen habt Ihr sie!«
Hartmann sah ihn müde an. »Habt Ihr nicht auch ein Kind auf dem Gewissen, Heinrich?«
Heinrich schluckte. »Ich werde Euch jetzt den Bütteln übergeben«, sagte er heiser.
»Das ist wohl Eure Pflicht. Doch vorher möchte ich Euch noch etwas sagen. Denn trotz allem seid Ihr so etwas wie ein Freund für mich.« Er starrte in seinen leeren Weinbecher.
»Sprecht«, forderte Heinrich ihn auf.
»Euer Herzensbruder Mathäus Dreyling hat in den vergangenen Tagen unermüdlich nach dem Kindermörder gefahndet, wie Ihr Euch denken könnt. Dies jedoch sorgte

für Unruhe bei meinem Auftraggeber, fürchtete dieser doch, Mathäus könnte die Sache aufklären oder die Zusammenhänge erahnen. Dann nämlich wäre die Aufklärung der Morde zu Aachen nur noch eine Frage der Zeit gewesen. Aus diesem Grund entschloss er sich, den Eifer des Dorfherrn zu bändigen.«
Heinrichs Augen weiteten sich vor Schreck. »Was ist geschehen?«
»Nun, wie der treue Bodo zu berichten wusste, hielt mein Auftraggeber es für angebracht, die kleine Zigeunerin entführen zu lassen.«
Heinrich schnellte nach vorne und packte den anderen beim Kragen. »Maria? Entführt?«
Hartmann blieb ruhig und regte sich nicht. »Beruhigt Euch. Ich bin bereit, Euch alles zu sagen. Nehmt wieder Platz, mein Freund.«
Zögerlich kam Heinrich der Aufforderung des anderen nach. Mit offenem Mund sank er auf seinen Schemel zurück. Die Bolzen in den Armbrüsten der reglos dastehenden Büttel waren nach wie vor auf den Birgeler gerichtet. Der Wirt hatte sich hinter seinen Schanktisch verkrochen und äugte aufgeregt dahinter hervor.
»Ein junger Bursche, der sich Wolf nennt, vertritt die Interessen meines Auftraggebers in Merode«, erklärte Hartmann.
»Es wäre wohl treffender formuliert, würdet Ihr sagen: Er verübt dort in seinem Namen Verbrechen!«
Hartmann fuhr unbeirrt fort: »Ein kaltblütiger Kerl, dieser Wolf. Selbst mir, dem blutrünstigen Löwenmörder« – er rang sich ein schwaches Lächeln ab –, »wäre es sicher

schwer gefallen, ein Kind, das mir in die Augen schaut, zu erwürgen. Aber Wolf ist nun mal ein treuer Diener seines Herrn. Und ich bin es auch.«

»Weiter«, drängte Heinrich. »Der Kerl hat also die kleine Maria in seiner Gewalt, damit Mathäus endlich Ruhe gibt. Wo steckt dieser Wolf?«

»Nun, soweit ich weiß, hält er sie in einer kleinen Felsenhöhle gefangen, im Wald, unweit des Prämonstratenserklosters zu Wenau. Ihr solltet unverzüglich aufbrechen, um sie zu befreien.« Er senkte den Blick. »Bevor es zu spät ist«, fügte er leise hinzu.

»Warum erzählt Ihr mir das? Warum übt Ihr Verrat an Euch selbst?«

»Es ist kein Verrat«, widersprach ihm der Birgeler. »Meine Mission in Aachen ist beendet. Sie war erfolgreich. Es liegt mir nichts am Tod eines kleinen Mädchens. Betrachtet meinen Hinweis als Geste der Anerkennung, die ich Euch entgegenbringe.«

In diesem Augenblick öffnete sich die Tür der Schenke. Herein trat zum Erstaunen aller Gerhard Chorus. Zwei mit Schwertern bewehrte Soldaten der Stadtgarde begleiteten den Ritter, der seinen Augen nicht traute. Sein Blick wanderte von den beiden Männern, die dort am Tisch saßen, zu den Bütteln, die sie umringten.

»Ein Bote hat mir berichtet, dass sich hier Ungewöhnliches zutragen soll«, sagte er laut. Es klang eher wie eine Frage.

»So ist es«, antwortete Heinrich. »Ich habe mir erlaubt, Euch diesen Boten zu schicken. Ihr solltet zu den Ersten gehören, die erfahren, dass der Löwenmörder entlarvt ist!«

Gerhard Chorus' Augenbrauen hoben sich verwundert. »Entlarvt? Und wer ist dieser ruchlose Kerl?«
»Ich bin es!«, rief Hartmann.
Der Ritter lachte, da er an einen Scherz glaubte. Erst die ernsten Mienen der Anwesenden machten ihm klar, dass es sich keineswegs um einen solchen handelte.
»Ihr? Hartmann von Birgel?«
»So ist es, Ritter Chorus. Nicht immer seid Ihr in der Lage, Euch dem Willen eines Jüliches entgegenzustellen. Tatenlos musstet Ihr zusehen, wie Bürger Eurer Stadt den Tod unter dem Racheschwert fanden.«
»Aber ...« Gerhard hob die Arme und rang nach Worten. »Wir kennen uns schon so lange, Hartmann. Ich vertraute Euch ... Aachen und Jülich – es lag in unserer Hand, Frieden zu stiften und zu erhalten. Warum ...?«
»Herr Heinrich wird Euch einiges erklären können. Wenn auch längst nicht alles.« Er zog einen Dolch aus seinem Ärmel.
Die Büttel wollten zum Schluss ansetzen.
»Steckenlassen!«, schnarrte eine Stimme.
Hartmann sah seine Bedroher verständnislos an. »Aber meine Herren! Ich habe eine Verabredung! Mit dem Tod!«
»Nicht schießen!«, schrie Heinrich, der ahnte, was der Birgeler vorhatte. »Hartmann! Wollt Ihr das wirklich tun?«
»Aber gewiss doch! Es ist eine Wohltat, niemandem mehr etwas schuldig zu sein! Und die Toten tanzen nicht länger in meinen Träumen!« Er schenkte Heinrich ein letztes Lächeln, bevor er sich den Dolch an den Hals setzte und ihn in mit einer kraftvollen Bewegung in sein Fleisch bohrte.

Röchelnd sank er von seinem Schemel.

Heinrich kniete neben ihm nieder und löste sanft die Hand des Sterbenden vom Griff der Waffe. »In wessen Schuld magst du wohl gestanden haben, Hartmann von Birgel?«, murmelte er leise, als dessen Augen brachen.

20

»Was denn? Ihr schon wieder?« Die Augenbrauen der Dicken zogen sich missbilligend zusammen.
»Lasst mich zu ihm«, sagte Bodo.
»So früh am Morgen?«, knurrte sie.
»Er erwartet mich!«
Widerwillig trat die Frau zur Seite und ließ ihn eintreten. »Und dabei braucht er doch seine Ruhe.« Mit einer mürrischen Geste forderte sie ihn auf, ihr zu folgen. »Ihr solltet Euch schämen, den seltsamen Launen eines alten Mannes nachzukommen«, sagte sie über ihre Schulter hinweg. »Wie viel zahlt er Euch eigentlich, dass Ihr ihn glauben lasst, er sei immer noch der Kommandant eines Soldatenhaufens?«
»Was wisst Ihr denn schon?«
»Ich weiß nur, dass der alte Herr zunehmend verwirrter wird. Ihr solltet ihm endlich seinen Frieden lassen, anstatt ihn mit Euren Besuchen zu quälen.«
»Es wird mein letzter Besuch sein.«
»Euer Wort in Gottes Ohr.« Sie seufzte und klopfte an das Holz der Tür, die sie erreicht hatten. »Herr? Seid Ihr schon wach?«
Ein Laut, der einem Krächzen glich, antwortete ihr. Sie trat in die Kammer. »Da sitzt Ihr ja schon wieder am offenen Fenster«, schalt sie ihn. »Hat der Medicus Euch nicht hundertmal gesagt, dass Ihr …«

»Ist er da?«, unterbrach er sie, ohne seinen greisen Kopf zu wenden.
»Wenn Ihr diesen Reiter meint, den Ihr offenbar von einer Schlacht in die andere schickt: Ja, er ist da!«
»Gut. Lass ihn herein!«
Sie trat zurück und bedachte den Eintretenden mit einem giftigen Blick. Bodo ging auf den Alten zu und verbeugte sich. »Ich bin so schnell geritten, wie ich konnte, Herr!«
Noch immer stand die Dicke an der Tür zur Kammer und regte sich nicht.
»Raus!«, blaffte der Alte mit einer Stimme, die plötzlich erstaunlich fest war.
Ein paar leise Flüche vor sich her brabbelnd gehorchte die Dicke.
»Sieh nach, ob sie uns belauscht«, flüstere der Alte seinem Besucher zu. Mit leisen Schritten ging Bodo zur Tür und riss sie auf.
Die Vermutung des Alten bestätigte sich.
»Habt Ihr noch was vergessen?«, fragte Bodo kalt.
Fluchend verschwand die Dicke im Dunkel des Ganges.
»Setz dich jetzt zu mir«, befahl der Alte.
Bodo nickte und nahm auf einem Schemel Platz, der neben dem Rollstuhl des Alten bereitstand. Er wusste, dass der Alte keine Berichterstattung von ihm wünschte. Nein, er selbst würde die Fragen stellen, auf die er, Bodo, lediglich zu antworten brauchte.
»Ist es vollbracht?«, wollte der Alte nach einer Weile des Schweigens wissen.
»Ja, Herr. Es ist vollbracht!« Verstohlen musterte Bodo den Alten, der immer noch aus dem Fenster starrte. Nichts

in seinem faltigen Gesicht ließ auf eine Gemütsregung schließen. Wieder verstrich einige Zeit, ohne dass jemand sprach. Endlich bewegten sich die Lippen des Alten zu jener Frage, die Bodo am meisten gefürchtet hatte.
»Er ist tot, nicht wahr?«
»Ja, Herr. Er ist tot!«
Der Alte nickte vor sich hin. »Doch seinen Auftrag hat er erfüllt«, sagte er leise. »Hat man nach dir gesucht?«
»Nein, Herr. Man war in dem Glauben, dass ich die Stadt bereits verlassen habe.«
»Warum?«, fragte der Alte. »Warum ist er gestorben?«
Bodo machte einen schweren Atemzug. »Dieser Heinrich, der ihn begleitete, ist ihm auf die Schliche gekommen. Ich ahnte, dass er etwas im Schilde führte und warnte Euren Großneffen. Aber er wollte mir nicht glauben.«
»Der Junge war schon immer sehr eigensinnig.«
»Als man ihn entlarvte, hat er sich selbst das Leben genommen.« Er senkte den Kopf. »Durch einen Spalt in der Wand habe ich alles mit angesehen.«
»Gott sei seiner Seele gnädig.« Der Alte schlug mit zitternden Händen ein schnelles Kreuz. Bodo ahnte, dass seine Gedanken in die Vergangenheit schweiften.
»Ich erinnere mich noch genau, wie ich ihn das erste Mal sah. Er lag in einer Wiege und sah zu mir empor.« Seine Mundwinkel formten sich zu einem stillen Lächeln. »Er hatte glühende Augen. Schon damals wusste ich, dass ich ihn dereinst für meine Sache würde begeistern können. Als er fünf Lenze zählte, kannte er bereits die wahren Begebenheiten jener verfluchten Nacht. Habe ich dir jemals davon erzählt?«

Bodo unterdrückte ein Seufzen. »Ja, Herr. Das habt Ihr. Schon viele Male.«
Der Alte schien die Worte seines Besuchers zu überhören, denn unbeirrt fuhr er fort: »Wir standen vor dem Ponttor. Winrich von Stolberg war der erste, der fiel. Noch heute sehe ich ihn vor mir. Seine ungläubigen Augen … In seinem Hals steckten zwei Pfeile …«
»Woraufhin Ihr, Herr, den Befehl zum Angriff gabt!«
»Ja, das tat ich.« Eine feine Röte überzog seine Wangen. »Wir erstürmten die Wehrgänge. Mit Stolz kann ich behaupten, dass Männer selten so tapfer kämpften wie wir. Denn es war ein aussichtsloses Unterfangen; die Übermacht der Gegner einfach zu groß. Doch was blieb uns übrig? Hätten wir uns ergeben und der Willkür dieser arroganten Städter aussetzen sollen? Nein, wir kämpften und schickten noch so manchen von den ehrlosen Kerlen in die Hölle. Und ich …« Sein Kinn bebte. »Ich überlebte das Massaker, weil ich …« Er verstummte.
»Weil Ihr im Kampf von der Mauer fielt. Ihr wart ohne Bewusstsein, als Euch Jülicher Söldner im Morgengrauen vor den Toren der Stadt fanden.«
»Es muss Gottes Wille gewesen sein, dass ich in jener Nacht nicht starb, so wie die meisten meiner Kameraden. Gott muss gewollt haben, dass ich die Aachener für ihre Überheblichkeit strafe. Jetzt, nach zweiundsiebzig Jahren, ist es endlich vollbracht. Wer Augen hat zum Sehen und Ohren zum Hören, der wird nun verstehen. Nie wieder soll man Heldenlieder singen auf die Taten Ehrloser. Die ganze Welt soll die Wahrheit erfahren. Wir Jülicher haben die Stadt nicht überfallen, wie es heute den Kindern

erzählt wird. Nein, in Wirklichkeit waren es die Städter, die uns heimtückisch in die Falle lockten und abschlachteten wie Vieh.« Er hatte sich in Rage geredet und begann nun hämisch zu lachen. »Vier tote Aachener! Einen für jede Generation, die seit jener Nacht das Licht dieser ungerechten Welt erblickte. Pah! *Wehrhafter Schmied!* Gebt Acht auf Eure Köpfe, Aachener!«

Bodo legte beruhigend eine Hand auf den Arm des Alten. »Herr! Ihr dürft Euch nicht aufregen!«

»Recht hast du«, erwiderte der Alte nun beherrscht. »Lass uns lieber das letzte Opfer dieser unheilvollen Nacht betrauern. Weißt du eigentlich, dass ich Hartmann, als er noch ein Knabe war, einen heiligen Eid schwören ließ?«

Bodo horchte auf. Nein, diese Geschichte hatte er noch nie zu hören bekommen. »Einen Eid?«

»Ich ließ ihn schwören, niemals der Freund der Aachener zu sein. Ihnen zu schaden, wo es in seiner Macht stand. Heiliger Eifer erfüllte ihn. Und er hat ihn sich bewahrt bis zuletzt. Obwohl es nur der Eid eines Kindes war!«

»Er fühlte sich Euch schon immer verpflichtet, Herr.«

»Mit Recht. Ich habe ihn gefördert, wo ich ihn fördern konnte. Als seine Eltern starben, habe ich mich – obgleich selbst schon recht betagt – seiner angenommen. Ich habe dafür gesorgt, dass er lesen und schreiben lernte. Sein Amt am Hof des Grafen verdankt er mir. Er war meine Kreatur. Gott hat ihn mir geschickt. Gott hat mich alt werden lassen, damit Hartmann mein Werkzeug sein konnte. Ich lehrte ihn Treue, und er übte sie aus bis zum Schluss. Endlich kann auch ich jetzt sterben.« Sinnierend starrte der fast Blinde auf den roten Feuerball, der im Osten über die Hügel stieg. Hähne krähten in der Stadt. »Er starb ehrenvoll, nicht wahr?«, fragte er nach einer Weile.

Bodo antwortete nicht, sondern schaute betreten zu Boden. Der Alte stutzte.

»Warum sprichst du nicht?«

»Beinahe schien es mir, als ob …«

»Was? Sprich!«

»Als ob Hartmann sein Tun bereut hätte, bevor er sich den Dolch in den Hals bohrte.«

Der Alte nickte nachdenklich. »Als Christenmensch plagte ihn sein Gewissen. Er hat jene Nacht eben nicht selbst erlebt. Trotzdem blieb er mir treu. Gott wird ihm seine Sünden verzeihen, denn in Wahrheit war es eine gerechte Mission, die er für mich erfüllte. Sein Eid und seine Ergebenheit waren über jeden Zweifel erhaben.«

»Dennoch: Bevor er starb …«, Bodo rang nervös seine Hände, »… vertraute er diesem Heinrich das Geheimnis an.«

Der Kopf des Alten fuhr herum. »Welches Geheimnis?«

»Die Entführung des Kindes! Er verriet ihm Wolfs Versteck!«

»Das hat er getan? Der Törichte«, entfuhr es dem Alten. Ungläubiges Entsetzen spiegelte sich in seinen trüben Augen. »Heinrich ist ein Draufgänger. Jeder hier in Nideggen weiß das. Er wird das Kind unverzüglich befreien wollen.«

»Ohne Zweifel, Herr. Er wird sich sicher längst auf dem Weg befinden. Und dieser Eigenbrötler wird sich nicht einmal die Zeit nehmen, Hilfe von der Burg zu holen.«

»Wenn man den Wolf zu fassen kriegt, wird dieser Tölpel plaudern. Man wird uns festnehmen und …«
»Nein, Herr.« Bodo reckte stolz seine Brust. »Bevor ich zu Euch kam, habe ich ihn in seinem Versteck aufgesucht und ihm von der drohenden Gefahr berichtet. Er wird dem Heinrich einen gebührenden Empfang bereiten!«
»Gut gemacht, Junge.« Der Alte atmete erleichtert auf. »Es ist sicher besser, wenn Heinrich seine Nase nicht länger in unsere Angelegenheiten steckt. Wolf wird das schon regeln.«
»Er lässt Euch fragen, was er nun mit dem Kind machen soll.«
Ein gedämpftes Seufzen war die Antwort. »Spielt das noch eine Rolle?« Seine zitternden Hände krallten sich an die hölzernen Lehnen seines Stuhls. Er starrte von Neuem aus dem Fenster in den erwachenden Tag.

Schon jetzt, in aller Herrgottsfrühe, versprach der neue Tag brütend heiß zu werden. Der kühle Tau der Nacht verflüchtigte sich rasch unter den warmen Sonnenstrahlen, die sich durch die grünen Wipfel der Bäume zwängten.
Heinrich war die ganze Nacht hindurch geritten, doch er verspürte keinerlei Müdigkeit. Jede Faser seines Körpers war gespannt, als er, sich leise heranpirschend, die von Buschwerk fast gänzlich verdeckte Öffnung der Felsenhöhle entdeckte. Er stieß einen leisen Fluch aus, weil es seinem Rappen Thusnelda, den er eine kleine Wegstrecke zurück an einen Baum gebunden hatte, gerade jetzt einfiel, ein erschöpftes Protestgewieher durch den Wald

schallen zu lassen. Der nicht minder abgehetzte Chlodwig, der Heinrich hechelnd begleitete, erhielt den Befehl, sich auf seinen Hintern zu setzen und abzuwarten. Heinrich zog entschlossen sein Jagdmesser und näherte sich – mit nahezu geräuschlosen Schritten – dem mutmaßlichen Versteck des Entführers. Dieser schien mit einer drohenden Gefahr überhaupt nicht zu rechnen, ließ er doch sein Pferd, sichtbar für jedermann, den es zufällig hierher verschlagen mochte, auf einer Wiese jenseits der Felsenhöhle grasen.

Heinrich verharrte und horchte angestrengt. Keine Stimmen, keine durch Menschen verursachten Geräusche, die aus der Höhle drangen. Dennoch: Das Pferd des Entführers war ein untrügliches Zeichen, dass dieser nicht weit sein konnte. Und Maria …

Plötzlich überfiel ihn der unerträgliche Gedanke, er könnte zu spät kommen. Schnell verdrängte er ihn. Wie sollte der Kreis sich wohl schließen, wenn sein Ritt hierher umsonst gewesen war? Maria *musste* leben! Sie sollte heranwachsen zu einer schönen jungen Frau, heiraten, Kinder bekommen, alt werden …

Er hatte das Buschwerk erreicht und konnte nun in das Innere der dunklen Höhle spähen. Über einem Häuflein verkohlter Zweige schwebte ein Topf. Der Geruch kalter Asche vermischte sich mit der warmen Morgenluft. Von dem Mann war nichts zu sehen. Aber wo war Maria?

Mit angehaltenem Atem und gezücktem Messer betrat Heinrich das Versteck des Entführers.

Maria sah nur den schwarzen Schatten, der sich vor der Öffnung der Höhle aufbaute. Ihr Peiniger war also zurückgekehrt. Seit er sie in seine Gewalt genommen hatte, schwankten ihre kindlichen Gefühle zwischen Todesangst und hilflosem Zorn. Im Augenblick hatte wieder einmal der Zorn die Oberhand gewonnen.
»Weißt du, was du bist?«, begrüßte sie den Eintretenden, der so tat, als sei er erst jetzt auf sie aufmerksam geworden. Nun, immerhin sah der garstige Kerl diesmal nicht einfach über sie hinweg, wie er es sonst zu tun pflegte. Das galt es auszunutzen.
»Ein Schafskopf! Das bist du!«
»Wirklich?«, fragte der andere und näherte sich der Kleinen.
Maria nickte trotzig. Ein Gefühl der Genugtuung erfüllte sie. »Ein dummer, dummer Schafskopf. Und außerdem …«
Ein weiteres Schimpfwort blieb ihr im Halse stecken, als sie endlich den Mann erkannte, der nun vor ihr kniete und sich mit seinem Messer an den Fesseln ihrer Füße zu schaffen machte.
»Hein…rich!«
»Um ehrlich zu sein, hatte ich mir deine Begrüßung ein wenig freundlicher vorgestellt, Maria.« Er zwinkerte mit einem Auge.
»Ich wusste es. Ich wusste, du würdest kommen«, jubilierte die kleine Zigeunerin.
Heinrich presste einen Finger auf ihren Mund. »Still, mein holder Engel. Der böse Mann kann nicht weit sein. Er wird gleich zurückkommen!« Er hievte sie hoch und bedeckte ihr pechschwarzes Haar mit unzähligen Küssen.

»Ich wusste, dass du kommen würdest«, versicherte Maria ihrem Befreier noch einmal. In ihren geschwächten Beinen schienen ganze Armeen Ameisen zu krabbeln.
»Wir müssen verschwinden von hier! Schnell!« Heinrich bückte sich zu ihr herab, um sie auf seinen Arm zu nehmen. Ein dumpfer, ungeheuerlich heftiger Schlag in seinem Rücken aber ließ ihn nach vorne fallen. Instinktiv entließ er die Kleine aus seinem Griff, um sie nicht unter sich zu begraben.
Jemand musste mit brachialer Gewalt beide Fäuste auf sein rechtes Schulterblatt geschmettert haben. Der Schmerz setzte erst allmählich ein und nahm Heinrich beinahe die Luft. Er versuchte, sich aufzurappeln; vergebens. Sein Oberkörper schien von einer eisernen Klammer umfangen zu sein, die keine Bewegung zuließ. Heinrich hörte die Schritte, die sich ihm näherten. Nochmals schickte er sich an, sich zu erheben, doch die eiserne Klammer gab nicht nach.
»Sieh an, wen haben wir denn da?«, fragte eine belustigte Stimme.
Heinrich schaffte es, den Kopf zu drehen. Nur verschwommen konnte er sein Gegenüber erkennen, denn seine Augen tränten ohne Unterlass.
»Du nennst dich Wolf, nicht wahr?« Heinrich zwang sich, seinen Atem zu beruhigen. »Das ... das Spiel ist aus. Lass die ... lass die Kleine laufen!«
»So? Sollte ich das tun?« Noch immer schien er recht amüsiert zu sein.
Allmählich klärte sich Heinrichs Blick. Das Messer war ihm aus der Hand gefallen. Zwei Schritte nur entfernt lag

es neben ihm, doch unerreichbar. Auch das Bild des Mannes, der da über ihm stand und ihn abschätzig musterte, begann sich aufzuklaren. In Wolfs Händen lag eine Armbrust. Aber: Die Waffe war keineswegs geladen. Warum hatte der Kerl bloß keinen Bolzen eingespannt? Warum?

Dann dämmerte es Heinrich.

Die Erkenntnis traf ihn nicht einmal hart. Es war eher das erleichternde Gefühl, ein schweres Rätsel endlich gelöst zu haben: Wolf hatte von seiner Waffe längst Gebrauch gemacht.

Die eiserne Klammer!

Ja, der Bolzen stach in seinem Rücken. Auch Marias entsetzter Blick bestätigte dies. In den Augen der Kleinen schien sich Johannas Gesicht zu spiegeln, die ihn aus weiter Ferne anstarrte. Ein Antlitz der Fassungslosigkeit. Endgültigkeit!

Wolf fingerte einen weiteren Bolzen hervor. »Hättest nicht meinen Namen nennen sollen«, sagte er mit einem Schulterzucken.

21

Am Morgen waren sie eingeschlafen.

Hinter ihnen lag eine Nacht zwischen Himmel und Hölle. Zwischen Verzweiflung, Hoffnung und gestillter Sehnsucht.

Zum ersten Mal hatten sie sich geliebt. Ihr Leben würde fortan anders verlaufen, denn die Nacht markierte einen Wendepunkt. In ihren Herzen tobten seltsame Kräfte. Glückseligkeit und Trübsal. Hoffnung und Furcht. Liebe und Leid.

Und doch schien sich von irgendwoher eine Stimme zu erheben, die ihnen Mut zusprach. Die ihnen zu verstehen gab, dass sie Maria bald wiedersehen würden. Denn es konnte einfach nicht sein, dass die Kleine tot war. Nein, sie sollte an dem neuen Glück teilhaben!

Woher kam diese Stimme? Von einem Engel? Oder von einem finsteren Wesen der Unterwelt, das sich einen makabren Spaß daraus machte, Gottes Kinder zu quälen? War Maria in Wirklichkeit längst tot? Lag sie, zerfressen von wilden Tieren, in einem abgelegenen Teil des Waldes, wo man ihre Leiche – oder vielmehr das, was davon übrig geblieben sein mochte – niemals finden würde?

Das Läuten von Glocken.

Mathäus öffnete seine Augen und schaute in Juttas himmlisches Antlitz. Sie schlief. Einmal mehr überkam ihn das gewaltige Bedürfnis, sie zu küssen. Er reckte seinen Kopf,

und seine Lippen berührten die ihren. »Liebster«, hauchte sie im Halbschlaf.
Draußen rumpelte ein Ochsenkarren über die Dorfstraße. Ein Bauer fluchte laut und lamentierte. Die Glocken läuteten immer noch.
»Heiliger Strohsack!« Plötzlich saß Mathäus aufrecht.
»Was ist denn?«, fragte Jutta, langsam erwachend.
»Die Glocken!«
»Was ist mit ihnen?«
»Sie läuten zur *Terz!*«
»Zur *Terz?*« Diese Erkenntnis war auch für Jutta Grund genug, sich aufzurichten. »Soll das etwa heißen, dass wir …«
»Dass wir unter die Müßiggänger gegangen sind.« Er sprang aus dem Bett und suchte seine Sachen zusammen.
»Warum diese Eile, Liebster?« Jutta lächelte versonnen. »Gott wird uns diese kleine Sünde des Müßiggangs schon verzeihen.«
»Das hoffe ich auch. Aber darum geht es nicht. Ich muss zur Burg. Lagebesprechung! Vor allem Paulus wird Zeter und Mordio schreien, wenn ich ihn warten lasse. Seit gestern dürfte er sowieso eine unbändige Wut gegen mich hegen.«
»Gestatte mir, hier auf dich zu warten«, sagte Jutta.
Trotz der Eile, die er an den Tag legte, schenkte Mathäus ihr einen endlosen liebevollen Blick. »Von nun an wird jede Stunde, die ich ohne dich verbringen werde, wie ein läuterndes Fegefeuer für mich sein«, erklärte er.

»Ja, töte mich«, sagte Heinrich keuchend. »Doch ich flehe dich an: Lass die Kleine laufen!«

Wolf spannte mit einer kraftvollen Bewegung den Bolzen in seine Armbrust. »Damit sie jedem meinen Namen verraten kann?«
»Sie wird schweigen.«
»Wirklich?« Er grinste beinahe bedauernd.
»Du bist noch so jung, Wolf ...« Eine neuerliche Welle des Schmerzes schwappte durch Heinrichs Leib. Er biss sich auf die Lippen. »Warum willst du so viel Schuld auf dich laden?«
»Pah! Sorgst du dich etwa um mein Seelenheil?«
»Ich sorge mich um das Leben des Mädchens. Erfülle mir einen letzten Wunsch und lass sie frei.«
»Kann mich nicht erinnern, dir einen Wunsch gewährt zu haben.«
Endlich fand auch Maria ihre Sprache wieder. »Bitte, lass uns frei! Beide!« Tapfer kämpfte sie gegen die Tränen.
Mit leeren Augen sah Wolf sie an.
»Ich weiß genau, es fällt dir nicht leicht, ein Kind zu töten«, sagte Heinrich.
»Das ist wahr. Aber jemand hat mir mal gesagt, dass es mit jedem Mal einfacher wird«, erwiderte Wolf. In seiner Stimme schwang etwas wie Verbitterung mit.
»Dieser Jemand hat dir einen schlechten Rat gegeben.« Mit unsäglicher Mühe schaffte Heinrich es, seinen Körper auf die Seite zu wälzen. Sein Brustkorb wollte zerbersten.
Wolf ließ ihn nicht aus den Augen. »Manche Dinge müssen eben vollendet werden. Ich habe nun mal einen Auftrag zu erfüllen.«
»Deine Eltern sind Bauern, nicht wahr, Wolf?«

Wolf stutzte. »Du … kennst sie?«
»Deine Augen verraten es mir. Du hättest sie niemals verlassen sollen. Aus ihrem Sohn ist ein gemeiner Meuchler geworden. Was würden sie wohl dazu sagen?«
Wolfs Gesicht war wie versteinert. »Was weißt du denn schon«, stieß er hervor. Er richtete seine Waffe auf Heinrichs Brust.
»Nein!«, schrie Maria.
Ein Grollen.
Wolf fährt herum.
Ein schwarzer Schatten, der auf ihn zurast. Er richtet die Armbrust auf diese der Hölle entstiegene Bedrohung und schießt den Bolzen ab.
Ein kurzes, schmerzliches Aufjaulen.
»Chlodwig!«, ruft Heinrich.
Geifer trieft aus dem Maul der Dogge. Der Bolzen steckt tief in ihrer Brust. Dennoch hat das Geschoss sie nicht von den Beinen gerissen. Mit qualvoller Langsamkeit, die Zähne gebleckt, nähert sich Chlodwig nun dem Schützen.
Entsetzen spiegelt sich in Wolfs Augen. Er wirft die Armbrust beiseite und tastet nach dem Dolch, den er am Gürtel trägt. Seine Hände zittern. Der schwarze Dämon vor ihm setzt zum Sprung an.
Der Tod kommt heiß und unerbittlich. Zwei mächtige Kiefer spießen sich in Wolfs Hals. Ein grenzenloses Gefühl der Panik. Ein glühendes Feuer in seiner Kehle. Die Unmöglichkeit zu atmen. Und vor ihm – die weißen Augäpfel der Bestie.
Ein letztes Aufbäumen. Wolfs Dolch bohrt sich in das Genick des Hundes.

Zwei zuckende, sterbende Leiber.
Maria hat leise zu weinen begonnen.
Heinrich sammelt seine letzten Kräfte. Er darf nicht sterben. Noch nicht. Ächzend robbt er auf den Leib des Hundes zu. Seine Hand streicht sanft über den Schädel des Tieres. Chlodwigs Schwanz peitscht ein letztes Mal vor Freude.
»Danke, mein treues Mondkalb«, sagt Heinrich matt. »Danke für deine Freundschaft. Genieße nun deinen ewigen Frieden …«

Als Mathäus den Saal der Scheiffarts betrat, waren dort bereits die maßgeblichen drei Personen versammelt.
»Alle Augen warten auf Euch, o Dorfherr«, erklärte Konrad mokant. Seine beringten Finger trommelten auf die Tischplatte.
Im Gesicht des Burgvogtes indessen wüteten heftige Stürme. Seine Augen schienen Blitze zu schießen, und sein Mund war zur Gänze hinter einem Bart verschwunden. Kein Zweifel, Paulus kochte vor Wut ob der Schmach, die ihm gestern widerfahren war. Er schien wieder vollkommen ausgenüchtert zu sein.
Nur der junge Rikalt bedachte den Eintretenden mit einem freundlichen Blick. »Schön, Euch zu sehen, Herr Mathäus«, sagte er. »Gibt es Neuigkeiten von Maria?«
»Nein, Herr. Sie ist und bleibt verschwunden.«
Mathäus nahm Platz und kramte ein paar Pergamentrollen aus einem Beutel hervor.
»Und Ihr seid immer noch sicher, dass wir keine Suchtrupps in den Wald schicken sollen?«

»Ja. Ich will das Leben der Kleinen nicht gefährden.«
Paulus hüstelte in seine gewaltige Faust. »Falls sie *überhaupt* noch lebt, mit Verlaub. Ich hoffe, Ihr hattet dennoch eine ruhige Nacht.« Sein vieldeutiger Blick sprach Bände. Seine Spione waren also wieder für ihn tätig gewesen. Diese Kerle waren überall und nirgendwo, hatten ihren Herrn offenbar darüber unterrichtet, dass Jutta die Nacht im Haus des Dorfherrn verbracht hatte. Doch dieser hatte es sich abgewöhnt, noch ernsthaft darüber erbost zu sein. Eines Tages – er hatte es sich fest vorgenommen – würde er dem Burgvogt eine Lektion erteilen, die sich gewaschen hatte. Eine Lektion, die seine Niederlage auf dem Turnierfeld zu einem wahren Honigschlecken machte. Die ihn ein für alle Zeiten zum Gespött der Leute werden ließe. Zwar erhoben sich in Mathäus manchmal tadelnde Stimmen wegen dieser unchristlichen Gedanken. Doch dann entsann er sich des zornigen Jesu, der die Tische der Geldwechseler im Tempel umgestoßen und ihnen unmissverständlich klar gemacht hatte, was er von ihnen hielt. Manchen Menschen musste einfach vor Augen geführt werden, was für Kanaillen sie doch waren.
»Keine Suchtrupps, also gut.« Paulus breitete die Arme aus. »Widmen wir uns eben dem Alltäglichen. Ach, und bevor ich's vergesse ...« Er zückte ein Säckchen und schmiss es im hohen Bogen über den Tisch. Klimpernd landete es auf dem Pergament, das der Dorfherr vor sich ausgebreitet hatte.
Mathäus runzelte missmutig die Stirn. »Was ist das? Was soll das?«
»Euer Preis für den Sieg! Zwanzig Silbergulden!«

Mathäus griff nach dem Säckchen und warf es zurück in die Richtung, aus der es gekommen war. Paulus verzichtete darauf, es aufzufangen. Es flog an ihm vorbei und fiel zu Boden. Münzen rollten umher.

»Behaltet Euer Geld! Ich will es nicht!«

»Ach nein?« Paulus beugte sich interessiert vor. »Und warum nicht, wenn ich fragen darf?«

»Weil ich ebenso gut weiß wie Ihr, dass es bei dem Wettbewerb nicht mit rechten Dingen zugegangen sein kann.«

»Erklärt mir das.«

»Niemals hätte ich Euch schlagen können. Jemand muss Euch etwas in den Wein getan haben.«

Konrad begann zu kichern, während sein Vetter Rikalt erhebliche Mühe hatte, sich ein Grinsen zu verkneifen.

»So? Etwas in den Wein getan, wie?« Paulus entblößte nun seine Zähne. »Und wer könnte das wohl getan haben?«

»Einer meiner *Gönner*, vermutlich.«

»Sicher habt Ihr nicht die geringste Ahnung, um wen es sich bei diesem Gönner wohl handeln mag.«

»Nicht die geringste.« Mathäus hob bedauernd seine Schultern.

»Leider aber stehe ich in der »Herrschaft« nun wie ein Narr da«, erklärte Paulus lauernd.

»Aber werter Burgvogt! Jedermann weiß, dass Ihr alles andere als ein Narr seid. Sorgt Euch nicht um Eure Ehre. Selbstverständlich werde ich meinen gestrigen Sieg öffentlich für null und nichtig erklären und im kommenden Jahr erneut gegen Euch antreten.«

»Wie edel von Euch. Doch was ist mit dem Schurken, der mir diesen elenden Streich spielte? Soll der vielleicht ungestraft davonkommen?«
»Genug!« Rikalts helle Stimme hallte bedrohlich durch den Saal. »Wir haben im Augenblick ganz andere Sorgen, Herr Paulus, als einen Witzbold zu entlarven, von dem Ihr Euch um den Sieg gebracht fühlt.«
Abermals kicherte Konrad und betrachtete den funkelnden Stein an seinem Ring. »Wer ist hier eigentlich wessen Vormund?«
»Darüber brauchst nicht *du* dir den Kopf zu zerbrechen, werter Vetter.«
»Natürlich nicht. Und deshalb sollten wir nun endlich zur Sache kommen. Ich habe schließlich auch noch andere Dinge zu erledigen.«
»Ein wahres Wort!« Paulus machte ein grunzendes Geräusch und wandte sich an Mathäus. »Was machen Eure Ermittlungen in Aachen, Dorfherr, die durchzuführen der Graf Euch aufgetragen hatte?«
»Das geht Euch einen feuchten Dreck an, Paulus. Eine Sache zwischen dem Grafen und mir, die mit Merode nicht das Geringste zu tun hat.«
»Ich bin da anderer Meinung.« Er sah Konrad Beifall heischend an. »Mathäus hat seinen Freund, diesen Landstreicher, losgeschickt. Was glaubt Ihr wohl, wird der Graf dazu sagen? Seine Unbill wird auch uns Meroder treffen.«
»Hmmh!« Konrad ließ seinen Ring nicht aus den Augen. »Möglich, möglich.«
»Jede Verantwortung hierüber liegt allein bei mir«,

erklärte Mathäus mit einer Geste, die deutlich machte, dass er über dieses Thema nicht länger zu debattieren wünschte. »Kommen wir nun zum ersten Punkt der Tagesordnung.« Er widmete sich seinem Pergament. »Die Bauern Justus und Wiprecht möchten ihre Kinder, Balduin und Edeltrud, miteinander vermählen und bitten um die Zustimmung beider Herren von Merode.«

»Gewährt!«, sagte Rikalt, obwohl eigentlich Paulus für ihn hätte sprechen müssen. Da der Burgvogt jedoch nicht das Gegenteil behauptete, richteten sich die Blicke nun auf den Herrn der westlichen Burghälfte.

»Hmmh!«

»Was, *hmmh?«,* fragte Rikalt unwillig.

Endlich ließ Konrad von seinem Ring ab. »Wiprecht ist nicht gerade der Willigste, wenn es heißt, seine Abgaben zu entrichten«, erklärte er mit einem Unterton des Bedauerns.

»Und seine Tochter Edeltrud ist nicht die Willigste, wenn deine liebe Gattin in Grafschaft weilt, nicht wahr, Vetter?«

»Ach, diese Gerüchte«, winkte Konrad ab. »Meinethalben sollen sie doch heiraten und glücklich werden.«

»Fein. Das wäre also geklärt.« Mathäus kritzelte eine Notiz auf sein Pergament. »Weiterhin bitten um die Genehmigung zur Vermählung der Burgdiener Dietrich und die Magd Regina. Überdies schlag ich vor, den Dietrich fortan mit den Aufgaben eines Stallmeisters zu betrauen.«

»Gewährt, gewährt«, sagte Konrad und gähnte.

»So soll es sein«, lächelte Rikalt.

»Augenblick!«

Alle Augen richteten sich auf den Mausbacher.
»Noch bin ich es, der hier die letzte Entscheidung fällt«, erklärte er mit einem scheelen Seitenblick auf seinen Schutzbefohlenen.
»Also gut. Und wie lautet Eure Entscheidung, Vertreter meines Vormundes?«
Paulus faltete seine Hände zu einem spitzen Dach. »Der Diener befindet sich sehr oft in Eurer Begleitung, Mathäus.«
»Gewiss. Seine Dienste als Botenreiter sind mir unentbehrlich geworden.«
»Und gestern, auf dem Turnierfeld, fungierte er sogar als Euer Knappe.«
»Na und?«
»Nun …« Paulus legte die gefalteten Hände vor seinen Mund. Seine Augen waren nur noch schmale Schlitze. »Wenn Dietrich einen heiligen Eid schwört, dass nicht er mir den Wein verdorben hat, dann will ich seinem Ersuchen zustimmen.«
»Was?« Mathäus sprang entrüstet auf. »Euch geht's wohl nicht gut, wie?«
»Was sollte ihn daran hindern, diesen Eid zu leisten, wenn er tatsächlich unschuldig ist?«
Mathäus schnaubte wütend. »So weit kommt es noch, dass jemand wegen Eurer gekränkten Eitelkeit einen Eid ablegen soll. Zumal« – er hielt kurz inne, – »zumal der Herr Jesu uns Menschen in der Heiligen Schrift das Schwören ohnehin untersagt hat.«
»Ach, hat er das?«
»Fragt Moses. Ich habe Euch Genugtuung versprochen

und halte mein Wort. Aber niemand wird hier einen Schwur tun. Und jetzt gebt endlich Eure verdammte Zustimmung zu dieser Hochzeit.«

»Und wenn nicht?«

Der junge Rikalt, der die Zusammenhänge erahnte, kam dem Dorfherrn zu Hilfe. »Dann, Herr Paulus, werde ich meinem Vormund einen Brief senden, in dem ich mich über Euch beschwere. Ich werde ihm mitteilen, dass Ihr immerfort Zwietracht sät, anstatt zur Zufriedenheit des Gesindes beizutragen.«

Die Drohung mit der Beschwerde war stets das letzte Mittel, das Rikalt anzuwenden pflegte, wenn er seinen Willen durchsetzen wollte. Und immer war es wirksam. Paulus von Mausbach konnte und wollte es nicht riskieren, in seinen Machtbefugnissen beschnitten zu werden.

»Glaubt bloß nicht, dass ich mich von Euch einschüchtern lasse, Herr Rikalt. Wenn ich nun die Zustimmung zu dieser Hochzeit gebe, dann nur, weil ich es ohnehin vorhatte.«

»Aber gewiss doch, Herr Paulus.«

In diesem Augenblick flog die Tür zum Saal auf.

»Aber du kannst da jetzt nicht rein!«, hörte man Friedrichs flehende Stimme.

»Maul halten!« Dietrich schob den Kastellan beiseite und stürmte in den Saal.

»Sieh an, wenn man vom Teufel spricht.« Paulus musterte den Diener argwöhnisch. »Unser verliebter Stallmeister!«

»Wie? Stallmeister?«

»Später«, winkte Mathäus ungeduldig ab. »Vielleicht erklärst du uns erstmal, weshalb du hier reinplatzt, als seien alle Ausgeburten der Hölle hinter dir her.«
»Herr!« Dietrich schnappte nach Luft.
»Die kleine Maria …«
Das Antlitz des Dorfherrn wurde weiß wie Schnee. »Was ist mit ihr?«
»Sie ist da!«
Mathäus sprang auf. Hinter ihm polterte sein Schemel zu Boden. »Wo?«, schrie er, dass es von den Wänden widerhallte.
»Folgt mir, Herr!«
Drei Herzschläge nur, und sie hatten den Saal verlassen.

Vor dem Haus des Dorfherrn schien sich die halbe »Herrschaft« versammelt zu haben. Die Leute aber dachten nicht daran, eine Gasse für die herannahenden Reiter frei zu machen. Mathäus schwang sich aus dem Sattel und wühlte sich durch die Menge.
»Platz, macht Platz!«, schrie er immer wieder. Endlich erreichte er das Zentrum des Auflaufs und hätte am liebsten geweint vor Glück: Jutta kniete auf dem Boden und hielt die schluchzende Maria in ihren Armen.
Aus Juttas Blick sprach unendliche Erleichterung. Dennoch lag auch etwas wie Trauer darin. »Keine Sorge, Liebster. Sie ist unverletzt.«
Er bückte sich zu ihnen herab und umschlang sie mit seinen Armen. »Was … was ist geschehen?«
»Plötzlich stand sie vor der Tür …«
»Hein hat mich gerettet«, schniefte die Kleine.

»Hein?« Mathäus ließ seinen Blick über die laut palavernde Menge schweifen. »Wo ist er?«
In der festen Überzeugung, die Frage gelte ihr, trat nun mit vor Aufregung wogendem Busen die Bäuerin Kunigunde hervor.
»Ich habe ihn gesehen, Euren Freund, Herr. Er ritt durchs Dorf, geschwind wie der Teufel, und …«
»Und was?«
»In seinem Rücken steckte ein Bolzen oder sowas.«
Mathäus schluckte schwer. »Ein Bolzen?«
»Der Ärmste konnte sich kaum noch im Sattel halten. War über und über mit Blut besudelt. Glaubt mir, der war mehr tot als lebendig.«
Andere Zeugen bestätigten die Aussage der Bäuerin.
»Mein Gott«, stammelte Mathäus.
»Soll ich ihm hinterher?«, fragte Dietrich eifrig.
Mathäus sah ihn mit leeren Augen an. »Nein, Didi. Denn ich bezweifle, dass er uns sehen will.« Er sank in die Knie, und seine Stimme ging in ein heiseres Flüstern über. »Was immer auch geschehen sein mag: Heinrich hat beschlossen, zu sterben …«

Anmerkung des Autors

Löwentod« bildet den Abschluss der Merode-Trilogie, die 1999 mit »Teufelswerk« ihren Anfang nahm und im darauf folgenden Jahr mit »Mönchsgesang« fortgesetzt wurde.

Stand in »Teufelswerk« der Alltag in den mittelalterlichen Dörfern im Vordergrund, so wurde in »Mönchsgesang« vor allem das Leben in den Klöstern beleuchtet – wenngleich Alltag und Leben der Protagonisten durch schreckliche Morde aus den Fugen geraten …

Hauptschauplatz des vorliegenden dritten Bandes schließlich ist die mittelalterliche Stadt Aachen, Krönungsort von 31 deutschen Königen von 936 (Otto der Große) bis 1531 (Ferdinand I.).

In einem Roman, der im Aachen des 14. Jahrhunderts spielt, darf eine historische Gestalt nicht unerwähnt bleiben: Gerhard Chorus. Will Hermanns schreibt über ihn in seinem 1951 erschienenen Buch »Erzstuhl des Reiches«: *Als er am 20. April 1367 starb, verlor die mittelalterliche Reichsstadt einen ihrer größten Söhne. Zu seinen Lebzeiten wurde das gotische Rathaus vollendet, das Wunderwerk des Münsterchores begonnen, das »Aachener Reich« der Krönungsstadt fest angegliedert, der Höhepunkt städtischer Machtentfaltung und wirtschaftlicher Blüte erreicht. Die Legende hat sich seiner bemächtigt, da die Geschichte wenig an gesicherten Daten seines Lebens zu*

melden weiß (...) – Es war mir eine Ehre, diese leibhaftige Legende in »Löwentod« – wenn auch nur kurz und als unbeteiligten Beobachter – agieren zu lassen.
Über Gerhards großen Gegenspieler, Markgraf Wilhelm von Jülich, gibt es dagegen mehr an gesicherten Daten: Auf dem Fürstentag zu Metz wird er 1356 in den Herzogsstand erhoben und steigt somit endgültig zu einem der einflussreichsten deutschen Fürsten auf. Jülich erreicht unter seiner Herrschaft die Blüte seiner Macht. Wilhelm stirbt im Februar 1361.
Nur ein Jahr später eskaliert der Streit zwischen den beiden Herren zu Merode: Konrad vertreibt seinen Vetter Rikalt aus dessen Anteil der Burg; der neue Herzog von Jülich, Wilhelm II., sieht sich veranlasst, auf Seiten Rikalts einzugreifen und die Burg zu belagern. Die dem Konrad gehörigen Gebäulichkeiten werden eingenommen und zerstört, Konrad seiner Besitzungen für verlustig erklärt. Nach fast siebzig Jahren der Teilung ist die Herrschaft Merode wieder in einer Hand, der des Rikalt, vereinigt. (Quelle zur Historie Merodes: Hans Josef Domsta, »Geschichte der Fürsten von Merode im Mittelalter«, Band I, Düren 1974)

Zu meinen Kopfgeburten:

Ich hoffe inständig – nein, ich bin sogar davon überzeugt –, dass Jutta und Mathäus miteinander glücklich geworden sind und viele Kinder in die Welt gesetzt haben. Was das

Schicksal des Heinrich angeht, so bin ich überfragt. Wohin ist er geritten, nachdem er die kleine Maria aus den Fängen des Entführers befreit hatte? An einen einsamen Ort, um zu sterben, wie es sein Freund Mathäus vermutete, der ihn ja schließlich besser kannte als jeder andere? – Wirklich, ich weiß es nicht!